손모아

손
모
아

일러두기

1. 본문의 장 말미에 '유튜브' 아이콘이 있는 것은 유튜브에서 해당 제목으로 검색해서 볼 수 있습니다.

2. 본문에 인용된 시는 출판사의 표기법 기준을 적용하지 않고 작품 그대로 인용하였습니다.

3. 이 책에 실린 저작물은 해당 저작권자의 허락을 받아 게재하였으나 부득이하게 저작권자와 연락이
   닿지 않아 허락받지 못한 저작물도 있습니다. 관련 저작물에 대해서는 출판사로 연락주시기 바랍니다.

질병과 슬픔 앞에서

손모아

김응교

아침에 읽는 시 이야기 1

비아
토르
viatu

차 례

봄새싹과 함께 손 모아

시냇물 담은 손 모아

가을햇살 고요히 손 모아

9월

10월

백설자작나무 숲에서 여럿이 손 모아

11월

12월

가장 사랑하는 사람을 홀로 보내야 했던

이 세상 가장 헐거운 눈물 앞에

손 모아 이 책을 드린다.

압도적인 사랑과 평화로

질병과 폭력을 몰아내기를

손 모아 기도한다.

안녕하세요

가족사진 앞에서

좋아하시는 말라카유, 카스타드, 콩두유
염병 때문에 전할 수 없다네
병균 묻을까 편지도 못 전하네
현관 앞 탁자에 이름 써서 두라 하네
병실 번호와 이름을 종이박스에 적어 탁자에 두고 멀어지자
요양원 직원이 나와, 소독약 뿌리고 갖고 들어가네

아기처럼 맛있게 드신 어머니
소독약 묻은 과자 드실까
꺼진 눈들 절박하게 허공을 노크하네

아무리 강한 사람이라 할지라도
가족에게서 버려졌다 생각하시겠지
단절보다 더 큰 고문은 없네
사형수 면회하듯
유리 한 장 사이에 까마득한 세월

– 네 아버지는 차돌박이 들어간 된장국 달게 먹었지
평생 밥 외에는 할 줄 아는 것이 없는 양
평생 먹이려고만 하셨던 부엌에도
집 곳곳에 붙여놓은
내 어린 시절 흑백 가족사진 앞에도

감옥이 따로 없네
구십하고 육 년을 사신 어머니
이빨이 흔들리고 피도 통하지 않는 늙은 지구들,
어떡하나, 투옥기간이 길어만 가네

김응교, 2021. 1. 4.

팬데믹이 주는 가장 일상적인 불행은 단절입니다. 사람과 사람이 만나지 못하는 겁니다. 설날인데도 요양원에 계신 어머님 아버님을 뵐 수 없는, 손잡아 볼 수 없는 끔찍한 시대입니다. 요양원에 계신 어르신들은 상황을 모르고 자식들을 원망하고, 자식들은 강제로 불효자가 됩니다.

손님들이 오지 않는 빈 테이블을 허공 휘젓듯 바라보는 자영업자들의 눈물이 슬픕니다. 사람과 사람이 단절되어, 옆에서 쓰러지는 사람을 숫제 없는 사람처럼 외면합니다. 우리는 이제 어디로 가서 어디로 흘러가는지요.

2020년 봄이 아닌 괴이쩍은 봄날, 팬데믹 초기에 이 글을 시작했습니다. 팬데믹pandemic은 모든Pan 인류Demic에게 전염병이 대유행한다는 뜻입니다. '팬pan'이란 단어에서 '공포'라는 뜻의 패닉Panic도 연상되고, 쑤시는 고통이라는 단어인 '팡pang'도 연상됩니다. 전 세계 사람들은 한 해를 넘어 단절의 고통과 쑤시는 고통 속에서 절규하고 있습니다. 이제 '포스트 코로나' 시대는 없습니다. 인류는 염병과 함께 지내야 하는 '위드with 코로나' 시대에 들어섰습니다. 지금 정신 차리지 않으면 마스크를 착용하는 데 그치지 않고, 산소통을 메고 살아야 할지도 모르는 재앙의 시대입니다. 이제 숲과 시냇물과 산바람의 귀띔을 무시하며 어설피 살아서는 안 됩니다.

느닷없는 염병으로 병실에서, 갇힌 곳에서 연신 각혈해야 하는 이들을 위해

우리가 망쳐 놓은 숲과 강물에 다시 생명이 흐르기를
기도와 성실과 연대로 이 재앙을 극복하기를
제발 끔찍한 재해를 만나지 않는 노동현장이 되기를

이 책에서 해결책이나 특효약을 기대하지 마세요.
가족과 친구의 죽음을 맞이하는 이들의 눈물에 함께하며,
팬데믹 시대를 극복하자는 마음을 모아, 다만
손 모아, 작은 책을 깁고 다듬었습니다.

2021. 2. 12. 가족을 못 만나는 설날

수락산 숲에서 변두리 서생

1월

페스트의 노래 ▸ 울리히 츠빙글리

우리 동네 목사님 ▸ 기형도

새해를 위한 기도 ▸ 칼 바르트

엘라는 천국에 ▸ 비스와바 쉼보르스카

2월

페스트 ▸ 알베르 카뮈

이적 ▸ 윤동주

돌아와 보는 밤 ▸ 윤동주

팔복 ▸ 윤동주

얼어붙은 어둠에 굴하지 않고 손 모아

페스트의 노래

◦ 울리히 츠빙글리

병에 전염될 무렵

나의 주님, 도와주세요. 죽음이 문 앞에 왔어요.

당신께 부르짖어요. 이것이 당신의 뜻인지요.

저를 죽이려 하는 이 화살을 빼 주시기를

제가 살 여유도 없으니, 저에게 안식을.

당신은 저를 죽게 놓아 두시렵니까.

저는 삶의 한가운데서도 긍정합니다.

원하시는 대로 하시고요.

모든 것을 수용할 수 있습니다.

나는 당신의 그릇,

만드시든, 부숴 버리소서!

혹 당신이 이 땅에서 제 영혼을 거두신다 해도,

제 영혼을 악화시키지 않게 하실 것이며

혹은 다른 사람에게 오점을 남기지 않게 하시겠지요.

투병하는 동안

주 하나님, 더 고통을 겪는 저를 위로해 주세요.

통증과 압박이 내 영혼과 육체를 사로잡습니다.

유일한 위로이신 주님, 은총을 베풀어 주세요.

당신을 열망하는 모든 이들을 구원해 주셨지요.

그들에게는 세상의 유익과 손해가 의미 없습니다.

이제 마지막이 다가옵니다.

제 혀는 침묵하고

어떤 말도 하지 못합니다

온몸엔 감각이 거의 마비됐어요.

이제 당신이 저의 투쟁을 인도하실 시간이지요.

미쳐 날뛰는 악마에게 저항할 힘도 없습니다.

그럼에도 저는 당신만을 신실하게 의지합니다.

회복기의 노래

주 하나님, 저에게 건강을 주세요.

다시 회복되는 것 같아요.

이 땅에서 다시는 죄가 지배하지 못하도록

입술로 당신을 찬양합니다.

앞으로 당신의 가르침을 더 많이 선포하렵니다.

어떤 속임도 없이 순수하게 항상 가능했듯이

얼마나 제가 죽음의 형벌로 고통받았는지

무척이나 고통스러웠습니다.

지금보다 더 고통스러웠습니다.

그때 저는 죽을 줄 알았습니다.

앞으로 하늘의 보상에 기뻐하며

이 세상 속에서 저항할 것입니다.

오직 당신의 도움으로

완전해질 수 있을 뿐입니다.

학부 때 종교개혁사 수업 한 학기 내내 나는 츠빙글리만 배웠다. 강사는 방금 전 다리미로 다린 듯 눈부실 정도로 희디흰 와이셔츠를 입은, 스위스에서 온 교환교수셨다. 영어로 강의하셨는데 낫not과 노트note를 모두 독일어 식으로 '놋트'라고 발음하시는, 도저히 듣기 불가능한 수업이었다. 가까스로 그가 매주 나눠주는 프린트로 츠빙글리를 대강 배웠다. 그때는 츠빙글리가 흑사병에 걸렸었다는 사실을 몰랐다가 이번에 츠빙글리가 쓴 〈페스트의 노래〉를 통해 알게 되었다.

페스트, 즉 '흑사병黑死病'에 걸려 죽은 시신에는 시꺼먼 반점이 나타났다고 한다. 14~16세기에 유럽을 휩쓸었던 흑사병에 걸려 유럽인의 3분의 1이 사망했다. 울리히 츠빙글리(Ulrich Zwingli, 1484~1531)는 동갑내기 루터와 함께 흑사병이 퍼진 유럽 한복판에서 태어났다. 지금은 부유하지만 당시 스위스는 춥고 농사도 지을 수 없는 가난한 나라였다. 영화 〈츠빙글리〉는 흑사병과 전쟁으로 파괴된 비참한 유럽 사회 이야기로 시작된다.

스위스 사람들은 먹고살 도리가 달리 없어 다른 나라의 용병으로 전쟁터에 나가곤 했다. 얼마나 가난했으면 목숨을 건 용병이 되었을까. 츠빙글리 역시 군종 사제로 나갔다가 용병제도를 비판하면서 고향으로 돌아온다. 당시 주교단에서 매주 강론을 내려보냈는데, 츠빙글리는 성경 전체를 시리즈로 설교하는 '강해 설교'를 시작했다. 그것도 라틴어가 아닌, 스위스 사람들이 듣기 편한 중세독일어로 강해했다. 파격을 넘어 혁명의 시작이었다.

1519년 8월 츠빙글리가 사는 취리히에도 페스트가 들어왔다. 당시 종교개혁가들은 전염병을 피하지 말고 무언가 필요한 일을 해야 한다고 생각했다. 군종 사제를 사임하고 돌아온 35세의 젊은 츠빙글리는 다른 도시에서 요양하고 있었다. 취리히에 전염병이 돈다는 소식을 듣고 그는 취리히로 가서 자원봉사를 하다가 1519년 9월 초 페스트에 감염된다. 당시 취리히 인구가 7,000명 정도였는데, 흑사병으로 2,000여 명이 사망했다고 한다. 두 달 동안 사경을 헤매다가 1520년 초 구사일생으로 살아난 츠빙글리는 죽을 뻔한 경험을 노래 가사로 썼다. 1520년 중순에 썼다고 추정되는 이 노래를 〈페스트의 노래〉 혹은 〈츠빙글리의 역병가Plague Song〉라고도 한다.

여러 한글 번역본이 있으나 원뜻과 달리 과장된 경우가 있다. 중세독일어로 쓰여 있는 이 노래를 현대독일어로 풀어 쓴 문장이 여러 사이트에 올라와 있다. 영어로도 번역되어 있다. 원문과 가장 가까운 한글 번역은 조용석 논문 "츠빙글리 역병가 연구"(〈장신논단〉, 2014)에 실린 번역본이 아닌가 싶다. 조용석 선생의 번역본을 참조하며, 필자가 우리말로 쉽게 다시 풀어 보았다.

1절에서 "죽음이 문 앞에 왔어요"라는 첫 구절로 그가 얼마나 극심한 공포를 느꼈는지 알 수 있다. "나는 당신의 그릇, / 만드시든, 부숴 버리소서!"라고 한 부분은 로마서 9장 19~24절에 나오는 토기장이 비유를 인용한 것이다. "토기장이가 진흙 한 덩이로 하나는 귀히 쓸 그릇을, 하나는 천히 쓸 그릇을 만들 권한이 없겠느냐"(로마서 9:21). 이 부분은 절대자를 토기장이에, 인간을 토기에 비유한 이

페스트에 걸렸다가 구사일생으로 살아난 츠빙글리

야기다.

2절에서는 "통증과 압박이 내 영혼과 육체를 사로잡습니다"라며 고통을 호소하는 츠빙글리의 모습이 연상된다. "혀는 침묵하고/어떤 말도 하지 못"하고 "온몸엔 감각이 거의 마비"된 지경이다. "미쳐 날뛰는 악마에게 저항할 힘이 없"다며 이제 마지막을 의지하려는 상황이다.

3절에서 가까스로 병에서 회복한 츠빙글리는 입술로 찬양한다며 "앞으로 하늘의 보상에 기뻐하"겠다고 다짐한다. 기쁨의 표현을 츠빙글리답게 "이 세상 속에서 저항할 것"이라고 한다. '저항'이라는

겨울

단어 속에 이후 그의 삶이 보인다. 그러면서도 "오직 당신의 도움으로/ 완전해질 수 있을 뿐"이라며 강력한 신앙으로 무장한다.

죽음의 위협을 이긴 자는 두려움을 모른다. 츠빙글리는 페스트 사건 이후 역사의 전면에 나서서 일상 속의 쓸데없는 도그마와 싸워 나간다.

가장 먼저 부닥친 것은 소위 '사순절 소시지 사건'이다.

1522년, 근신하며 육식을 하지 말아야 할 사순절에 츠빙글리가 친구들과 소시지를 먹었다는 비판이 있었다. 도대체 사순절에는 소시지를 먹지 말라는 구절이 성경 어디에 나오는지, 그는 "음식의 선택과 자유에 대하여"라는 설교를 한다.

비슷한 시기에 츠빙글리는 사제도 결혼하게 해달라는 청원서를 주교에게 낸다. 사실 당시 가톨릭 사제들 중에는 몰래 연인 관계를 갖고 사생아를 낳는 경우가 많았다. 그뿐 아니라 그는 예배당 안에 돌로 만든 형상들을 없애기도 했다. 1523년 7월 스위스 의회는 "67개조 논제"를 내놓은 츠빙글리의 손을 들어 줘 종교개혁은 다시 시작된다.

츠빙글리는 종교개혁 당시 가톨릭과 전투가 벌어지자 참전하여 싸우다가 전사했다. 이후 그의 종교개혁 운동은 그의 사위인 불링거, 그리고 칼뱅으로 이어졌다. 취리히에는 한 손에는 칼, 한 손에는 성경을 들고 있는 츠빙글리 동상이 있다. 용병으로 전쟁터에 나갔던 경험이 있는 츠빙글리는 칼을 든 용기로 성경을 들고 부조리한 세상과 맞서 싸웠다. 그는 교회 건물을 넘어 일상생활 속에서 진정한 삶을 생각했던 개혁가였다.

코로나19로 지금까지 우리는 헤아릴 수도 없는 많은 생명을 잃었다. 인류를 위협해 온 전염병이 또 번지고 있다. 목숨을 걸고 페스트 그리고 도그마와 싸웠던 츠빙글리의 노래가 이 고단한 시간을 견디고 있는 독자들에게 위로가 되었으면 한다.

우리 동네 목사님

∘ 기형도

읍내에서 그를 본 것은 이번이 처음이었다.
철공소 앞에서 자전거를 세우고 그는
양철 홈통을 반듯하게 펴는 대장장이의
망치질을 조용히 보고 있었다.
자전거 짐틀 위에는 두껍고 딱딱해 보이는
성경책만한 송판들이 실려 있었다.
교인들은 교회당 꽃밭을 마구 밟고 다녔다. 일주일 전에
목사님은 폐렴으로 둘째 아이를 잃었다. 장마통에
교인들은 반으로 줄었다. 더구나 그는
큰소리로 기도하거나 손뼉을 치며
찬송하는 법도 없어
교인들은 주일마다 쑤군거렸다. 학생회 소년들과
목사관 뒷터에 푸성귀를 심다가
저녁 예배에 늦은 적도 있었다.
성경이 아니라 생활에 밑줄을 그어야 한다는
그의 말은 집사들 사이에서
맹렬한 분노를 자아냈다. 폐렴으로 아이를 잃자
마을 전체가 은밀히 눈빛을 주고받으며

고개를 끄덕였다.

다음 주에 그는 우리 마을을 떠나야 한다.

어두운 천막교회 천정에 늘어진 작은 전구처럼

하늘에는 어느덧 하나둘 맑은 별들이 켜지고

대장장이도 주섬주섬 공구를 챙겨들었다.

한참 동안 무엇인가 생각하던 목사님은 그제서야

동네를 향해 천천히 페달을 밟았다. 저녁 공기 속에서

그의 친숙한 얼굴은 어딘지 조금 쓸쓸해 보였다.

이 시를 쓴 사람과 함께 찍은 사진을 보고 있다. 사진 속에서 히멀쭉이 웃고 있는 그를 나는 무척 좋아했다. 그는 나에게 학교 선배였고, 나는 늘 '형'이라 부르며 그와 같은 서클에서 지냈다. 그가 펴낸 유작시집《입 속의 검은 잎》(문학과지성사, 1989)을 문학평론가 김현은 '그로테스크 리얼리즘'이란 이름을 붙여 칭찬하기도 했다. 그 시인은 1989년 3월, 29세라는 아까운 나이에 세상을 떠났다.

그의 시 〈우리 동네 목사님〉(1984.8.)은 특별한 해석이 필요하지 않을 만큼 산문적인 서정이 펼쳐져 있는 시다. 기형도 시인은 교회와 성당을 오가며 신앙생활을 했다. 고등학교 시절 성당에 다녔고, 성가대에 서기도 했다. 그의 가족에는 개신교 신자도 있고, 가톨릭 신자도 있다. 지금 그는 가톨릭 공원묘지의 양지바른 터에 누워 있다. 천재형 두뇌를 지닌 사람이었는데, 성경은 재미있으면서도 뜻이 깊어 속독할 수 없어 꼼꼼히 줄 치면서 읽었다 했다. 그러던 그가 남긴 시 〈우리 동네 목사님〉은 시골의 한 목사님을 등장시켜 형식화된 교회와 편협한 교인들의 신앙생활을 조명해 낸 글이다. 나는 그에게서 이 시의 주인공인 동네 목사님에 대해 들은 적이 있다.

읍내에, 동네에서 몰려난 목사님이 서 있다.
경기도 안양하고도 변두리인데, 거기서 목사님은 망치질하는 대장장이를 조용히 보고 있다. 그는 사람이 살아가는 생활을 보고 있다. 강단에서만 선교를 생각한 것이 아니라 현실 속에서 주님의 섭리를 알아보려 했다.

"날씨가 덥죠? 쉬어 가면서 일하시죠."

말이 없던 그는 대장장이에게 조용히 한마디 던졌다. 대장장이는 걱정 어린 눈길로 목사님을 보았다. 사실은 며칠 전에 목사님에게 시련이 닥쳤다. 둘째 아이가 폐렴으로 죽었고, 장마통에 교인들은 반으로 줄었다. 아마 장맛비로 농사일을 망쳐서 일을 마무리하느라 시간이 없었던 까닭일 것이다.

목사님이 이해하는 고통의 의미는 교인들과 달랐다. 물론 아들이 폐렴으로 죽은 건 가슴이 찢어질 만한 고통이었지만 그는 도통 내색하지 않았다. 하나님께서 주시는 연단이라 생각했다.

우직하게 견디는 목사의 속내를 불평만 늘어놓는 교인들이 알 턱이 없었다. 그는 오순절파처럼 큰소리로 기도하거나 손뼉 치며 찬송하지도 않았다. 그는 하나님을 저 멀리 계신다고 생각하지 않았기에 우우우 떠들거나 악쓰지 않았다. 마음속에 하나님이 계신다고 믿는 그는 조용히 침묵으로 기도했다. 교인들은 그런 신앙 자세를 이해할 수 없었다. 그들은 하나님이 교회 천장에 달라붙은 양 두 손을 뻗고, 누군가의 머리채를 잡아끄는 양 기도해야 성이 풀렸으니까. 그렇게 기도해야만 기도하는 거라고 생각했으니까.

교인들은 주일마다 쑤군거렸다.

"글쎄, 어제 저녁엔 학생들과 늦도록 목사관 뒤 터에 푸성귀를 심다가 예배 시간에 늦었대."

사실이 그랬다. 그는 아이들을 부려서 상추를 심고 팔아 장사해서 돈 벌려고 했던 건 아니다. 어디에나 계신 하나님이 예배당 뒤 터에도 계심을 믿고 아이들과 행동으로 예배를 드린 것뿐이다.

"텃밭이라도 있으면 푸성귀라도 심어서 하나님의 섭리를 깨닫는 게 좋지. 너도 이 푸성귀처럼 쑥쑥 자라거라."

"예, 목사님."

중학교 2학년 영필이는 고개를 끄떡였다.

그만치 목사님은 생명의 섭리를 통해서 하나님을 체험하려 했던 걸 교인들은 도저히 이해할 수 없었다. 어느 날, 그의 한마디 설교가 문제가 되었다.

"사랑하는 성도 여러분, 우리는 성경이 아니라 생활에 밑줄 긋고, 살면서 하나님의 진리를 깨닫고 의를 행해야 합니다."

성경이 아니라 생활에 밑줄을 그어야 한다는 말.

성숙하지 못한 교인들로서는 이해하기 힘든 말이었다. 성도들이 성경에 나오는 좋은 말만 밑줄 치고 읽기에 그것을 경고하고 싶었던 것이다. 목사님은 성경 말씀을 글자 자체로 이해하는 것이 아니라, 현실 속에서 재해석하고 현실 속에서 살아 움직이는 생명의 힘을 확인하고 싶어 했다.

이 말이 집사들 사이에서 맹렬한 분노를 자아냈다. 목사님의 행동이 교인들에게는 이상하게 보였던 모양이다. 게다가 목사님은 말이 어눌해서 설득력이 부족했고, 자신의 속내를 잘 표현하지 않았기에 그럴듯한 목사로 보이지는 않았다. 사람들은 생뚱맞은 소리를 하며 그를 거부하기 시작했다.

"목사님 아들이 글쎄 폐렴으로 죽었대."

"아니, 자기 아들 병두 못 고치는 주제에 누구 병을 고쳐, 돌팔이 목사 같으니."

"원래 성경을 거부하는 목사야, 골칫덩어리라니까. 성경이 아니라 생활에 밑줄을 그으라니 그게 어디 목사가 할 말이야. 빌어먹을!"

목사님이 죽은 아들을 살려 내지 못한 건 사실이다.

자기 아들을 살려 내지는 못했지만 그는 동네 대장장이에게 넌지시 말을 붙여 보기도 하고, 아이들과 푸성귀를 심으며 이런저런 얘기도 나눴다. 살아 있는 사람을 사랑하려고 애썼다. 하지만 교인들은 보이지 않는 사랑의 힘이 얼마나 큰 것인지 깨닫지 못했다.

마을 사람들은 그를 신유의 능력이 없는 사람으로 평가하고 그를 내쫓기로 했다. 며칠 후 그는 마을을 떠나야 했다.

어느덧, 어두운 천막교회 천장에 늘어진 작은 전구들처럼 하늘에는 하나둘 맑은 별들이 켜지고, 대장장이도 주섬주섬 연장을 챙겨 들었다. 한참 동안 무엇인가 생각하던 목사님은 그제야 동네를 향해 천천히 자전거 페달을 밟았다. 그가 갈 곳은 거기밖에 없었기 때문이다. 산으로 들어가거나 사람 없는 곳이 아니라 다시 세상 속에서 혹은 사람들 마음속에 교회를 세워야 했기 때문이다. 그는 딱히 교회를 짓기보다는 사람들 마음속에 있는 교회를 사람들 스스로 발견하기를 원했던 모양이다.

"주님의 뜻을 쉽게 이해시키지 못한 제가 부족한 사람이지요. 하나님, 미안합니다."

저녁 공기 속에서 그 친숙한 얼굴은 어딘지 조금 쓸쓸해 보이긴 했지만, 잠시 후 그의 얼굴에는 보일 듯 말 듯한 미소가 살짝 떠올랐다. 분명한 것은 어린 영필이의 마음과 대장장이의 마음에 작고 소중한 하나님의 교회가 지어졌다는 사실이다. 목사님은 찬송을 흥얼거리면서 자전거 페달을 가볍게 밟았다. 금방 돌아올 사람처럼 잠시 소풍 떠나듯이.◆

◆ 이 글은 졸저 《그늘 ─ 문학과 숨은 신》(새물결플러스, 2012)에 실린 "생활에 밑줄 그어야 한다 ─ 기형도"를 수정한 것이다.

유튜브 ─ 시인 기형도, 세상에 밑줄 그어야 한다

새해를 위한 기도

◦ 칼 바르트

하나님, 주님은 우리가 누구인지 아십니다. 인간은 선하기도 하고 악하기도 합니다. 만족하기도 하고 불평하기도 합니다. 평안하기도 하고 불안하기도 합니다. 확신 없이 살고 습관대로 사는 크리스천이기도 합니다. 온전히 믿는 사람이기도 하고 반쯤 믿는 사람이기도 하고, 전혀 믿지 않는 사람이기도 합니다.

주님은 우리가 어디서 왔는지 아십니다. 우리는 친척과 친구와 무리에서 왔고, 깊은 고독에서 왔습니다. 느긋하게 행복을 누리거나 온갖 곤경과 고난을 겪습니다. 가족관계는 평온하거나 긴장되어 있거나 무너져 있습니다. 우리는 크리스천 공동체의 언저리에서 맴돕니다.

그러나 우리는 모두 주님 앞에 서 있습니다. 서로 달라도 모두가 주님 앞에 서 있다는 점에서, 서로를 향해 불의를 행하고 있다는 점에서, 언젠가는 반드시 죽는다는 점에서, 주님의 은혜가 없었더라면 모두 길을 잃었을 것이라는 점에서 우리는 같습니다. 또 주님의 사랑하는 아들, 우리 주 그리스도 예수 안에서 은혜를 약속받고 은혜를 받았다는 점에서 우리는 같습니다.

당신이 은총으로 말할 수 있으므로, 주님을 찬양하기 위해 우리는 여기 모였습니다. 늘 우리 집에 주님을 찬양하는 마음이 이어지길 바라며, 예수님의 이름으로 기도드립니다. 아멘.

번역 : 김응교

A Prayer for New Year - Karl Barth

Lord, our God, you know who we are: People with good and bad consciences; satisfied and dissatisfied, sure and unsure people; Christians out of conviction and Christians out of habit; believers, half-believers, and unbelievers.

You know where we come from: from our circle of relatives, friends, and acquaintances, or from great loneliness; from lives of quiet leisure, or from all manner of embarrassment and distress; from ordered, tense, or destroyed family relationships; from the inner circle, or from the fringes of the Christian community.

But now we all stand before you: in all our inequality equal in this, that we are all in the wrong before you and among each other; that we all must die someday; that we all would be lost without your grace; but also that your grace is promised to and turned toward all of us through your beloved Son, our Lord, Jesus Christ.

We are here together in order to praise you by allowing you to speak to us. We ask that this might happen in this house in the name of your Son, our Lord. Amen.

이 기도문의 중심에는 "주님"이 있다. 스위스 개혁교회의 목사인 칼 바르트(Karl Barth, 1886~1968)는 20세기의 대표적인 신학자로 꼽힌다. 2차 세계대전을 겪은 그는 후대를 위해 새해를 위한 기도문을 남겼다. 이 기도문에서는 첫 문장이 그다음 문장을 요약하고 있다.

1연은 "주님은 우리가 누구인지 아십니다"라며, 인간이 얼마나 약한지 고백하고 있다. 인간은 강하지 않다. 확신하다가도 어느 순간 무너진다. 하루에도 몇 번씩 무너진다. 우리는 있는 그대로 하나님 앞에 나선다. 나 자신이 완전하지 않다는 사실을 깨달을 때 함부로 남을 정죄하는 일은 없을 것이다. 인간이란 흔들리는 컵 안의 물보다 불안한 존재가 아닐까.

2연은 "주님은 우리가 어디서 왔는지 아십니다"라며 인간의 부족함을 하나님이 모두 아심을 고백한다. 인간이 어디서 와서 어디로 가는지, 모든 과정을 주님이 아신다는 고백이다. 서로 부족함을 알 때 어려움을 나누고, 고난에 처한 이웃을 도우려는 마음이 생길 것이다.

3연은 "우리는 모두 주님 앞에 서 있습니다"라며 인간은 하나님의 은총 안에서 누구든 같다고 고백한다. 인간은 하나님의 은혜 없이는 어떠한 의미도 희망도 없다는 점에서 모두가 동일하다. 아프리카에서 살든 도쿄에서 살든, 인간은 누구나 평등하다. 주님 앞에서는 진보나 보수가 따로 없다. 진보주의자나 보수주의자가 아니라 예수주의자가 있을 뿐이다.

겨울

©getty

20세기의 대표적인 신학자 칼 바르트

4연은 "주님을 찬양하기 위해 우리는 여기 모였습니다"라며 찬양하는 것이 인간에게 행복이라고 고백한다. 찬양은 기쁨이다. 늘 기쁘게 찬양하며 사는 삶을 새해에도 지속해야 할 것이다. 주님은 모두에게 찬양을 선물로 주신다.

이 기도문은 리하르트 그루노브Richard Grunow가 편집하여 1966년 발간한 칼 바르트 묵상집에 실려 있다. 우리말로는 《칼 바르트의 신학묵상》(대한기독교서회, 2009)으로 번역되었다. 새해 첫날 무릎을 꿇고 간절하게 기도하는 칼 바르트의 모습이 떠오른다.

엘라는 천국에

○ 비스와바 쉼보르스카

그녀는 하나님께 기도했다,
온 마음 다해
쾌활한 백인 소녀로
자신을 만들어 달라고.
그렇게 바꾸기에 너무 늦었다면,
적어도, 주님, 제 몸무게가 얼마나 나가는지 좀 봐 주세요,
절반만이라도 제게서 덜어내 주세요.
하지만 선하신 하나님은 안 돼, 답하셨다.
하나님은 단지 엘라의 심장에 그의 손을 얹고,
그녀의 목구멍을 들여다보고 천천히 머리를 어루만지셨다.
그는 이어 말씀하시길, 모든 것이 끝났을 때
너는 내게 와서 내게 기쁨을 줄 거야,
나의 검은 위안, 노래 잘하는 그루터기야.

Ella in Heaven

She prayed to God
with all her heart
to make her
a happy white girl.
And if it's too late for such changes,
then at least, Lord God, see what I weigh,
subtract at least half of me.
But the good God answered No.
He just put his hand on her heart,
checked her throat, stroked her head.
But when everything is over - He added -
you'll give me joy by coming to me,
my black comfort, my well-sung stump.

WISŁAWA
SZYMBORSKA
TUTAJ / HERE

추운 겨울에 방에 누워 뒹굴거리며 텔레비전에서 나오는 영화만 보다 보면 이 겨울이 지루하기 한이 없다. 하얀 눈이라도 쌓이면 기분이 밝아졌다가 눈이 녹아 질척질척한 도로를 보면 다시 울적해지기 쉽다.

우울한 한겨울을 밝게 밝히는 재즈 음반이 있다. 겨울에 자주 듣는 재즈 음반 중에 미국의 흑인 가수 엘라 피츠제럴드(1917~1996)의 노래가 있다. 어디에 가든 자주 들을 수 있는 목소리로, 오십여 년 전에 나온 음반이다.

엘라의 노래를 좋아했던 비스와바 쉼보르스카(1923~2012, 1996년 노벨문학상 수상)는 엘라를 생각하며 위 시를 썼다. 그냥 재밌는 한 편의 짧은 시 같지만, 시 제목인 '엘라'라는 인물의 삶과 함께 생각하면 새롭게 읽히는 작품이다.

엘라는 그리 축복받은 가족 안에서 자라지 못했다. 부모는 혼인신고를 하지 않고 살다가 그나마 곧 헤어졌고, 엘라는 홀어머니 곁에서 자랐다. 독실한 기독교 신자였던 어머니는 엘라를 교회에 열심히 다니게 했다.

"그녀는 하나님께 기도했다"는 시의 첫 구절은 고통스러운 세월을 기도로 이겨 냈던 어린 엘라를 떠올리게 한다(문학과지성사에서 나온《충만하다》에서는 God을 '신'으로 번역했는데, 엘라가 개신교 신자였던 것을 생각하면 '하나님'으로 번역하는 게 좋겠다).

주일학교에 다니고 교회에서 피아노를 배운 엘라의 보컬엔 가

스펠의 영향이 진하게 묻어 있다. 엘라에게 신앙과 노래를 물려주었던 어머니는 1932년 엘라가 15세였을 때 세상을 떠났다. 이후 엘라는 이모네 집이나 고아원을 전전했고, 노숙자 틈에서 지내기도 했다. 그러나 빈민으로 살면서도 절망하지 않고 기도하며 클럽에서 노래를 연습했다. 2년 뒤인 1934년, 17세가 된 엘라는 뉴욕 할렘의 아폴로 극장에서 열린 아마추어 경연대회에서 우승하면서 가수로서 이름이 알려지기 시작했다.

흑인이 가수로 살아가려면 많은 어려움을 겪어야 했다. "온 마음 다해/ 행복한 백인 소녀로/ 자신을 만들어 달라고" 기도하는 엘라의 모습은 애절하기까지 하다. 성공한 흑인 여성이었지만 훌륭한 남편을 만나기는 힘들었고 세 번의 결혼은 모두 실패로 끝났다.

흑인이라는 사회적 결함을 그녀는 오히려 음악적 장점으로 전이시켰다. 한 음에서 바로 다음 음으로 넘어가지 않고 꼬부라지는 특성이 있는 아프리카 말을 하듯이 그녀는 노래를 불렀다. 가사 대신 "다다다다다" 혹은 트럼펫 소리를 "바바바바바바" 등으로 내는 창법, 소위 스캣Scat을 능수능란하게 구사했다. 사실 이는 아프리카 흑인들에게는 흔한 창법인데, 성대에 무리를 주는 발성이기도 하다.

하나님이 "그녀의 목구멍을 들여다보고 천천히 머리를 어루만지셨다"는 표현은 얼마나 따뜻한 위로의 표현인지. 긴 호흡으로 때로는 쥐어짜는 발성을 했던 엘라를 위로하는 표현이다.

이후 엘라의 전설적인 음반이 수없이 발표되었고, 그래미상 등을 받으면서 재즈의 디바가 되었다. 1955년에는 영화 〈남태평양〉(1949)

엘라 피츠제럴드의 음반들

에 나오는 유명한 노래 〈Happy Talk〉를 불러 녹음하기도 했다. 영화 〈해리가 샐리를 만났을 때〉에 나오는 배경 음악들도 엘라의 노래였다.

엘라는 몸이 점점 무거워지면서 1993년에는 당뇨병의 후유증으로 두 다리를 절단해야 했다.

적어도, 주님, 제 몸무게가 얼마나 나가는지 좀 봐 주세요,
절반만이라도 제게서 덜어내 주세요.

저 구절을 처음에 나는 그저 투덜거림일 뿐이라고 여겼다. 몸이 불어 당뇨병에 걸리고 다리까지 절단해야 했던 엘라의 상황을 생각해 보니, 단순한 불평이 아니었다. 엘라는 얼마나 절실했을까.

엘라는 은퇴 후에 엘라 자선재단을 세워, 자기처럼 어렵게 자란 불우 아동들을 위한 후원금과 서적 기부에 주력했다. 1996년에 캘리포니아 자택에서 세상을 떠났던 엘라를 하나님이 반갑게 맞이하는 것으로 시는 끝난다.

너는 내게 와서 내게 기쁨을 줄 거야,
나의 검은 위안, 노래 잘하는 그루터기야.

"나의 검은 위안"은 흑인을, "노래 잘하는 그루터기stump"는 엘라의 무거운 몸을 떠올리게 한다.

금수저가 아니라 흑인 흙수저로 태어난 엘라는 최고의 노래를 남겼고, 쉼보르스카는 그녀를 추모하며 삶을 깨닫게 하는 신선한 기도시를 남겼다. 〈엘라는 천국에〉라는 제목 자체가 위로가 되는 시에서 우리는 엘라의 기도를 만난다. 빈민가에서, 흑인으로, 세 번의 결혼에 실패하고, 당뇨병으로 다리를 잘라내면서도 전설적인 음악을 남겼던 엘라와 그녀가 했을 기도를 생각해 본다.

페스트

◦ 알베르 카뮈

집단으로 반항하는 네 명의 사마리아인°

리유는 흠칫하며 정신을 가다듬었다. 저 매일매일의 노동, 바로 거기
에 확신이 담겨 있는 것이었다. 그 나머지는 무의미한 실오라기와 동
작에 얽매여 있을 뿐이었다. 거기서 멎을 수는 없는 일이었다. 중요한
것은 저마다 자기가 맡은 직책을 충실히 수행해 나가는 일이었다.

카뮈, 《페스트》, 민음사, 60면

● 이 글은 졸저 《시네마 에피파니》(새물결플러스, 2021)의 일부분을 수정한 것이다.

2020년 코로나바이러스가 퍼지면서 제일 많이 읽힌 책은 카뮈 장편소설《페스트 *La Peste*》라고 한다. 이 시기에 내가 제일 자주 강연했던 책도《페스트》였고, 이 책에 대한 강의 영상을 내 유튜브에 여럿 올려놓았다. 카뮈는 도그마에 싸인 교리적 기독교에 대해서는 격렬하게 반기독교적 태도를 취했으나, 예수의 삶과 변혁적 기독교에는 긍정적인 마음을 갖고 있었다고 카뮈의 스승 장 그르니에는《카뮈의 추억》에 적어 놓았다.《페스트》를 겉으로 볼 때는 반기독교적으로 읽히지만, 사실은 오히려 예수가 원하는 참모습이 역설적으로 나타난다.

이 소설에는 카뮈가 제시하는 모범적인 네 가지 인간 유형이 나온다.

첫째 인물은 '투쟁적 인물'인 의사 리유Rieux다. 부조리한 세계에 대항하는 '다중의 반항'을 이끈 인물이다. 그는 35세쯤 되는 의사로 노모老母를 모시고 살며, 병든 아내를 먼 곳에 있는 요양원으로 보낸 처지다.

4월 16일과 17일, 연이어 병원에서 죽은 쥐를 본 리유는 "환자들 중에서 제일 가난한 사람들이 사는 변두리 지역부터" 회진을 시작한다. 가장 고통스러운 곳에 먼저 가는 것이다. 리유는 한 명이라도 살리려고 노력하는데, 1년 뒤 오랑이 페스트에서 해방됐을 때 리유는 정작 아내의 사망 소식을 듣는다.

둘째 인물은 '반항하는 인물' 장 타루Jean Tarrou다. 판사 아버지 덕에 유복하게 자랐지만 아버지의 사형 판결에 실망하여, 집을 나와 떠

《페스트》의 저자 알베르 카뮈

돌이가 된 인물이다. 장 타루는 안타깝게도 마지막에 페스트에 걸려 사망한다. 그래도 타루가 남긴 메모를 갖고 리유는 연대기를 완성시킨다. 타루는 외지인이고 여행객일 뿐인데도 앞장서서 자원보건대 formations sanitaires volontaires를 조직한다.

　세 번째 인물은 시청 직원으로 물질에 대해 '성실한 인물'인 공무원 그랑Grand이다. 그랑은 자살을 시도하는 코타르를 살리면서 등장한다. 비정규직, 임시 직원이기에 돈벌이가 변변치 않아, 아내에게 무시당하고 급기야 이혼까지 당한다. 별로 돋아 보이지 않는 이 인물에게 '위대하다Grand'고 이름 붙인 것은 카뮈의 의도가 아닐까. 가장 평범한 공무원 그랑은 이익을 따지지 않고 방역 최일선에 나선다. 그는 유일한 낙인 소설 쓰기를 접고 페스트 방역을 위해 온 힘을 다한다.

네 번째 인물은 취재차 오랑에 왔던 '깨닫는 인물'인 기자 랑베르Rambert다. 랑베르는 파리에서 취재차 왔다가 어처구니없게도 오랑에 발이 묶인다. 탈출할 방법을 찾는데 도저히 방법이 없다. 그러다가 끝내, "혼자만 행복하다는 것은 부끄러울 수 있는 일입니다"라며 페스트에 맞서기로 한다. 도망가려고만 애쓰다가 나중에는 "내가 이 도시를 떠날 방도를 찾을 때까지 함께 일하도록 허락해 주시겠어요?"라며 자원보건대에 합류하는 것이다. 랑베르는 이기적인 인물에서 공동체적 사랑을 택하는 긍정적인 인물로 변한다.

네 사람이야말로 고통을 보고 모른 척하지 않았던 '선한 사마리아인'이다. 누가복음 10장 25~37절을 잠깐 살펴보자.

> 25 어떤 율법교사가 일어나 예수를 시험하여 이르되 선생님 내가 무엇을 하여야 영생을 얻으리이까.
>
> 26 예수께서 이르시되 율법에 무엇이라 기록되었으며 네가 어떻게 읽느냐.
>
> 27 대답하여 이르되 네 마음을 다하며 목숨을 다하며 힘을 다하며 뜻을 다하여 주 너의 하나님을 사랑하고 또한 네 이웃을 네 자신같이 사랑하라 하였나이다.
>
> 28 예수께서 이르시되 네 대답이 옳도다. 이를 행하라 그러면 살리라 하시니
>
> 29 그 사람이 자기를 옳게 보이려고 예수께 여짜오되 그러면 내 이웃이

누구니이까.

30 예수께서 대답하여 이르시되 어떤 사람이 예루살렘에서 여리고로 내려가다가 강도를 만나매 강도들이 그 옷을 벗기고 때려 거의 죽은 것을 버리고 갔더라.

31 마침 한 제사장이 그 길로 내려가다가 그를 보고 피하여 지나가고

32 또 이와 같이 한 레위인도 그곳에 이르러 그를 보고 피하여 지나가되

33 어떤 사마리아 사람은 여행하는 중 거기 이르러 그를 보고 불쌍히 여겨

34 가까이 가서 기름과 포도주를 그 상처에 붓고 싸매고 자기 짐승에 태워 주막으로 데리고 가서 돌보아 주니라.

35 그 이튿날 그가 주막 주인에게 데나리온 둘을 내어 주며 이르되 이 사람을 돌보아 주라 비용이 더 들면 내가 돌아올 때에 갚으리라 하였으니

36 네 생각에는 이 세 사람 중에 누가 강도 만난 자의 이웃이 되겠느냐.

37 이르되 자비를 베푼 자니이다 예수께서 이르시되 가서 너도 이와 같이 하라 하시니라.

강도를 만나 반쯤 죽은 사람을 보고도 제사장은 그냥 지나치고, 레위 사람도 슬그머니 지나친다. 그런데 길 가던 사마리아인이 "그 옆을 지나다가 가엾은 마음이 들어"(33절) 걸음을 멈춘다. 여기서 '가엾은 마음이 들어' 혹은 '불쌍히 여기다'라는 말의 헬라어 원어는 '스플랑크니조마이splanchnizomai'다. 이 말은 창자가 뒤틀리고 끊어져 아플 정도로 타자의 아픔을 공유한다는 말이다. 내장학內臟學이라는 의학용어 스플랑크놀로지splanchnology도 이 단어에서 나왔다. 내장이

찢어질 것 같은 아픔, 곧 스플랑크니조마이는 예수가 많이 쓰던 단어 였다. 그래서 '불쌍히 여기사'를 우리말로 풀면 '애간장이 끊어지는 듯했다'는 '단장(斷腸, 창자를 끊는 듯)의 아픔'을 말하는 것이다(김응교,《그늘 - 문학과 숨은 신》, 새물결플러스, 2012. 83면).

예수는 이 예화에서 강도 만난 사람을 구한 사마리아인의 종교를 묻지 않는다. 세례받았는지 묻지 않는다. 헌금을 얼마나 하는지, 십일조를 내는지 묻지 않는다. 다만 예수는 정언正言한다. "가서 너도 이와 같이 하라"(누가복음 10:37).

카뮈의 후기작품, 특히 《페스트》와 《전락》을 통하여 카뮈는 휴머니즘과 죄의식을 주제로 기독교 사상의 영향을 보이기도 한다.

카뮈의 실존주의 철학으로 알려진 "나는 반항한다. 그러므로 우리는 존재한다Je me révolte, donc nous sommes"라는 정신이 가장 잘 드러난 작품이 《페스트》다. '부조리absurdité'에 '반항révolte'하는 실존주의적 인간이 카뮈가 제시하는 인간 유형이다. '고독한solitaire 나je'가 '연대하는solidaire 우리nous'로 변해야 한다는 사상이다. 여기서 '우리'는 깨달은 '다중多衆, The multitude'을 뜻한다.

네 명의 인물은 모두 페스트(운명)에 맞서는 방향으로 향한다. 카뮈가 말하는 '우리'에 포함되는 인물들이다. 네 사람은 우리 사회를 대표하는 상징적인 인물이다. 의료계의 리유, 자유주의자 장 타루, 비정규직 공무원 예술가 그랑, 언론인 랑베르, 그 외에 종교인 파늘루 신부, 이렇게 대표적인 다섯 인물이 당대의 문제를 반영하고 있다.

이들은 투쟁이든 초월이든 도피든, 마침내 부조리한 운명에 반항하는 실존으로 표상된다. 이들은 '자원보건대'를 조직하여 공동선을 실천한다. 여기서 페스트는 단지 질병만을 상징하는 것이 아니다. 파시즘, 전쟁, 나치즘, 자본주의적 부조리, 종교적 폭력 등 카뮈가 페스트로 여기는 부조리함은 너무도 많다. 이런 부조리에 대항하여, 카뮈는《반항인》에 나오는 '반항인'처럼 '아니오non'라고 말하며 실천해야 한다고 정의한다.

형식적인 신앙의 한계를 깨닫는 '초월적 유형' 신부 파늘루Paneloux도 중요한 인물이다. 중심인물은 아니지만 페스트의 의미가 무엇인지와 관련하여 파늘루 신부의 존재감은 결코 가볍지 않다. 이 소설에서 우리는 파늘루 신부의 네 가지 변화를 볼 수 있다.

첫 번째 단계에서, 파늘루 신부는 페스트는 타락한 오랑을 향한 신의 심판이라고 함부로 주장한다.

파늘루 신부는 죄를 지은 당신들은 "불행을 겪어 마땅"하다며 공포를 조장한다. 영화에서는 웅장한 성당에서 파늘루 신부가 설교하는 장면을 재현한다(39:20). 마치 2020년대 코로나바이러스 시대에 죄 지은 사람만 코로나19에 걸린다, 혹은 중국이 죄를 많이 지어 하나님이 코로나바이러스로 중국을 치셨다고 끊임없이 엉뚱한 설교를 하는 모습 같다. 그들 말이 맞는다면, 시진핑만 코로나에 걸려야지, 유럽과 미국과 온 지구의 애꿎은 사람들이 왜 이리 많이 죽어야 할까.

다만 파늘루 신부는 존경받는 종교인이었다. 그는 "박식하고 열

렬한 제수이트파 신부로, 종교 문제에 무관심한 사람들 사이에서도 대단한 존경을 받고 있는 인물"이다. 신부는 시민들 사이에서 평판이 좋은 사람이었을 뿐만 아니라 "성 아우구스티누스와 아프리카 교회에 대한 연구"와 권위 있는 "금석문 고증"으로 "교단에서 각별한 위치를 차지하고 있는" 사람이다. 인기가 있으면서도 "청중에게 혹독한 진실들을 가차없이 털어놓는" 사람이다.

두 번째 단계에서 파늘루 신부는 오통 판사의 죄 없는 아들이 죽어 가는 장면을 목도한다.

이 장면은 소설 전체에서 보이는 '초월적 대응양식'과 '반항적 대응양식' 사이에서 전자가 얼마나 무익한가를 보여 준다. 리유, 타루, 그랑, 랑베르, 파늘루, 카스텔 등 거의 모든 등장인물이 죽어 가는 아이를 본다(1:10:00). 아이의 외마디는 고통스럽고 날카롭다. 결국 아이는 단말마의 소리를 남기고 죽는다.

파늘루 신부는 "벽에 기댄 채 어딘지 약간 맥이 풀린" 상태에서 어린애가 죽어 가는 모습을 지켜본다. 이후 그의 얼굴에는 "고통스러운 표정"이 나타났고 "몸을 바쳐 일해 온 지난 며칠 동안의 피로가 그 충혈된 이마에 주름살을 그어 놓고 있었다."

세 번째 단계에서, 리유는 파늘루 신부와 대립한다. 리유는 파늘루 신부에게 이 아이는 죄가 없는데도 페스트에 걸려 죽었다며 신부의 잘못을 지적한다. 그런데도 신부는 여전히 허방 짚는 말을 한다.

"정말 우리 힘에는 도가 넘치는 일이니 반항심도 생길 만합니다. 그렇지만 아마도 우리는 우리가 이해할 수 없는 것을 사랑해야 할지도 모릅니다.”

“나는 사랑이라는 것에 대해서 달리 생각하고 있어요. 어린애들마저도 주리를 틀도록 창조해 놓은 세상이라면 나는 죽어도 거부하겠습니다. (…) 우리는 신성모독이나 기도를 초월해서, 우리를 한 데 묶어 주고 있는 그 무엇을 위해서 함께 일하고 있어요.”

“그럼요. 당신도 역시 인간의 구원을 위해서 일하고 계시거든요.”

“인간의 구원이란 나에게는 너무나 거창한 말입니다. 나는 그렇게까지 원대한 포부는 갖지 않았습니다. 내게 관심이 있는 것은 인간의 건강입니다. 다른 무엇보다도 건강이지요.”

네 번째 단계에서, 파늘루 신부는 자신의 잘못을 깨닫고 고통 곁으로 다가가는 순교적 자세를 보인다. 급기야 그는 신을 위해 페스트와 싸워야 한다고 다짐하기 시작한다.

파늘루는 보건대에 들어온 이후로, 병원과 페스트가 들끓는 장소를 떠나 본 일이 없었다. 그는 보건대원들 틈에서 마땅히 자신이 있어야 한다고 생각되는 자리, 즉 최전선에 나섰던 것이다.

파늘루 신부는 이제는 제대로 설교하고 사람들을 구하다가 페스트에 걸려 순교한다. 부드럽고 신중한 말투로 이야기를 했고, 또 몇 번씩이나 청중들은 그의 말투에서 모종의 주저하는 빛을 발견했다. 그는 이제는 ‘여러분’이라고 하지 않고 ‘우리들’이라는 단어를 쓰

겨울

며 설교했다. 끝까지 신을 믿으며 페스트에 걸렸으나 리유의 치료를 받지 않고 사망한다. 사실 어린애가 죽어 가는 장면 이전부터 파늘루 신부도 이미 보건대에 동참하고 있었다. 페스트에 대해 어떤 태도를 취해야 할지 보여 주는 장면이다.

소설《페스트》를 일반인은 물론 특히 예수를 좋아하는 사람들이 꼭 읽어야 할 책이라고 강조하는 이유는 바로 이런 까닭에서다. 네 명의 사마리아인들뿐만 아니라, 잘못된 판단을 했던 파늘루 신부까지, 카뮈는 부조리한 시대에 인간이 어떤 행동을 해야 할지 제시한다.

> 너희 중에 누구든지 크고자 하는 자는 너희를 섬기는 자가 되고 너희 중에 누구든지 으뜸이 되고자 하는 자는 너희의 종이 되어야 하리라. 인자가 온 것은 섬김을 받으려 함이 아니라 도리어 섬기려 하고 자기 목숨을 많은 사람의 대속물로 주려 함이니라. 마태복음 20:25~28

카뮈 자신의 의도와는 달리 역설적으로《페스트》는 성서적인 인간 유형을 제시했다. 졸저《곁으로-문학의 공간》에서 나는 '고통의 구심점 곁으로' 향해야 인간은 건강한 사회를 이룰 수 있다고 썼다. 그 생각이 바로《페스트》에 그대로 담겨 있다. 페스트에 나오는 네 가지 인물 유형은 '고통의 구심점 곁으로' 가서 함께 싸웠던 인물들이다.

유튜브 — '페스트'의 사마리아인들

이적

◦윤동주

발에 터분한 것을 다 빼어버리고
황혼黃昏이 호수湖水 위로 걸어오듯이
나도 사뿐사뿐 걸어보리이까?

내사 이 호수湖水가로
부르는 이 없이
불리어 온 것은
참말 이적異蹟이외다.

오늘따라
연정戀情, 자홀自惚, 시기猜忌, 이것들이
자꾸 금金메달처럼 만져지는구려

하나, 내 모든 것을 여념餘念 없이
물결에 써서 보내려니
당신은 호면湖面으로 나를 불러내소서.

매년 2월이면 1945년 2월 16일에 숨을 거둔 윤동주 시인의 시가 다가온다.

우리는 매일 기적을 구하며 살고 있다. 복권을 사며 뜻밖의 소식이 오기를 기다린다. 기적 혹은 계시란 종교가 인간에게 주는 특별한 선물이겠다. 호숫가에 가기 전에 그는 "발에 터분한 것을 다 빼어버리고" 왔다고 한다. 마치 모세가 호렙산에서 십계를 받을 때 신발을 벗었듯이 윤동주는 터분한 것, 그러니까 더럽고 지저분한 것, 개운치 않고 답답하고 따분한 것을 버리고 호숫가 앞에 섰다.

1연 끝의 "~보리이까", 그리고 마지막 행의 "나를 불러내소서"라는 구절에서 보듯 전체적으로 기도의 형식으로 쓰여 있다. 1연의 "황혼黃昏이 호수湖水 위로 걸어오듯이/ 나도 사뿐사뿐 걸어보리이까"라는 구절은 당연히 파도치는 갈릴리 호수 위를 걸어오는 예수를 보고 자신도 걸어 보려 했던 베드로의 이야기를 연상하게 한다.

예수께서 즉시 제자들을 재촉하사 자기가 무리를 보내는 동안에 배를 타고 앞서 건너편으로 가게 하시고 무리를 보내신 후에 기도하러 따로 산에 올라가시니라. 저물매 거기 혼자 계시더니 배가 이미 육지에서 수리나 떠나서 바람이 거스르므로 물결로 말미암아 고난을 당하더라. 밤 사경에 예수께서 바다 위로 걸어서 제자들에게 오시니 제자들이 그가 바다 위로 걸어오심을 보고 놀라 유령이라 하며 무서워하여 소리 지르거늘 예수께서 즉시 이르시되 안심하라. 나니 두려워하지 말라. 베드로

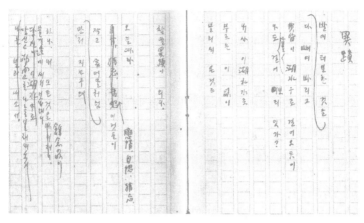

<이적> 윤동주 자필 원고

가 대답하여 이르되 주여 만일 주님이시거든 나를 명하사 물 위로 오라

하소서 하니 오라 하시니 베드로가 배에서 내려 물 위로 걸어서 예수께

로 가되 바람을 보고 무서워 빠져 가는지라. 소리 질러 이르되 주여 나를

구원하소서 하니 예수께서 즉시 손을 내밀어 그를 붙잡으시며 이르시되

믿음이 작은 자여 왜 의심하였느냐 하시고. 마태복음 14:22~32

이 글 이전에 예수는 다섯 개의 떡과 두 마리의 생선으로 오천

명을 먹인 이른바 오병이어의 이적을 보였다. 그 어마어마한 이적을

행한 뒤에도 예수는 "재촉하사 (자기가) 무리를" 흩어지게 한다. 요한

복음에 보면 영웅이 되기를 거부하는 예수의 모습이 더욱 구체적으

로 묘사되어 있다. "예수께서 그들이 와서 자기를 억지로 붙들어 임

겨울

금으로 삼으려는 줄 아시고 다시 혼자 산으로 떠나가시니라"(요한복음 6:15).

갈릴리 호수는 해수면보다 210미터나 낮은 곳에 있는 특이한 민물 호수이다. 남북으로 21킬로미터, 동서로 약 12킬로미터 정도로 기다랗고, 제일 깊은 곳은 약 43미터로 바다처럼 보일만치 거대한 호수이다. 호수를 따라 평균 높이 2천 미터를 넘는 헐몬산 등 높은 산이 줄지어 섰고, 지리산보다도 높은 이 산 위에는 흰 눈이 덮여 있다.

차가운 시베리아 바람이 따뜻한 한반도 남쪽으로 불어 내려오듯이, 낮에는 차가운 갈릴리 호수에서 뜨거운 산 쪽으로 바람이 불었다. 예수는 낮은 바다 쪽에서 산 쪽에 앉은 군중에게 말씀을 전했다. 자연적인 음향시설을 이용한 것이다.

갈릴리 호수에는 자주 폭풍이 쳤다. "바람이 거스르므로 물결로 말미암아 고난을 당하더라." 해가 저물고 대지가 식으면, 2,814미터나 되는 눈 덮인 산에서 만들어진 찬바람이 계곡을 따라 해수면보다 210미터나 더 낮은 계곡에 위치한 갈릴리 호수로 불어 내려온다. 당연히 몹시 심한 풍랑이 일겠다. 황혼도 완전히 사라지고 거친 풍랑이 무서운 "밤 사경"이었다. 험한 풍랑 위로 걸어오시는 예수를 보고 제자들은 "놀라 유령이라 하며 무서워하"고 당황했다. 갈릴리 호수에서 고기를 잡으며 평생 살아온 어부 베드로도 물 위로 걷는 이상한 존재가 다가오니 무서웠던 모양이다. 두려워하는 베드로를 보고 예수는 성경 전체를 꿰뚫는 말씀을 전한다.

"안심하라. 나니 두려워하지 말라."

이 말이야말로 성경 전체에 흐르는 임마누엘의 일관성이라 할 수 있겠다.

그때 베드로는 "주여, 만일 주님이시거든 나를 명하사 나를 명하사 물 위로 오라 하소서"라고 한다. 두려워하던 베드로가 맨 처음 입 밖에 낸 단어는 "주여"이다. 공포에서 벗어나 주님을 호명하는 자세는 키르케고르가 주창한 기독교적 실존주의의 모습이다. 운명에 부닥치는 무신론적 실존주의자라면 남을 부르지 않고 자기 자신에게 목숨을 걸었겠다.

베드로는 바로 전날 낮에 오병이어라는 큰 이적을 보았기에 예수처럼 바다 위를 걸을 수 있다고 믿었을지도 모른다. 기적이 계속 이어지리라 생각했기 때문일까.

바로 이 사건을 화가 렘브란트가 그렸다. 믿음이 좋아서였다기보다, 이런 종류의 그림은 당시 판매하기 좋았기 때문이다. 렘브란트는 판매가 잘되는 그림은 제자들을 시켜 몇 장이고 복제품을 만들어 팔았다. 당시 바다를 건너 새로운 원양 무역을 개척해 나가던 네덜란드와 덴마크 사람들에게 폭풍 속에서 난파하지 않고 살아남는 일은 매우 중요했다. 풍랑 속에서 살아남기를 바라기에 선박이나 지도에 바다를 지배하는 괴물을 그려 넣기도 했다. 당황한 표정이 역력한 제자 열두 명의 중앙에 누워 있는 예수는 평안해 보인다. 풍랑을 이겨 낸 예수와 함께 있는 제자들을 그린 이 그림은 항해 나가는 선원이나 그 가족에게 평안을 주는 그림이었다.

겨울

이 사건을 많은 시인들이 썼다. 정지용이 쓴 시도 있다. 윤동주가 이 일을 배경으로 쓴 시가 〈이적〉이다.

예수님처럼 물 위를 걸을 수 있을까 하는 것이 1연의 의미다. 아무튼 물 위를 걷는다는 것은 큰 이적이다. 그런데 윤동주는 2연에서 그런 이적을 말하지 않는다. "부르는 이 없이/ 불리어 온 것은/ 참말 이적異蹟이외다."

베드로는 물 위를 걷는 이적을 바랐을지 모른다. 아마 물 위를 걸었다면 이후 간증이든 자랑이든 여러 번 그 기적을 드러냈겠다. 그런데 윤동주가 보는 기적은 전혀 다르다. 윤동주는 그저 호숫가에 불리어 온 것이 "참말 이적"이라고 한다. 풍랑 치는 고통 앞에 서 있는 것이 기적이라는 말이다. 지금까지 살아온 일상 자체가 "참말 이적"인 것이다. "내사"는 나야, 나아가 나와 같은 것이라는 겸손의 표현이겠다. "내사"라는 의미는 나처럼 부족한 존재가 부르는 이도 없는데 이 호숫가로 불리어 온 것이 "참말 이적"이라는 것이다. 가령 상상치도 못했던 순간을 경험하는 특별 계시special revelation와 햇살이나 공기 속에서 살아가는 일반 계시general revelation를 구분한다면, 일상 속에서 느끼는 일반 계시를 윤동주는 '참말 이적'이라고 하는 것이다.

윤동주는 이 시에서 여성에 대한 연정戀情, 자기도취自惚, 남에 대한 시기猜忌 따위의 고민을 열거했다. 본래 원고를 보면 자긍自矜, 시기猜忌, 분노憤怒라고 쓰여 있는데, 분노를 지우고 맨 앞에 '연정'을 써넣었다. 분노보다 윤동주에게 심각했던 유혹은 연정이었던 모양이다.

자홀自惚이란 자기도취다. 요즘 말로는 '자뻑'이라고 해도 될지. 황금의 지식을 탐하는 욕망, 그것이 그에게 자기도취였을까. 그가 억제할 수 없는 지식욕을 갖고 있었다는, 그 일에 도취되어 있었다는 것을 확인할 수 있다.

이런 것들이 오늘따라 "금金메달처럼 만져"진다고 한다. 그런데 바로 그 금메달 같은 욕망들을 "내 모든 것을 여념餘念 없이/ 물결에 씻어서 보내"겠다고 한다. 마음속의 욕망을 씻어 버릴 수 있을 '참말 이적'을 경험한다는 생각이다. 그는 이미 이적을 체험한 상태이다. 그러고 나서 나를 파도 치는 호수로 불러 세워 달라고 말한다. 예수 그리스도의 힘이 있다면 물 위를 걸을 수 있다는 뜻일까.

〈이적〉을 썼던 원고지의 구석에는 "모욕을 참아라"라는 메모가 있다. 이 메모가 바로 옆자리에 이어 쓴 〈아우의 인상화〉와 관련되어 있다고 보기는 어렵다. 따라서 〈이적〉과 연관하여 시련과 마주하겠다는 능동적 다짐으로 읽힌다.

스물한 살, 이제 대학에 입학하고 두 달 보름이 지난 어느 날, 윤동주는 문득 호숫가에 서 있는 자신을 발견한다. 물론 관념의 호숫가이겠지만, 영문학자 이상섭 교수의 글을 보면 실제로 지금의 홍익대 근처에 큰 연못이 있었다고 말한다. 그 물가에서 동주가 시를 썼을 가능성도 있다고 한다.

당시 연희의 숲은 무척 우거져서 여우, 족제비 등 산짐승이 많았고, 신촌은 초가집이 즐비한 서울(경성) 변두리 어디서나 볼 수 있던 시골 마을이었고, 사이사이에 채마밭이 널려 있었고, 지금의 서교동 일대(1960년대까지 '잔다리'라고 했다)에는 넓은 논이 펼쳐 있었다. 지금의 홍대 앞 신촌 전화국 근처에 아주 큰 연못이 있었는데 1950년대에도 거기서 낚시질하는 사람들이 많았다. (…) 윤동주가 묵던 기숙사에서 잔다리의 연못까지는 약 30분 거리, 거기서 10여 분 더 걸으면 강가(서강)에 도달했다. 아마도 1938년 초여름 어느 황혼녘에 그는 잔다리의 그 연못가로 산보를 나왔다가 순간적으로 놀라운 경험을 한 것 같다. **이상섭, 《윤동주 자세히 읽기》, 한국문화사, 2007, 124면**

실제 호숫가에서 썼는가 아닌가 하는 점보다 중요한 것은 윤동주가 쓰고자 했던 생각이겠다. 많은 목회자들이 "안심하라. 나니 두려워하지 말라"(27절)에 강조점을 두어 이 성경 구절을 설교하곤 한다. 그런데 윤동주는 전혀 다른 시각에서 이 구절을 패러디한다. "발에 터분한 것을 다 빼어버리"면 예수님처럼 물 위를 걸을 수 있을까 하는 것이 1연의 의미다. 물론 물 위를 걷는다는 것은 큰 이적이다. 그런데 윤동주는 2연에서 그런 이적을 말하지 않는다.

내사 이 호수湖水가로
부르는 이 없이
불리어 온 것은
참말 이적異蹟이외다.

자신의 연정과 자기도취와 시기심을 버리는 순간이 기적을 체험하는 순간이 아닐까. 시련을 당하겠다는 의미의 표출이며 능동적인 다짐으로도 볼 수 있다. 이러한 능동성은 이후 "행복한 예수 그리스도에게/ 처럼/ 십자가가 허락된다면"(〈십자가〉) 모가지를 드리우고 피 흘리겠다는 순교자적인 결단에까지 다가간다. 윤동주의 신앙이 선연하게 느껴지는 부분이다.

유튜브 — 윤동주 평전-송우혜 김응교

겨울

돌아와 보는 밤

◦ 윤동주

세상으로부터 돌아오듯이 이제 내 좁은 방에 돌아와 불을 끄옵니다. 불을 켜두는 것은 너무나 피로롭은 일이옵니다. 그것은 낮의 연장延長이옵기에—

이제 창窓을 열어 공기空氣를 바꾸어 들여야 할 텐데 밖을 가만히 내다보아야 방房안과 같이 어두워 꼭 세상 같은데 비를 맞고 오던 길이 그대로 빗속에 젖어 있사옵니다.

하루의 울분을 씻을 바 없어 가만히 눈을 감으면 마음속으로 흐르는 소리, 이제, 사상思想이 능금처럼 저절로 익어가옵니다.

윤동주 시 백여 편 중에 유일하게 기도문으로 쓰인 시를 마주한다. "~이옵니다", "~있사옵니다" 같은 기도문 식의 종결형 어미는 윤동주의 작품에서 이 시에만 나타난다. "세상"에서 "좁은 방"으로, 밝은 세계에서 어두운 세계로 들어온 화자는 고독 속에서 기원하고 있다. 쉬운 산문시 같지만 반복해서 읽어야 할 작품이다. 몇 번을 새겨 읽으면 읽을수록 새로운 의미를 주는 작품이다.

지친 세상에서 돌아온 화자는 켜 두었던 "불을" 끈다. "불을 켜 두는 것은 너무나 피로롭은 일"이기 때문이다. 환한 불빛 아래 있으면 절망과 환멸의 낮이 다시 회상되기 때문이다. 그 울분을 잊을 길이 없어 화자는 불을 끈다. 좁은 방에 들어온 화자가 창을 열어 공기를 바꾸려고 밖을 내다보지만 어두운 방 안과 다를 것이 없다. 화자가 걸어온 비에 젖은 길만 보일 뿐이다. 식민지 현실이 극악한 지점에 이르렀던 1941년에 쓴 이 시는 개인의 내면적인 고통뿐만 아니라 암울한 시대를 떠올리게 한다.

내가 할 수 있는 것은 이제 "가만히 눈을 감"고, "마음속으로 흐르는 소리"를 경청하는 것이다. 밝음과 어둠에 대한 역설적인 표현이 인상 깊다. 보통 빛은 긍정이며 어둠은 부정인데, 이 시에서 화자는 불을 켜 두는 것이 너무 괴로운 일이라고 한다. 불을 꺼서 현란한 세상과 단절하고자 하나 그것도 어렵다.

"하루의 울분을 씻을 바 없어" 결국 화자는 눈을 감고, 현란하게 밝은 세상을 차단하고, "마음속으로 흐르는 소리"를 들으려 한다. 자신의 소망을 무턱대고 구걸하는 기도가 아니라 마음속에 흐르는 소리를 들으려 하는 성숙한 자세다. 그제야 비로소 눈부신 '세상 속의 나'가 아니라 어두운 '내면 속의 나'를 마주할 수 있다. 따라서 눈을 감는다는 것은 도피가 아니라 자신의 내면을 직시하고자 하는 시도가 된다.

"너는 기도할 때에 네 골방에 들어가 문을 닫고 은밀한 중에 계신 네 아버지께 기도하라"(마태복음 6:6)는 말씀처럼 윤동주는 좁은 방에 들어가 '숨은 신'에게 기도하고 있다. 좁은 방은 곧 자신의 내면을 응시할 수 있는 기도의 자리다. 그런 의미에서 〈십자가〉가 외면적인 실천의 의미가 강하게 담겨 있는 종교시라면 〈돌아와 보는 밤〉은 내면적 성찰이 돋보이는 기도시라고 할 수 있겠다.

숨은 신과 일대일로 만나 대화하는 인간의 사상은 익어 간다. 격정에서 벗어나 차분한 호흡을 찾은 화자는 이제 "사상思想이 능금처럼 저절로 익어가"는 순간을 기다린다. 이 시는 윤동주가 키르케고르에 몰두하던 4학년 때 썼다. 하나님 앞에 단독자로서 헌신을 다짐하는 키르케고르와 윤동주의 공통된 삶의 자세를 볼 수 있는 작품이다.

이 시를 쓴 1941년 6월은 주로 교과서에 많이 실려 있는 소위 그의 대표작이 쏟아져 나오던 시기였다. 그해 5월 30일에 〈십자가〉를 쓴 윤동주는 이제 전혀 다른 차원에 들어선 시인으로 보인다. 그의 시는 깊어졌다. 아파서 헤매며 방황하고(〈가슴 1〉) 불안해하던 모습은 없고, 차분하게 "행복한 예수 · 그리스도"(〈십자가〉)처럼 살아갈 것을 다짐하고 있다.

예수님은 새벽에 '무릎 꿇는 기도'를 하신 뒤, 온종일 가난한 자와 약자를 대하며 '움직이는 기도'를 행했다. "하늘을 우러러 한점 부끄럼 없기를"(《서시》) 다짐하는 윤동주의 내면은 '무릎 꿇는 기도'일 것이다. 그 내면 성찰은 "모든 죽어가는 것을 사랑해야지"라는 실천으로 이어진다. "마음속에 흐르는 소리"를 듣는 기도로 겨울을 견디며, 봄을 기다려 보자.

유튜브 — KBS 라디오 윤동주 탄생 100주년 '하늘과 바람과 별과 시'

겨울

팔복

– 마태복음 5:3~12

˚윤동주

슬퍼하는 자는 복이 있나니

슬퍼하는 자는 복이 있나니

슬퍼하는 자는 복이 있나니

슬퍼하는 자는 복이 있나니

슬퍼하는 자는 복이 있나니

슬퍼하는 자는 복이 있나니

슬퍼하는 자는 복이 있나니

슬퍼하는 자는 복이 있나니

저희가 영원히 슬플 것이오.

〈투르게네프의 언덕〉, 〈소년〉, 〈산골물〉을 쓴 1939년 9월 이후 1940년 12월까지 윤동주는 글을 남기지 않았다. 이른바 '윤동주의 침묵 기간'이라고 한다. 이 기간 동안 윤동주 시인의 내면과 외면에 어떤 일이 있었기에 1년 3개월 동안 글을 쓰지 않았을까. 광명중학교 때 주일학교 교사도 하고, 연희전문 1, 2학년 때까지 하기성경학교를 돕기도 했던 윤동주였건만, 침묵 기간 동안 신앙생활과 조금 거리를 두는 모습을 보였다. 단지 후배 정병욱과 이화여전 구내의 협성교회를 다니며 영어 성서반에 참석한 게 전부일까.

침묵 기간이 끝난 1940년 12월에 윤동주 시는 큰 변화를 보인다. 당시 쓴 대표적인 작품은 〈팔복〉, 〈위로〉, 〈병원〉이다. 시 〈팔복〉의 부제로 쓴 마태복음 5장 3~10절이 시의 주제를 말한다.

심령이 가난한 자는 복이 있나니 천국이 그들의 것임이요,

애통하는 자는 복이 있나니 그들이 위로를 받을 것임이요,

온유한 자는 복이 있나니 그들이 땅을 기업으로 받을 것임이요,

의에 주리고 목마른 자는 복이 있나니 그들이 배부를 것임이요,

긍휼히 여기는 자는 복이 있나니 그들이 긍휼히 여김을 받을 것임이요,

마음이 청결한 자는 복이 있나니 그들이 하나님을 볼 것임이요,

화평하게 하는 자는 복이 있나니 그들이 하나님의 아들이라 일컬음을
　받을 것임이요,

의를 위하여 박해를 받은 자는 복이 있나니 천국이 그들의 것임이라.

마태복음 5장 1~13절은 유명한 '산상수훈'으로, 윤동주의 〈팔복〉은 이 산상수훈을 패러디한 작품이다. 산상수훈은 신앙인이 누릴 여덟 가지 복을 열거한 가르침이다. 심령이 가난한 자, 애통해하는 자, 온유한 자, 의에 주리고 목마른 자, 긍휼히 여기는 자, 마음이 청결한 자, 화평케 하는 자, 의를 위하여 핍박을 받은 자, 이렇게 여덟 가지로 구분하고 있지만 윤동주는 이를 '슬퍼하는 자' 하나로 표현해 버린다. 이 시를 쓴 1940년은 야만의 시대였다.

한 편의 시를 누구나 자유롭게 해석할 수는 있으나 이 시를 절망이나 풍자시 혹은 냉소적 패러디 시로 읽어서는 안 된다. 이 시는 신세 한탄 같은 저주스러운 주문呪文이 아니다. 오히려 이 시는 복음의 핵심을 깨달은 작품이다.

적어도 함께 발표한 〈위로〉, 〈병원〉이라는 시와 비교하면 그러한 부정적 해석이 불가능하다. 이 시를 쓰고 6개월 뒤에 쓴 〈십자가〉(1941. 5. 31.), 이어서 11개월 이후에 쓴 〈서시〉(1941. 11. 20.)를 생각한다면 이 시를 도저히 단순한 불신앙의 시로 생각할 수 없고 오히려 강력한 신앙고백으로 읽을 수 있다.

〈십자가〉에서 윤동주는, "외로왔던 사나이/ 행복幸福한 예수 그리스도에게/ 처럼/ 십자가가 허락된다면// 모가지를 드리우고/ 꽃처럼 피어나는 피를/ 어두어가는 하늘 밑에/ 조용히 흘리겠습니다"라고 고백한다. 어두워 가는 하늘 밑에 피를 조용히 흘리겠다는 순교적 결단, 슬픔과 함께하겠다는 이 결단이야말로, 〈팔복〉에 나타난 "슬퍼하는 자는 복이 있나니"를 설명하고 있다. 윤동주는 바로 위 행에서

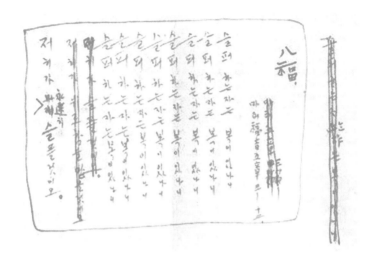

<팔복> 윤동주 자필 원고

외로웠던 사나이 예수 그리스도를 "행복幸福한" 사람으로, 행복하다고, 복되다고 강조하고 있다.

고통에 정면 대응하여 "저희가 오래 슬플 것이요"로 아프게 고백한다. 그러다가 "오래"라는 말에 걸렸던 모양이다. 동주는 "오래"를 지우고 그 자리에 "영원히"로 고쳐 넣는다. "저희가 영원히 슬플 것이요"로 아프게 마무리짓는다.

"저희가 영원히 슬플 것이오."

성경을 보면 여덟 가지 복을 나열한 후에 예수는 "나를 인하여 너희를 욕하고 핍박하고 거짓으로 너희를 거스려 모든 악한 말을 할

겨울

때에는 너희에게 복이 있나니 기뻐하고 즐거워하라. 하늘에서 너희의 상이 큼이라"(마태복음 5:11~12)라고 말한다. 영원성을 '하늘'로 표현했던 성서적 깊이를 그대로 표현한 것이다.

윤동주는 위로가 없는 '슬픈 행복'을 택한다. "행복한 예수 그리스도에게/ 처럼"(〈십자가〉) 그래서 "저희가 영원히 슬플 것이오"라고 고쳐 쓴다. 슬픔과 벗하며, 슬픔과 함께 웃고, 슬픔과 함께 눈물 흘리며 영원히 슬퍼하는 행복을 선택한 것이다.

유튜브― 가을, 윤동주 생각. 2011년 11월 4일

봄새싹과 함께 손 모아

3월에게

◦ 에밀리 디킨슨

친애하는 3월아, 어서 들어와!

내가 얼마나 반가운지!

전에 내가 한참 찾았거든.

모자는 내려놓고—

너 걸어왔나 보다—

그렇게 숨이 찬 걸 보니

친애하는 3월, 잘 지냈어?

다른 이들은?

'자연'은 잘 떠났어?

오, 3월아, 나랑 지금 위층으로 가자.

할 말이 너무 많아.

나는 너의 편지랑 새들을 받았어.

단풍나무는 네가 올 거란 걸 전혀 몰랐어

네가 올 거라고 내가 선언했더니,

단풍나무 얼굴이 얼마나 빨갛게 변했는지!

하지만, 3월아, 나를 용서해 줘

그리고 색을 입히라고 내게

남겨준 모든 언덕에

알맞은 보라색을 찾을 수 없었어

네가 모든 것을 가져갔지.

누가 두드릴까? 그 4월이구나!

문 잠가라!

나를 찾지 못하게!

내가 너에게 사로잡혔을 때

4월은 나에게 전화하려고 1년이나 기다렸어.

하지만 3월 네가 오자마자

쓸데없는 것은 너무 사소해 보여

그 비난은 칭찬만큼이나 친밀하지

칭찬조차 비난 같기도 하고.

To March

Dear March, come in!
How glad I am!
I looked for you before.
Put down your hat-
You must have walked-
How out of breath you are!
Dear March, how are you?
And the rest?
Did you leave Nature well?
Oh, March, come right upstairs with me,
I have so much to tell.

I got your Letter, and the Birds -
The Maples never knew that you were coming -
I declare - how Red their Faces grew -
But March, forgive me -
And all those Hills you left for me to Hue -
There was no Purple suitable -
You took it all with you -

Who knocks? That April -
Lock the Door -
I will not be pursued -
He stayed away a Year to call
When I am occupied -
But trifles look so trivial
As soon as you have come

That blame is just as dear as Praise
And Praise as mere as Blame -

"오, 3월아, 나랑 지금 위층으로 가자. 할 말이 너무 많아." 3월은 정말 말이 많은 달이다. 초등학교부터 대학교까지 모두 개강을 해서 서로 이름을 외우고, 친구를 사귀는 달이다. 신입사원들은 밝게 웃으며 선배 사원들과 커피 마시며 대화하는 달이다. 3월을 기다렸던 화자는 위층으로 가서 차 한 잔하며 대화하자고 권한다.

이 시를 쓴 에밀리 디킨슨(1830~1886)은 아버지가 국회의원인 독실한 청교도 가정에서 자랐다. 마운트 홀리요크 신학대학에 입학한 그녀는 이후 여자 신학교에서 공부하고 평생 독신으로 지내며 시를 썼다. 전통적인 형식에 얽매이지 않고, 새롭고 신선한 표현방식으로 자연과 사랑을 노래했다. 그의 모든 시에는 청교도의 신앙이 담겨 있으나 뻔한 표현을 쓰지 않고, 일상 자체를 감사하는 시를 썼다.

하나님의 은총은 기적 같은 특별은총에만 깃들어 있는 것이 아니다. "너무 사소해" 보이는 것들에도 감사는 넘친다. 따스한 햇살, 마냥 삼키고 싶은 맑은 공기, 투명한 시냇물 등 사소한 것에 일반은총은 차고 넘친다. 미세먼지가 없는 맑디맑은 3월은 얼마나 거대한 우주의 숨통이며 축복이고 기적인가.

"주여, 주여, 주여!" 삼창을 꼭 해야 기도할 수 있는 분위기, 혹은 반드시 "하나님"이나 "주님"이 나와야 기도시인 줄 아는 이들이 있다. 바리새인들이 시시때때로 "주여, 주여" 했다고 하지 않는가. 감사가 넘쳐 나는 일상 자체, 일상을 감사하는 신앙으로 쓴 시에 주목해야 하지 않을까.

봄

눈이 아프고 많은 병에 시달려 침상에 내내 누워 지냈던 에밀리 디킨슨은 우리가 쓸데없다고 외면한 것들, 잊어버린 작은 것들에서 일반은총을 찾아냈다. 사소한 것을 보고 아름답고 독창적인 시를 써냈다. 그녀가 쓴 한 편 한 편의 시는 감사의 시였고, 신앙의 시였다. 살아 있을 때 발표한 일곱 편의 시로 주목받았고, 55세에 사망한 뒤 유작으로 시 1,775편을 남겼다. 몸이 불편했던 분들이 이 3월의 시를 읽고 훌훌 털고 일어나시기를 기도한다.

밍글라바, 사람들은 대단해

◦ 김응교

코끼리 등에 바나나 코코넛

잔뜩 실어와 나누기 좋아하고

어릴 때 나와 물놀이 하던 삼촌은

쌀국수에 밀크티 한 잔 마시고

새벽 시위까지 벌였대요

저격수들이 정조준으로 쏴서

머리가 부서진 사람이 많아요

저 독재자 무리를 그대로 두면 수천 년

사람들을 노예로 만들거나 죽일 거예요

이마에 피를 흘리며

팔이 부러진 삼촌은 울지도 않아요

총알이 관통한 다리를 오늘 잘라야 한대요

간호사 의사까지 끌려가 수술할 수 없다는데,

괜찮아, 모든 것이 잘 될 거야,

19세 치알 신 누나가 했던 말은 유행어가 되었어요

미얀마 사람들은 대단해요.

울면서도 이제 더 이상 물러서지 않고요.

제가 나선다 해도 눈물 보이지 않고

엄마 아빠는 껴안고 기도해주셨지요

아들딸 기다리며 냄비 두들기는

저 악당들은 윤회할 때 벌레로 태어날 거야,

바리케이트 심야시위까지 용맹한 미얀마 영웅들

행복해요. 저 많은 별빛 속에 저 툰툰아웅도 있어요.

누가복음 10장에 강도 만난 사람을 돕는 사마리아인 이야기가 나온다. 이 이야기에서 인간이 어떻게 살아야 할지 예수님은 짧게, "가서 그대로 하세요Go and do likewise"라고 권한다. 예수님의 메시지는 당혹스러울 정도로 단순하다. 강도 만난 사람이 이방인인지, 불교 신자인지 따지지 않고 그를 도운 사마리아인의 방식 그대로 "가서 그대로 하세요"라고 권한다.

사마리아인이 도운 사람이 유대인인지, 교회를 다니는지, 집사인지, 장로인지, 십일조를 내는지, 예수님은 전혀 묻지 않는다. 어떤 상황에 처할 때 예수님의 메시지는 놀라울 정도로 단순하다. 디트리히 본회퍼는 《나를 따르라》에서 예수님의 단순한 방식을 따르는 삶을 '단순한 복종'이라고 명명했다.

동남아시아에 거대한 쓰나미가 닥친다거나 지진 혹은 전쟁으로 수많은 사람이 죽으면, 복잡하게 생각하는 사람들이 가끔 있다. 불교국이라서 벌을 받았다는 황당한 설교를 하는 이도 있다. 이때 예수님의 메시지는 아주 단순하다. "가서 그대로 하세요."

2021년 2월 1일 미얀마에서 군부 쿠데타가 일어났다. 사악한 독재자와 군부는 미얀마 사람들을 어린이 노인 구별하지 않고 정조준하여 사살, 학살하고 있다. 미얀마 사람들은 목숨을 내놓고 군부와 싸우고 있다. 미얀마 만달레이에서 시위하다가 사망한 19세 소녀 치알 신이 사망 당시 입고 있던 상의에는 "모든 것이 잘될 거야Everything will be OK"라는 글이 쓰여 있었다. 88혁명 때 3천여 명 이상 희생되어 사오십 대 어른이 망명하거나 죽은 이 나라에서 지금 20대 청년들이 목숨 내놓고 민주주의를 위해 죽어 가고 있다. 이 비극적인 상황에 예수님이라면 어떻게 말씀하실까. 답은 간단하다.

"가서 선한 사마리아인처럼 강도 만난 사람들을 도우세요."

한국에 거주하는 미얀마 사람들은 요즘 잠을 못 이루고 있다. 미얀마 현지에 있는 가족과 친구들이 염려되어, 이들은 미얀마 대사관이나 중국 대사관 앞에서 시위를 한다. 몇 주간 나는 이들을 만나고 함께 성명서를 미얀마어로 번역하여 낭송하기도 했다. 모금을 하여 미얀마에서 피해를 입은 한 가족에게 적지만 10만원씩 송금하는 일을 했다.

페이스북 메시지로 미얀마 현지의 시인과 대화도 해 본다. 내가 쓴 글을 미얀마 청년이 읽고 서툰 번역기로 고맙다고 답신을 보내 주기도 했다. 미얀마인들과 문자와 정보를 나누며, 이 시간이 거의 기도하는 시간이 아닌가 싶기도 하다.

이 일로 집회가 있는 미얀마 대사관과 대전역을 오가다가, 3월 22일 툰툰아웅이라는 열세 살 소년이 총살당했다는 소식과 사진을 보았다. 툰툰아웅의 죽음을 생각하며, 그의 입장에서 글을 써 봤다. 이 책에 단 한 번이라도 미얀마, 타 종교와 함께해야 한다는 절실한 마음을 담고 싶었다.

"뭘 여유가 있어 미얀마까지 신경 쓸 필요가 있느냐"라고 묻는 사람도 있을지 모르겠다.

미얀마가 1951년 한국전쟁 때 물자지원을 했다는 사실을 이번에 처음 알았다. 당시 물자를 지원했던 나라 중 미얀마의 지원 물량은 총 2위였다. 당시 5만 달러의 쌀을 보냈는데, 현재 환율로 계산하면 10억을 보내 준 것이다. 지금도 미얀마 경제로는 외국에 1억 보내기도 쉽지 않을 것이다. 그 당시에도 우리보다 가난한 나라였다.

미얀마는 나누기를 좋아하는 나라다. 미얀마 불교는 기부문화를 중요하게 가르쳤다고 한다. 미얀마의 기부문화는 이번 생에서 공덕을 쌓으면 다음 생에서 멋지게 태어난다는 불교의 윤회사상에서 비롯되었다. 몇몇 도시를 제외하고 농촌이 많은 미얀마 사람들은 아침마다 탁발승에게 음식을 제공하고, 나그네가 물을 마실 수 있도록 거리 곳곳에 물 마실 곳을 준비해 둔다고 한다. 기부 행위는 이웃을 돕는 것뿐만 아니라, 자신의 다음 생을 위한 수양인 것이다.

실제로 영국 자선지원재단이 발표한 "2016년 세계기부지수 보고서"에 따르면, 미얀마의 기부지수는 100% 만점에 70%로 전 세계 140개국 가운데 1위다. 지난 2014년 이후 3년 연속 1위라고 한다. 미국이 61%로 2위, 호주, 뉴질랜드, 스리랑카 등이 뒤를 잇고 있는데, 한국은 기부지수 33%로 부끄럽게도 75위라고 한다.

미얀마는 숲이 울창한 나라다. 나무는 서로 거리를 두고 저마다 힘껏 자란다. 신기하게도 위에서 드론으로 숲을 보면 그 많은 나무들 높이가 비슷하다고 한다. 흙 속에서는 뿌리끼리 연대하고, 서로 격려하며 나무들은 비슷한 높이로 자란다. 이 지구의 만물이 이러하거늘, 죽어 가는 이웃에 대한 관심을 가져야 하지 않겠는가. 미얀마를 떠올리며 숲을 생각한다. 만나서 대화해 보면 미얀마 사람들은 의연하고 당당하다. 그 당당한 다중多衆, Multitude의 힘으로 민주주의를 찾으리라 기대하고 기도하며 함께한다.

저 폭력과 비극 앞에서 손 모아 기도한다. 그리고 2천 년 전 한 젊은이의 말을 떠올린다.

"가서 너도 이와 같이 하라"(누가복음 10:37).

"화평하게 하는 자는 복이 있나니"(마태복음 5:9).

그 젊은이를 평생 따르다 감옥에도 다녀온 바울의 권면도 떠올려 본다.

"즐거워하는 자들과 함께 즐거워하고 우는 자들과 함께 울라"(로마서 12:15).

유튜브— 한국인은 미안마와 함께합니다

연동교회

◦ 천상병

나는 지금까지 약 30년 동안은
명동 천주성당에 다녔는데
그러니까 어엿한 천주신도인데도
81년부터는
기독교 연동교회로 나갑니다.
주임목사 김형태 목사님도
대단히 훌륭하신 목사님으로
그리고 기독교 방송에서
그동안 두 번 설교를 하셔서
나는 드디어 그분의 연동교회엘
나갈 것을 결심하고 나갑니다.
교회당 구조도 아주 교회당답고
조용하고 아늑하여 기뻐집니다.
아내는 미리 연동교회였으나
그동안 가톨릭에 구애되어 나 혼자
명동 천주성당에 나갔으나
그런데 81년부터는 다릅니다.
한 번밖에 안 나갔어도 그렇게 좋으니

이제는 연동교회에만 나가겠습니다.

물론 개종은 않고 말입니다.

배신자라는 말 듣기는 아주 싫습니다.

사람을 잘 모르면서 함부로 깎아 내릴 때가 있다. 무식하면 용 감하다고, 나는 살아오면서 그런 실수를 자주 했다. 윤동주 시인도 과잉평가됐다며 우습게 봤고, 천상병 시인도 막걸리 술주정뱅이쯤 으로 우습게 봤다. 지금 내가 사는 집에서 걸어서 십여 분 거리에 천 상병 시인이 살던 집이 있고, 그 집을 지나 5분쯤 걸어 오르면 그의 시 〈귀천〉의 이름을 따서 귀천정이라고 이름 지은 팔각정이 있는 천상병 공원이 있다. 그 길을 따라 수락산 산길을 걸으면, 매일 새벽 5시에 그가 반신욕을 했을 것 같은 시냇물 터도 있다. 가끔 그의 시 와 산문을 읽다가 나는 몇 번이고 멈칫한 채, 함부로 사람을 평가했 던 오래 묵은 버릇을 다시 반성했다.

"약 30년 동안은 명동 천주성당에 다녔"던 천상병 시인은 1981년부터 아내와 함께 서울 종로5가 연동교회에 다니기 시작한 다. 연동교회로 나가기 시작한 계기로는 "주임목사 김형태 목사님 도/ 대단히 훌륭하신 목사님으로/ 그리고 기독교 방송에서/ 그동안 두 번 설교를 하셔서" 방송 설교를 듣고 "결심하고" 연동교회를 택 했다고 한다.

"81년부터는"이라고 한 행을 두어 강조한 까닭은 무엇일까. "81년부터는 다릅니다./ 한 번밖에 안 나갔어도 그렇게 좋으니/ 이 제는 연동교회에만 나가겠습니다"라고 쓴 걸 볼 때, 그는 연동교회 에 처음 나간 뒤에 마음에 들어 곧바로 시 〈연동교회〉를 써서 1981 년 2월 〈현대문학〉에 발표한 것이 분명하다. 확실한 이유는 살펴봐

1894년에 세워진 연동교회

야겠으나, 그에게 1981년은 어떤 전환점이었을 가능성이 크다.

교회 건물도 마음에 들었던 모양이다. "교회당 구조도 아주 교회당답고/ 조용하고 아늑하여 기뻐"하던 그는 3층 예배당 맨 앞줄에 앉아 주일예배를 드렸다고 한다. "아내는 미리 연동교회"라는 구절을 보아, 시인의 아내가 먼저 연동교회를 다닌 것으로 보인다.

예배드리는 동안 아이처럼 울기도 하고 웃기도 했다고 〈국민일보〉 이지현 기자는 전했다. 또 기도할 때는 자주 "하나님 용서해 주이소. 용서하이소"라고 말하기도 했다고 한다.

시인은 원래 가톨릭 신자였다. 기독교방송에서 김 목사의 설교를 듣고 감동받고 연동교회에 출석하게 됐다. 처음 교회에 간 날, 천 시인은 김 목사에게 "목사님, 저는 가톨릭입니다. 저는 배신자가 아닙니다. 그렇지만 목사님 설교가 좋아서 들으러 왔습니다"라고 말했다. 이지현, "천상병… 세상 소풍 왔다 떠난 자리, 감사를 남기다", <국민일보>, 2017년 6월 23일

요 다음에 재미있는 구절이 나온다. "물론 개종은 않고 말입니다./ 배신자라는 말 듣기는 아주 싫습니다"라는 구절은 천상병 시인이 세상 사람들이 만들어 놓은 '종교'라는 카테고리나 규정에 개의치 않고 신앙생활을 했던 마음을 그대로 보여 준다. 천상병 시인은 김형태 원로목사에게 세례를 받았으면서도 개종했다고 표현하지는 않았다.

그는 예수의 삶을 따르는 신앙의 본질인 심층종교深層宗教를 선택했기 때문에, 인간의 도그마가 만든 형식적인 규정을 따르는 표층종교表層宗教를 의식하지 않았다. 그 표현이 "배신자라는 말 듣기는 아주 싫습니다"라는 우스갯소리가 아닐까.

유튜브 — 천상병, 새로 읽는 '귀천'

봄

봄의 기도

◦ 로버트 프로스트

오, 우리에게 오늘 핀 이 꽃들에게서 기쁨을 느끼게 하소서,
먼 일을 생각하지 않게 하소서
어떻게 될지 모를 추수 따위는 잊고, 우리를 이 자리에 지켜주소서
한 해의 이 움틈에만 온통 살게 하소서.

오, 우리에게 하얀 과수원에서 기쁨을 느끼게 하소서,
낮에는 달리 비할 데 없으며 밤에는 혼령 같은 모습의 이곳에서,
그리고 행복한 벌들에게서 행복을 느끼게 하소서,
무결한 나무들 주위에서 토실토실해지는 이 벌떼에게서.

그리고 솟아오르는 이 새에게서 행복을 느끼게 하소서
돌연 벌떼 위로 날아올라 노래 부르는 이 새에게서,
뾰족한 부리로 하늘을 가르는 유성 같은 새는
저 멀리 한 송이 꽃을 바라보며 공중에 머무릅니다.

다른 무엇도 아닌 이것이 바로 사랑인 까닭입니다,
하늘의 신에게나 마땅한 사랑
세상의 아득한 끝에 이르러서는 신이 재단할 일이나,

지금 이 순간만큼은 우리가 완수해야 하는 사랑.

A Prayer In Spring

Oh, give us pleasure in the flowers to-day;
And give us not to think so far away
As the uncertain harvest; keep us here
All simply in the springing of the year.

Oh, give us pleasure in the orchard white,
Like nothing else by day, like ghosts by night;
And make us happy in the happy bees,
The swarm dilating round the perfect trees.

And make us happy in the darting bird
That suddenly above the bees is heard,
The meteor that thrusts in with needle bill,
And off a blossom in mid air stands still.

For this is love and nothing else is love,
The which it is reserved for God above
To sanctify to what far ends He will,
But which it only needs that we fulfil.

모든 것이 꽁꽁 얼어 다 죽을 줄 알았는데 만물을 소생시키는 봄이 올해도 어김없이 다가온다. 먹고 살기도 쉽지 않지만 잠시 주변을 둘러보면 감사할 것뿐이다. 로버트 프로스트(Robert Frost, 1874~1963)의 〈봄의 기도〉는 도시에서 벗어나 자연 속에 충만한 하늘의 은총을 체험하게 한다.

사실 이 시를 쓴 로버트 프로스트는 열 살 때 아버지가 변사한 우울한 기억을 갖고 있다. 그 상처를 뉴잉글랜드에 있는 버몬트의 농장에서 자연을 노래하며 극복한다. 많은 사람은 자신의 실패와 우울을 남 탓으로 돌리는데 그는 오히려 기뻐해야 하는 삶을 강조했다.

그래서 "꽃들에게서 기쁨을 얻고", "추수 따위도 잊고" 지낼 수 있는 넉넉함을 즐기자 한다. 이어서 세 가지 모습의 새가 나온다. "솟아오르는 새에게서 행복을" 느낀다고 했는데, "노래 부르는 새", "하늘을 가르는 유성 같은 새"에게서도 마찬가지로 행복을 느낄 것이다. 시인은 "저 멀리 한 송이 꽃을 바라보며 공중에 머"물러 있는 새에 주목한다.

"어느 숲에서 두 갈래 길 만나, 나는/ 덜 다닌 길을 갔었노라고/ 그래서 내 인생 온통 달라졌노라고"라는 마지막 구절로 널리 알려진 그의 대표작 〈가지 않은 길〉이 그러하듯이, 그의 시는 꾸밈없고 순수하며 늘 자연의 생명력을 독자에게 풍성히 선사한다. 우주의 순환, 그것이 "바로 사랑인 까닭"이다. 이것이야말로 "하늘의 신에게나 마땅한 사랑"이다. 그 사랑은 거저 주어진 은총이기도 하지만, 절대자가 주신 자유의지로 "우리가 완수해야 하는 사랑"이기도 하다.

기도

○ 김수영

시를 쓰는 마음으로
꽃을 꺾는 마음으로
자는 아이의 고운 숨소리를 듣는 마음으로
죽은 옛 연인을 찾는 마음으로
잃어버린 길을 다시 찾은 반가운 마음으로
우리가 찾은 혁명을 마지막까지 이룩하자

물이 흘러가는 달이 솟아나는
평범한 대자연의 법칙을 본받아
어리석을 만치 소박하게 성취한
우리들의 혁명을
배암에게 쐐기에게 쥐에게 살쾡이에게
진드기에게 악어에게 표범에게 승냥이에게
늑대에게 고슴도치에게 여우에게 수리에게 빈대에게
다치지 않고 깎이지 않고 물리지 않고 더럽히지 않게

그러나 정글보다도 더 험하고
소용돌이보다도 더 어지럽고 해저보다도 더 깊게

아직까지도 부패와 부정과 살인자와 강도가 남아 있는 사회

이 심연이나 사막이나 산악보다도

더 어려운 사회를 넘어서

이번에는 우리가 배암이 되고 쐐기가 되더라도

이번에는 우리가 쥐가 되고 살쾡이가 되고 진드기가 되더라도

이번에는 우리가 악어가 되고 표범이 되고 승냥이가 되고 늑대가 되

　　더라도

이번에는 우리가 고슴도치가 되고 여우가 되고 수리가 되고 빈대가

　　되더라도

아아 슬프게도 슬프게도 이번에는

우리가 혁명이 성취되는 마지막 날에는

그러나 사나운 추잡한 놈이 되고 말더라도

나의 죄 있는 몸의 억천만 개 털구멍에

죄라는 죄가 가시같이 박히어도

그야 솜털만치도 아프지는 않으려니

시를 쓰는 마음으로

꽃을 꺾는 마음으로

자는 아이의 고운 숨소리를 듣는 마음으로

죽은 옛 연인을 찾는 마음으로

잃어버린 길을 다시 찾은 반가운 마음으로

우리는 우리가 찾은 혁명을 마지막까지 이룩하자

2021년은 김수영 시인이 탄생한 100주년이 되는 해다.

김수영 시인은 4·19혁명이 성공하기를 간절히 원했다. 종로에 나가 종일 데모 행렬에 가담하기도 했다. 이승만이 물러간다는 발표를 듣고 기쁜 마음에 도봉구에 있는 동생 집에 환한 얼굴로 찾아가기도 했다.

1960년 5월 19일 서울운동장에서 열린 '4·19 순국학도 합동 위령제' 전날에 쓴 이 시에는 아직 혁명의 성공을 기대하는 김수영의 마음이 담겨 있다. 첫 연과 마지막 6연에서 "시를 쓰는 마음으로/ 꽃을 꺾는 마음으로/ 자는 아이의 고운 숨소리를 듣는 마음으로/ 죽은 옛 연인을 찾는 마음으로/ 잊어버린 길을 다시 찾은 반가운 마음으로/ 우리가 찾은 혁명을 마지막까지 이룩하자"며 시인은 간절히 혁명의 성공을 기원한다.

시의 앞뒤에 반복되는 이 다짐 아래에는 사랑이 숨어 있다. 이 시에 사랑이라는 단어는 없지만, 혁명을 이루는 잉걸불은 사랑임을 김수영은 강조한다. 김수영은 4·19혁명에서 "사랑을 만드는 기술"(〈사랑의 변주곡〉)을 배웠기에, 혁명을 이루려면 "시를 쓰는 마음", "꽃을 꺾는 마음으로", "자는 아이의 고운 숨소리를 듣는 마음", "죽은 옛 연인을 찾는 마음"이 필요하다고 한다.

이 모든 실천은 사랑 없이는 불가능하다. 앞뒤로 반복되는 이 구절은 단순히 혁명 시기뿐만 아니라, 실존하는 동안 잊지 말고 지녀야 할 인간으로서의 자긍심일 것이다.

제목이 〈기도〉인데 '기도' 하면 떠오르는 '~주소서' 식의 간청

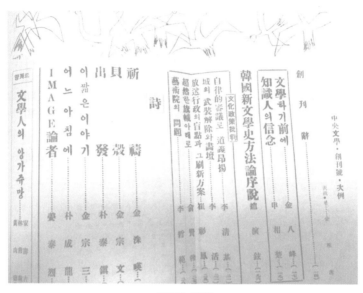

<중앙문학> 창간호

하는 종결형 어미가 이 시에는 나오지 않는다. 그리고 "이룩하자"는 종결형 어미가 나오는 횟수도 두 번뿐이다.

김수영을 좋아하는 독자들도 제대로 주목하지 않는 부분이 있다. 한국전쟁 이후 거제리 포로수용소에 갇혀 지냈던 김수영이 성경을 열심히 읽었다는 사실이다.

거제도에 가서도 나는 심심하면 돌벽에 기대어서 성경을 읽었다. 포로 생활에 있어서 거제리 14 야전병원은 나의 고향 같은 것이었다. 거제도

봄

에 와서 보니 도모지 살 것 같은 마음이 들지 않았다. 너무 서러워서 뼈를 어이는 서름이란 이러한 것일까! 아무것도 의지할 곳이 없다는 느낌이 심하여질수록 나는 전심을 다하여 성서를 읽었다. _김수영, "시인이 겪은 포로수용소", 월간 <해군> 1953년 6월호

김수영 시에 성서적 상상력이나 표현은 빼놓을 수 없다. 그의 시에는 골고다, 신앙, 기도 같은 종교 용어들이 있다. 그렇지만 그가 성경을 이해하는 방식은 단순하지 않고 그 나름대로 독특하다. "이룩하자"는 말처럼, 그가 기도하는 의미는 어떤 큰 존재에게 간청하기 전에 먼저 인간 자신이 그 길에 나서서 스스로 희망이 되어야 하는 것이다. 따라서 김수영에게 기도란 다짐의 형식이다.

그에게 "배암에게 쐐기에게 쥐에게 살쾡이에게/ 진드기에게 악어에게 표범에게 승냥이에게/ 늑대에게 고슴도치에게 여우에게 수리에게 빈대"는 부패한 구체제의 적폐 세력들이다. 슬프게도 혁명을 하는 과정에서 거꾸로 혁명 주체가 "이번에는 우리가 배암이 되고 쐐기가 되"고, 쥐가 되고 살쾡이가 되고 진드기가 되고, 악어가 되고 표범이 되고 승냥이가 되고 늑대가 되고, 고슴도치가 되고 여우가 되고 수리가 되고 빈대가 될 수도 있다. 비극적이게도 "아아 슬프게도 슬프게도… 그런 사나운 추잡한 놈이 되고 말더라도" 악착같이 혁명의 전사가 되자고 호소한다. 안타깝게도 그와 국민이 바라던 간절한 기도는 실현되지 않았다.

곧 혁명이 실패로 가고 있다는 사실을 김수영은 깨닫는다. 곧

5월 25일에 쓴 〈육법전서와 혁명〉에서 "혁명이란/ 방법부터가 혁명적이어야" 한다며 더욱 강하게 혁명해야 한다고 주장한다. 6월 16일에 쓴 〈푸른 하늘을〉에서 국민 한 명 한 명이 민주주의를 깨닫지 못하는 한 민주주의는 이룰 수 없다며 안타까워한다.

이 시에서 가장 중요한 구절은 첫 연과 마지막 연의 마지막 2행이다.

잃어버린 길을 다시 찾은 반가운 마음으로
우리는 우리가 찾은 혁명을 마지막까지 이룩하자

루쉰은 "많은 사람들이 가면 그 길이 희망이 된다"고 단편소설 〈고향〉에 썼다. 김수영에게 길은 과거에 이미 구원으로 있었던 "잃어버린 길"이다. 가장 중요한 것은 "혁명을 마지막까지 이룩하자"는 다짐이다. 혁명은 단번에 이룩되지 않는다. 끝이 없는 길이다. 혁명의 성공은 바로 '우리'가, 한 명 한 명이 실천해야 하는 길이다.

유튜브 ─ 김수영-채소밭 가에서(1957)

봄

그 선한 힘들에 관하여

○ 디트리히 본회퍼

1. 선한 힘들에 신실하고 조용히 둘러싸여
   놀랍게 보호받고 위로받으며,
   나는 이날을 그대들과 더불어 살기를 원하고
   그대들과 더불어 새로운 해를 향해 나아가기를 원한다.

2. 지나간 해는 아직도 우리의 마음을 괴롭히고
   악한 날은 여전히 우리를 짓누른다.
   아, 주님, 우리의 놀란 영혼에
   당신께서 우리를 위해 만드신 구원을 주소서.

3. 당신께서 우리에게 넘치도록 가득 찬
   쓰디쓴 고난의 무거운 잔을 주신다면
   당신의 선하고 사랑스런 손으로부터
   그것을 두려움 없이 감사히 받겠나이다.

4. 당신께서 우리에게 다시 한번 세상에 대한 기쁨과
   그 태양의 찬란한 빛을 허락하신다면
   우리는 과거의 것을 기념하고자 하며,

그때 우리의 삶은 온전히 당신의 것입니다.

5. 당신께서 우리의 어둠 속으로 가져다준 양초들이
   오늘 따뜻하고 밝게 타도록 하소서.
   가능하면 우리를 다시 하나로 만드소서.
   당신의 빛이 밤에 빛을 발하는 것을 우리는 압니다.

6. 적막이 우리를 깊이 둘러쌀 때,
   저 세상을 가득 채운 소리를 듣자.
   보이지 않게 우리 주위로 퍼져나가는
   당신의 모든 자녀들의 찬미 소리를.

7. 선한 세력들에 의해서 신실하고 조용히 감싸인 채
   우리는 위로 속에서 우리에게 다가올 것을 기다린다.
   하나님은 저녁과 아침 그리고 새날에도
   분명히 우리 곁에 계신다.

4월이 오면 나는 한 저자의 글을 반드시 읽는다. 그의 글은 편지나 일기 혹은 에필로그처럼 짧기에, 급하면 한 꼭지만 읽는다. 그의 짧은 글, 시 한 편으로 일주일을 묵상하며 살아온 시절이 있었다. 매주 월요일 저녁에는 숭실대 대학원 기독교학과에서 강의하는데, 1학기에 무조건 그의 책을 강독한다. 올해는 《나를 따르라》를 강독하기로 했다. 내년 1학기에는 《옥중서신》을 강독할 생각이다.

내 핸드폰 일정표에는 4월 9일에 사형당한 그의 기일이 해마다 반복해서 나오도록 입력되어 있다. 1945년 히틀러에게 맞서다가 이날 새벽 교수형을 당한 본회퍼(Dietrich Bonhoeffer, 1906~1945) 목사님을 기억하고 싶어서다. 이날 나는 예비군복이라도 입으며 삼가는 마음으로 그의 책을 오랜 습관처럼 펼쳐 든다.

오늘은 기도시 〈그 선한 힘들에 관하여〉(《저항과 복종: 옥중서간》, 대한기독교서회, 2014, 773면)를 읽었다. 타자용지에 쓰여 있는 원래 제목은 〈1945년 신년〉이다. 간단히 줄여 〈선한 능력으로Von guten Machten〉라는 제목으로 알려진 이 시는 본회퍼가 1944년 12월 19일 베를린 감옥에서 쓴 기도시다. 사형당하기 4개월 전 자신의 죽음을 예감하며 약혼자에게 쓴 편지에 담겨 있다.

7연으로 구성된 이 시에는 번호가 붙어 있다. 이 시의 핵심 용어는 "선한 힘", "선한 세력"이다. 기도문의 첫 행은 "선한 힘들에 신실하고 조용히 둘러싸인 채 Von guten Mächten treu und still umgeben"이다. 선한 힘이 그를 어떻게 응원하는지 표현한다.

"놀랍게 보호받고 위로받으며,/ 나는 이날을 그대들과 더불어

베를린 감옥에서 순교한 디트리히 본회퍼

살기를 원하고/ 그대들과 더불어 새로운 해를 향해 나아가기를 원한다.”

　1연의 “선한 힘”은 7연에서는 “선한 세력”으로, 구체적인 공동체를 표현하고 있다. 히브리서 11장에 나오는 “숱한 증인들”을 떠올리게 한다. 그는 홀로 믿는 신앙도 중요하지만 공동체로 생활하며 함께 “선한 세력”을 만드는 것이 몸으로 하는 기도라고 믿었다.

　실제로 그는 히틀러에게 맞서 기독교 신앙의 순수성을 지키려는 독일 고백교회 핑켄발데 신학교의 책임자로서 “선한 세력”을 만들기 위해 애썼다. 깊이 있는 성경 연구와 기도 훈련을 기본으로, 하

　　　　　　　　　　　　　　　　　　　　　　　　　　　봄

루를 예배로 시작하고, 예배 이후에는 30분 동안 명상하고, 이어 노동하며 예수 그리스도를 따르는 제자직discipleship을 연구했다. 이 체험을 바탕으로《성도의 공동생활》과《나를 따르라》를 썼다.

이 시의 다른 핵심은 '잔혹한 낙관주의Cruel Optimism'다. 현실이 힘들고 잔혹하여 "지나간 해는 아직도 우리의 마음을 괴롭히고/ 악한 날은 여전히 우리를 짓누"르지만 그는 절망하지 않는다. 지금은 잔혹한 시간이지만 반드시 "그대들과 더불어 새로운 해를 향해 나아"갈 것이며, "하나님은 저녁과 아침 그리고 새날에도 분명히 우리 곁에 계신다"고 확신한다.

1970년, 작곡가 지그프리트 피츠Siegfried Fietz가 이 기도시의 1연과 2연을 노래 가사로 만들고 7연을 후렴으로 만들었다. 유튜브를 검색하면 수많은 합창단이 지금도 이 '선한 세력'을 노래한다.

우리말로는 〈그 선한 힘에 고요히 감싸여〉라는 제목으로 영상이 올라와 있다. 2월 16일에 사망한 윤동주를 기억하기 위해 2월에는 윤동주 시를 읽는다면, 4월에는 4월 9일에 사형당한 디트리히 본회퍼의 글을 읽고, 이 노래를 함께 부르시기를 나는 권한다.

묵상해야겠다. 내가 참여하고 있는 공동체가 제대로 된 선한 공동체인지, 아무리 힘들어도 잔혹해도 새날을 믿고 기다리고 있는지.

유튜브 — 핑켄발데의 본회퍼, 나를 따르라

귀천 - 주일主日

∘ 천상병

나 하늘로 돌아가리라
새벽빛 와 닿으면 스러지는
이슬 더불어 손에 손을 잡고

나 하늘로 돌아가리라
노을빛 함께 단 둘이서
기슭에서 놀다가 구름 손짓하면은

나 하늘로 돌아가리라
아름다운 이 세상 소풍 끝내는 날
가서, 아름다웠더라고 말하리라…….

1930년 1월 29일, 천상병은 일본에서도 드넓은 평야에 쌀과 술이 좋다 하는 효고현 히메지시姫路市에서 태어났다. 1934년에 잠깐 진동에서 지내다 1940년에 다시 일본으로 건너갔다고 한다. 간사이에서 초등학교를 나왔고 1945년(15세) 해방이 되면서 부모님과 함께 귀국하여 경상남도 마산(지금의 창원시)에서 지내다가 마산중학교에 입학한다. 복잡한 아잇적 이력을 그는 고향이 세 군데라고 표현했다.

내 고향은 세 군데나 된다.

어릴 때 아홉 살까지 산

경남 창원군 진동면이 본 고향이고

둘째는 대학 2학년 때까지 보낸

부산시이고

세째는 도일渡日하여 살은

치바켄 타태야마시이다.

그러니 고향이 세 군데나 된다.

천상병, <고향 이야기>, 《요놈! 요놈! 요 이쁜놈!》, 도서출판 답게, 1991, 62~63면

중학생 시절인 1949년 〈죽순竹筍〉 11집에 〈공상空想〉을 통해 문단에 이름을 올렸다. 같은 해 1949년 마산중학교 5학년 재학 중 담임교사이던 김춘수 시인의 주선으로, 유치환의 초회추천으로 〈강물〉이 〈문예〉지에 추천되었다.

환한 달빛 속에서

갈대와 나는

나란히 소리 없이 서 있었다.

불어오는 바람 속에서

안타까움을 달래며

서로 애터지게 바라보았다.

환한 달빛 속에서

갈대와 나는

눈물에 젖어 있었다.

<갈대>, <처녀지>, 1951년 12월

천상병 시는 초기시부터 자연과 화자가 일체가 된 모습을 보인
다. 그는 1950년(20세) 한국전쟁 때에는 미국 통역관으로 6개월 동
안 근무했고, 1951년 전시 중 부산에서 서울대 상과대학 경제학과에
입학하여 송영택, 김재섭 등과 함께 동인지 <처녀지>를 발간했다.
<문예>지에 평론 "나는 겁하고 저항할 것이다"를 발표하고 시와 평
론 활동을 함께 시작하였다. 1952년 시 <갈매기>를 <문예>지에 게재
한 후 추천이 완료되어 등단했다. 대학 4학년 때 중퇴하고, 부산시장
공보실장으로 일했다.

봄

1967년 간첩 조작사건이었던 동백림 사건 때 6개월간 고문당하고 옥살이를 한 뒤 무혐의로 풀려났으나 천상병은 엉망이 되었다.

당시에도 어린아이 같았던 천상병 시인은 서울대 상대 동문인 친구 강빈구에게서 독일 유학 중 동독을 방문했었다는 얘기를 듣는다. 평소 다른 문인들에게도 그랬듯이 천상병은 강빈구로부터도 막걸리값으로 500원 또는 1,000원씩 받아 썼다. 당시 중앙정보부 발표문은 이러하다.

> 강빈구는 간첩 활동을 하고 있었는데 천상병은 강빈구에게 공포감을 갖게 한 뒤, 수십여 차례에 걸쳐서, 100원 내지 6,500원씩 도합 5만여 원을 갈취 착복하면서 수사기관에 보고하지 않았다.

이것은 무슨 죄인지. 막걸리값 갈취죄인지. 술값은 공작금 수령으로 둔갑하고, 천상병은 불고지죄로 옥고를 치른 것이다.

여기까지는 잘 알려져 있다. 여기까지 알고 그저 몇 편의 시로 사람을 판단하지 않는가. 우리는 몇 마디 말만 듣고 대하소설 같은 인간의 생애를 간단히 비하하지 않는가.

이 시기에 발표된 시가 그의 대표작인 〈귀천-주일主日〉이다.

3연으로 짜인 이 시의 각 연의 1행은 "나 하늘로 돌아가리라"라는 구절로 반복되고 있다. 천상병의 삶과 유토피아가 모두 담겨 있는 걸작이다. '주일主日'이라는 부제가 달려 있는데 교과서나 여러 시집, 시비詩碑 등에는 부제가 빠져 있다.

천상병이 '주일主日'이라고 쓴 것은 여러 해석이 가능하다. 첫째는 가톨릭 신자였던 그가 주일 곧 일요일에 시를 썼다는 뜻일 수 있다. 그런데 당시 시 창작일이나 발표지 표기를 시 말미에 적는 관행을 볼 때, 주일에 썼기에 주일이라고 표기했을 것 같지는 않다.

둘째는 영원한 '주일'을 생각할 수 있겠다. 주일主日은 일요일 곧 모든 노동을 쉬고 안식하는 날이다. 그가 생각했던 온 우주의 주인과 함께하는 영원한 안식을 생각하며 시를 썼을 가능성이 크다고 하겠다.

천상병 시에는 종교적 상상력이 반복되어 나온다. 특히 창세기 3장에 나오는 유토피아 구조가 많은 시에 거듭 등장한다. 하나님이 흙으로 빚은 아담은 아내 이브와 함께 축복받은 땅인 에덴동산에 살았다. 에덴동산은 하나님과 인간과 생태계가 조화를 이룬, 완벽하고 안전한 동산이었다. 다만 두 사람은 에덴동산의 선악과를 따 먹지 말라는 당부를 받았다. 하지만 뱀의 유혹에 빠진 이브와 그의 권유를 받은 아담은 선과 악을 구별하는 능력이 생기는 선악과를 먹고 만다. 금지된 과일 선악과를 먹고 하나님 말씀을 거역하는 죄를 지은 것이다. 인간과 생태계의 관계가 끊어지고, 하나님과 인간의 관계가 끊어지자 에덴동산의 안정된 구조는 파괴되어 버린다. 하나님이 택하신 영의 조상 아담의 범죄였기에, 그 죄로 인해 인간에게는 '모태로부터 우리는 죄인'이라는 원조 도그마가 생겼다.

우리는 얼마나 함부로 인간을 간단히 깎아 내리는가. 지금까지 천상병 작품에 숨어 있는 깊은 상상력을 살짝 소개해 보았다. 이제

봄

'천상병=기인奇人'이라는 말은 폐기되어야 한다. 그는 매일 새벽 5시에 일어나 다람쥐처럼 수락산 계곡에 몸을 담갔던 사람이다. 라디오 교양방송을 즐겨 들었으며, 최저재산제를 주장하고, 그러면서 자연과 하나님을 잊지 말아야 할 것을 반복하여 노래했다. 사실 천혜의 자연과 평등한 인간 사회를 잊고 물신物神의 욕망에 절어 있는 우리 자신이야말로 이상한 사람이 아닌가. 천상병은 깨진 유토피아 구조를 복원하려 한다. 그의 시에는 자연과 인간과 절대자가 모두 만나 어우러진다.

유튜브 — 천상병, 새로 읽는 '귀천'

주일에 교회 모임을 멈출 수 있습니까

◦ 리처드 백스터

답.

1. 전염병 감염이나 화재, 전쟁 등의 특별한 이유로 금하는 것과
   상시적으로 혹은 불경스럽게 금하는 것은 경우가 다릅니다.

2. 만약 위와 같은 특수 상황에서 위정자가 더 큰 유익을 위해
   교회의 모임을 금한다면, 그에 따르는 것이 우리 의무입니다.
   우리의 일상적 의무는 더 큰 자연적 의무에 양보해야 합니다.
   어느 한 주일이나 하나의 모임을 생략해서
   더 많은 모임을 얻을 수 있다면 그것이 더 중요한 일입니다.

● 리처드 백스터(Richard Baxter, 1615~1691)는 영국의 청교도 지
도자, 시인, 찬송작가, 신학자였다. 열네 살에 회심하였으며, 키더
민스터에서 13년 동안 사역했다. 왕권에 저항하기도 했던 그는
1691년 런던에서 생을 마칠 때까지 저술 활동과 설교를 계속했다.

2019년 12월에 중국 우한에서 발생한 코로나바이러스가 2020년 초부터 한국에 퍼지기 시작했다. 이어 4월경부터 행정부에서는 집회금지 권고령을 국민에게 내렸다. 정부에 반대하는 보수적 교회는 이 권고령이 종교의 자유를 훼손한다며 계속 모여서 주일예배를 드렸다. 이 일로 코로나바이러스는 더 크게 번져 갔다.

당시 서양 사정이 코로나바이러스가 도는 우리의 사정과 달랐겠지만 가볍게 참고할 수는 있겠다. 공공예배를 금했던 일, 몇백 년 전 흑사병이 돌던 유럽에서 이미 경험했던 모양이다. 거기서도 얼마나 큰 논쟁이 됐으면 이런 문답까지 나왔을까.

중요한 것은 몇백 년 전의 서양 정보가 아니라 우리 사정이다. 다만 인터넷으로 예배를 드릴 수 없는 작은 개척 교회나 노인들이 많은 시골 교회, 요양 병원 교회 등은 사정이 조금 다르다. 전화를 통한 개별 예배를 드리든 10명 미만의 개척 교회라면 좀 더 완벽한 방역으로 조심해야겠다. 코로나19에 온 힘을 다해 대처하는 당국과 의료진들에게 독재라며 혹은 교회를 무시한다며 주장하는 이들이 한국 개신교를 중세시대로 되돌리고 있다. 저들로 인해 한국 개신교는 신천지 수준이 되었다. 저 막무가내 먹사들로 인해 더 많은 상식적인 사람들이 교회를 떠날 것이다. 저들은 교회를 세우려는 것이 아니라, 교회도 예수도 모두 무너뜨리고 있다.

꼭 건물 안에 모여서 드려야만 예배가 되는 것은 아니다. 존경하는 친구 최형묵 목사님은 설교를 온라인 영상으로 송출하면서 농사도 짓는다. 교인들도 함께 나와 교회 텃밭 일을 한다. 일상이야말로 진정한 예배다. 농사도 몸으로 하는 예배다.

　온라인 예배에 대한 목회자들의 다양한 반응이 나왔다. 소망교회 김경진 목사님은 온라인 예배라도 있는 것이 오히려 다행이고 축복이라고 설교했다. 모여서 예배드려서 전염병을 퍼뜨리는 경우가 생긴다면, "살인하지 말라"는 십계명을 어길 수 있다고 설교했다.

　〈인문학과 성서〉라는 내 대학원 수업에는 늘 목사님들이 함께한다. 나는 목사님들께 강조한다. 코로나 이후를 가리키는 '포스트Post' 코로나 시대란 없다고 말씀드린다. 예전부터 그래왔듯이 '위드with' 코로나로 새로운 일상Newnormal을 창조해 가야 한다고 강조한다. 우리는 어떻게 새로운 만남, 새로운 예배 양식을 만들어야 할까.

　예수의 삶은 늘 새롭다. 예수님의 말씀은 시멘트 벽 안에서 전해 온 것만은 아니다. 기쁜 소식은 웅장한 찬양이 있어야 꼭 전해지는 것은 아니다. 그의 손짓은 거대한 성전에서 울려 퍼진 공허한 메시지가 아니었다.

　"저기, 들에 핀 백합화를 보세요. 공중에 나는 새 떼를 보세요."

　그의 목소리는 따스한 눈길, 자연 그대로 전해도 느껴지는 진한 지성, 너무도 가까운 심려, 간절하게 모은 두 손으로 전해 온다. 어떤 건물 안에서 특정한 정해진 시간도 중요하지만, 더 중요한 것은 일상의 예배다. 새벽이 흔들어 깨운 아침부터 새들이 잠드는 저녁까지, 온몸으로 온 생애를 기도와 지성과 노동으로 하루하루 감사하는 일상, 그것이 예배다.

우리들의 아기는 살아 있는 기도라네

◦ 고정희

보시오
그리움의 胎에서 미래의 아기들이 태어나네
그들은 자라서 무엇이 될까
우리들의 아기는 살아 있는 기도라네
딸과 아들로 어우러진 아기들이여
우리 아기에게
해가 되라 하게, 해로 솟을 것이네
별이 되라 하게, 별로 빛날 것이네
우리 아기에게
희망이 되라 하게, 희망으로 떠오를 것이네
그러나 우리 아기에게
폭군이 되라 하면 폭군이 되고
인형이 되라 하면 인형이 되고
절망이 되라 하면 절망이 될 것이네, 오
우리들의 아기는 살아 있는 기도라네

길이 되라 하면 길이 되고
감옥이 되라 하면 감옥이 되고

노리개가 되라 하면 노리개가 되기까지

무럭무럭 자라는 아기들이여

그러나,

여자 남자 함께 가는 이 세상은

누구나 우주의 주인으로

태어난다네

누구나 이 땅의 주인으로

걸어갈 수 있다네

● 1948년에 해남에서 출생하였고, 한국신학대학에서 공부했다. 《현대시학》에 〈연가〉가 추천되어 문단에 나왔으며, '목요시' 동인으로 활동했다. 1983년 《초혼제》로 '대한민국문학상'을 탔다. 1991년 지리산 등반 도중 실족 사고로 작고했다.

가을이 지나 찬 겨울이 맵차고 해가 바뀌려는 12월 우리는 황혼을 떠올린다. 겨울은 죽음의 계절일까. 반대로 탄생을 생각하자. 예수 그리스도가 태어난 크리스마스는 단순한 휴일이 아니라, 우리가 다시 태어나야 하는 다짐의 날이다. 그 기나긴 겨울을 지나 봄을 상징하는 3월에 우리는 삼라만상의 새로운 탄생을 염원한다. 이후 물오르기 시작하는 4월에는 개나리 진달래 철쭉꽃으로 이어지는 눈 아린 부활을 상상한다. 4월이 지나자마자 우리는 어린이날을 맞이한다. 어린이날 우리는 어떤 마음으로 어린 생명들을 대해야 할까. 그들과 함께 어떤 기도를 드려야 할까. 여기 정확한 한 구절이 있다.

우리들의 아기는 살아 있는 기도라네.

엄마 뱃속에 있던 아이가 세상 밖으로 나와 숨 쉰다. 하늘과 땅이 한 몸 이루듯, 남자 여자가 짝지어 생명을 잉태한다. 엄마와 아빠와 아이는 우주와 역사라는 동그라미 속에서 살아간다. 이 시의 핵심 단어는 경외로운 '생명'이다. 아이는 함부로 대할 수 없는 우주의 생명이다. 세상의 모든 아기는 기도를 부른다. 탄생의 순간에 모든 부모는 종교와 관계없이 저절로 두 손을 모은다.

아이는 부모가 염원하는 존재가 된다. "살아 있는 기도"라는 표현에 주목해야 한다. 시인 고정희가 생각하는 기도는 입으로 할렐루야, 아멘 하는 것이 아니라, 몸으로 살아야 하는 기도다. 그래서 아이 이전에 부모가 "살아 있는 기도"로 살아야 한다.

시인은 아이가 박사, 재벌, 변호사, 가수, 정치가, 의사 등이 되어야 한다고 쓰지 않는다. 해가 되라며 부모가 본을 보이며 기도하면 아이는 해맑은 존재로 자랄 것이다. 별이 되라고 부모가 몸으로 살아 있는 기도를 하면, 아이는 어두운 세상에 별빛을 비출 것이다. 희망이 되라고 부모가 먼저 몸으로 기도하면, 아장아장 걷던 아이는 이웃에게 희망스러운 존재로 성장할 것이다.

반대로 부모가 본이 안 되는 삶을 살며 엉뚱한 기도를 하면 아이는 그릇된 존재가 된다. 부모가 아기를 구타하면 아이는 폭군이 되기 쉽고, 부모가 아이를 옴쭉달싹 못 하게 인형으로 만들면 아이는 인형이 되기 쉽고, 부모가 절망한 채 살아가면 아이도 희망과 멀어지기 쉽다.

자신의 길을 걷고 있는 부모가 자식에게 자신의 길을 걸으라고, "길이 되라 하면" 아이는 새로운 길이 될 것이다.

또, 아이를 감옥에 가두어 버리는 교육을 해서는 안 된다. 감옥에 갇힌 노예로 사는 부모의 삶은 그 자체가 "감옥이 되라" 기도하는 것과 마찬가지다. 부모가 세상의 노리개로 이용당하며 살면 "노리개가 되라"고 기도하는 것과 마찬가지다. 아이도 이용당하는 노리개의 삶을 살기 쉽다. 아기는 부모가 바라는 대로 성장한다. 성장한 아이의 모습은 부모가 어떤 기도를 몸으로 실천하며 살았는가에 대한 응답이다.

"그러나"라는 접속사는 독자를 늘 긴장시킨다. 시인은 아이가 어떤 존재가 되든 "우주의 주인"이라고 강조한다. 소금과 빛이 되라

하는 '~되다'의 미래형이 아니라, 이미 소금과 빛이라는 '~이다'의 현재형 존재론을 시인은 강조하고 있다. 이 땅에 살아가는 누구든, 혹시 감옥에 있든, 실패했든, 아프든, 부모에게는 하늘의 선물이며 우주의 주인이다. 그냥 주인이 아니라 하늘의 생명을 지닌 "우주의 주인"이다.

오이디푸스의 역병

◦ 소포클레스

하늘의 일이든 지상의 일이든 모든 것을 통찰하는
테이레시아스여, 그대 비록 눈으로는 보지 못하지만,
어떤 역병이 이 나라를 덮쳤는지 알 것이오.
우리를 이 역병에서 구해 줄 보호자와 구원자는 오직
그대뿐이오.

《오이디푸스》(301~305행)

모르고 지은 죄, 하마르티아.

기원전 펠로폰네소스 전쟁 초기에 해군 제독으로 여러 전투에 참가했던 소포클레스(BC 497?~BC 496?)는 고국으로 돌아와 배우와 비극 작가로 활동하다가, 역병이 아테네를 짓누르던 시기에 《오이디푸스》를 공연한다.

이 작품은 전염병이 테베에 퍼지자 그 치료책을 찾는 이야기다. 테베에 염병을 퍼뜨린 원인을 만든 "범인은 누구인가?"로 시작하여 "나는 누구인가?"라는 물음으로 끝난다. 첫 문단에서 전염병 때문에 신전에 기도하러 와서 앉아 있는 자들의 모습이 나온다.

> 내 아들들이여, 오래된 카드모스의 새로 태어난 자손들이여, 어인 일로 그대들은 양털실을 감아 맨 나뭇가지를 들고 여기 이 제단 가에 탄원자들로 앉아 있는가? 온 도시가 향을 태우는 연기와 구원을 비는 기도와 죽은 자들을 위한 곡소리로 가득하구나. (1~5행)

"양털실로 감아 맨 나뭇가지"는 그리스 시대 때 세속의 왕들이 신에게 탄원할 때 향을 피우며 들고 기도하던 올리브 나무를 말한다. "온 도시가 향을 태우는 연기와 구원을 비는 기도와 죽은 자들을 위한 곡소리로 가득"한 상황은 2천여 년이 지난 오늘날 코로나바이러스 팬데믹 시대와 다를 바 없다. 현재 유럽에서는 하루에 몇천 명, 몇만 명이 죽어 가고 있다. 세상은 곡소리로 진동한다.

오이디푸스의 운명은 기구했다.

"너는 너의 아버지를 살해하고 어머니와 결혼할 것이다."

라이오스 왕과 이오카스테 왕비는 신탁이 두려워 아이를 낳자마자 아이의 두 발을 묶어 키타이론 산에 버렸다. 구사일생 목숨을 건진 오이디푸스는 성년이 된 어느 날 길을 가다가 "길을 비켜라"는 노인의 말에 격분하여 욱하는 마음으로 노인을 죽이고 말았다. 그때는 미처 몰랐지만 그는 다름 아닌 친부 라이오스 왕이었다.

이후 오이디푸스는 스핑크스를 만난다. 스핑크스는 행인에게 수수께끼를 내서 맞추지 못하면 잡아먹는 괴물이다. 오이디푸스는 수수께끼를 멋지게 풀었고, 스핑크스는 분한 나머지 스스로 목숨을 끊고 만다. 괴물을 처치한 오이디푸스는 테베의 영웅이 되어 왕으로 추대된다. 나아가 미망인이 된 왕비 이오카스테와 결혼했다. 끔찍한 신탁대로 이루어진 것이다.

이후 이상하게도 온 나라에 역병이 창궐하여 많은 사람이 죽어 갔다. 아버지를 죽이고 어머니를 욕보인 오이디푸스에게 신들이 분노한 것이다. 그 원인을 모르는 오이디푸스는 전前 왕 라이오스의 살해자를 찾기 위해 애쓴다. 그 살해자가 바로 자신인 것을 모른 채, 존경받는 눈먼 예언자 테이레시아스에게 "알고 있는 것을 말하라"고 강요한다. 늙은 예언자 테이레시아스는 더 이상 참지 못하고 털어놓는다.

그대 오이디푸스가 이 나라를 오염시킨 범인이오.

그대가 바로 그대가 찾고 있는 범인이오. (362행)

봄

눈먼 예언자 테이레시아스의 말은 대단히 뼈아픈 말이다. 아버지 살해자와 염병을 일으킨 자는 바로 오이디푸스 자신이라는 말이다. 맹인이 성한 눈을 가진 사람에게 "못 보시는군요"라고 지적하는 것은 냉엄한 조롱이다. 오만한 사람은 남의 말을 듣지 않으니 자신이 무슨 짓을 했는지도 모른다. 결국 테이레시아스는 "그대가 그대의 재앙이지요"(379행)라는 끔찍한 정의를 내린다.

자신이 살해자라는 사실을 거부하던 오이디푸스가 깨달아 가는 과정이 이 비극의 이야기다. 오이디푸스의 생애는 깨닫지 못한 죄 속에서 살아가는 삶이었다. 자기도 모르게 짓는 과실, 그것을 '하마르티아Hamartia'라고 한다. 그 고백이 1,182~1,186행에 나오는 오이디푸스의 고백이다.

아아, 모든 것이 이루어졌고, 모든 것이 사실이었구나!

오오, 햇빛이여, 내가 너를 보는 것도 지금이 마지막이기를!

나야말로 태어나서는 안 될 사람에게서 태어나,

결혼해서는 안 될 사람과 결혼하여,

죽어서는 안 될 사람을 죽였구나! (1,182~1,186행)

삶이란 이렇지 않은가. 자신도 모른 채 실수를 반복하는 삶. 악착같이 살아온 그의 모든 노력은 허사였다. 폭풍과 폭우가 한꺼번에 달려들듯이 불행은 늘 연이어 다가온다. 아내이며 어머니인 이오카스테는 목을 매 자살하고, 시신을 껴안고 통곡하던 오이디푸스는 이

오카스테의 브로치를 뽑아 두 눈을 찔렀다. 오이디푸스*Oedipus*라는 이름은 '발꿈치를 전다'는 뜻을 갖고 있다. 평생 그는 절룩이지 않았을까. 자신도 모르는 죄를 지을 때마다 절룩이던 불안을 신체로 표현한 상징이 아닐까.

자신은 착한 일을 했다고, 아름다운 일을 했다고 생각하는데, 자신도 모르는 사이 타인을 죽이는 상태, 그것이 '하마르티아*ámartía*'다.

첫째, 하마르티아는 '과녁을 벗어난 상태'를 뜻한다. 이 단어가 처음 나온 문헌은 호메로스의 서사시라고 하는데, 이 책에서는 화살이나 창 따위가 과녁을 맞히지 못한 것을 지칭했다고 한다. '과녁에서 빗나가다*hamartanein*'라는 동사에서 나온 말로 보인다. 인간이 가야 할 길을 가지 못하고 길에서 벗어난 삶을 살아간다는 말이다.

집단적 하마르티아도 있다. 1923년 9월 1일 관동대진재 이후 일본인의 조선인 학살, 나치의 유대인 학살, 한국전쟁 당시 서북청년단의 민간인 학살이 집단적 광기, 곧 집단적 하마르티아다.

둘째, 하마르티아를 비극적 결함tragic flaw으로 보기도 한다. 아리스토텔레스가 쓴《시학*Poetics*》에서 '하마르티아'는 주인공의 인성적 '결함'을 말한다.《시학》13장에서는 비극의 주인공을 "악덕과 악행 때문이 아니라 어떤 과오 때문에 불행에 빠지는 사람"이라고 설명했다. 오이디푸스의 욱하는 성격이 바로 비극적 결함이다. 결국 이 욱하는 성격이 주인공들을 파탄으로 빠뜨린다.

셋째, 하마르티아는 욱하는 성격이 있으면 늘 발생한다. '하마르티아'에 이르는 과정에서 거의 반드시 일어나는 현상이 '휘브리스

Hubris' 곧 오만이다. 자신감이 넘쳐 오만에 이르면 인간으로서 하지 말아야 할 행동을 하게 된다. 함부로 말하고, 욱하여 경솔하게 행동하고, 겁도 없이 처벌한다. 아침 막장드라마에는 반드시 하마르티아와 휘브리스적 인물이 나온다. 가령 "네가 내 아들이라구?"라며 자기가 저지른 죄를 모르는 재벌이나 의사나 검사가 하마르티아적 인물로 등장하고, "감히 저년이 나에게 대들다니"라며 분노하는 시어머니나 며느리는 교만한 휘브리스적 인물이다.

> 그대는 내 성질을 나무라면서 그대와 동거하고 있는
> 그대의 것은 못 보시는군요. 그대가 나를 꾸짖다니. (337행)

기독교에서 말하는 '죄'의 개념이 바로 이 '휘브리스'가 아닐까. 절대자의 가르침대로 살아가지 않는 오만한 삶은 곧 휘브리스다. 휘브리스의 삶을 살다 보면 당연히 하마르티아를 저지르며 살아가게 된다.

"저들은 저들이 하는 일을 모르나이다"라는 예수의 지적이야말로 하마르티아를 두고 하는 표현이다. 하마르티아, 내 인생에서 가장 염려되는 것은 나도 모르게 지은 과오過誤, 모르고 짓는 과실, 하마르티아가 아닐까.

오이디푸스뿐만 아니라 나 역시 매일 죄를 저지르며 살아간다. 끔찍한 것은 내가 무슨 실수를 했는지, 누구에게 아픔을 주었는지, 누구를 죽였는지도 모른다는 사실이다. 나이 사십이 넘으면 죗값 치르고 사는 것이다. 너무 많은 죄를 짓고 있다. 남은 삶 동안 죗값 치르며 살아가겠구나.

테베가 염병으로 오염된 것은 바로 오이디푸스가 우주의 질서를 어겼기 때문이다. 오이디푸스는 하마르티아의 죄를 깨닫고 그 형벌로 자신의 두 눈을 찔러 맹인이 되어, 자기가 한 말대로 스스로 추방길에 오른다. 오이디푸스는 적어도 약속을 지키고 자기 자신을 처벌한 정치가였다.

고전에서는 영웅의 실수로 인해 온 공동체가 염병에 시달린다. 현대사회에서 수많은 역병의 원인은 정치가에게도 있지만, 모든 사람이 영웅인 이 시대에 이 역병은 우리 모두가 감당해야 할 징벌이다. 우주의 생태계를 무시하는 잘못된 정책에 나부터 관심을 갖지 않아서 벌어진 참사다. 혹시 우리는 원인을 모르고 실천하지 않는 오이디푸스의 탄원을 반복하고 있는지 돌아볼 일이다.

생태계의 질서를 살릴 무언가, 작은 일부터 큰일까지 실천하지 않는다면, 인류의 하마르티아를 빨리 깨닫지 않는다면, 우리는 마스크가 아니라 산소통을 메고 거리를 걸어야 할지도 모른다.

조율

◦ 한돌

알고 있지 꽃들은 따뜻한 오월이면 꽃을 피워야 한다는 것을
알고 있지 철새들은 가을하늘 때가 되면 날아가야 한다는 것을
문제 무엇이 문제인가 가는 곳 모르면서 그저 달리고 있었던 거야
지고지순했던 우리네 마음 언제부터 진실을 외면해 왔었는지
잠자는 하늘님이여 이제 그만 일어나요
그 옛날 하늘빛처럼 조율 한번 해 주세요

정다웠던 시냇물이 검게 검게 바다로 가고
드높았던 파란 하늘 뿌옇게 뿌옇게 보이질 않으니
마지막 가꾸었던 우리의 사랑도 그렇게 끝이 나는 건 아닌지
잠자는 하늘님이여 이제 그만 일어나요
그 옛날 하늘빛처럼 조율 한번 해 주세요

미움이 사랑으로 분노는 용서로 고립은 위로로 충동이 인내로
모두 함께 손잡는다면 서성대는 외로운 그림자들
편안한 마음 서로 나눌 수 있을 텐데
잠자는 하늘님이여 이제 그만 일어나요
그 옛날 하늘빛처럼 조율 한번 해 주세요

한돌이 작사, 작곡한 노래 〈조율〉을 나는 가수 홍순관 버전으로 듣고 또 듣는다. 조율調律은 악기의 음을 표준음으로 맞추는 일로, 튜닝이라고도 한다. 표준음에 맞추는 일은 쉽지 않다. 너무 팽팽해도, 너무 느슨해도 안 되며 긴장이 유지되어야 한다.

대중가요이기에 의미 없이 흘려들을 수도 있는 노래다. '하늘님'이라 했기에 종교다원주의라며 외면할 수 있는 노래다. 그러나 예언자들이 입을 다물면 돌들이 일어나 의를 외친다 했듯이, 1980년대 이후 지긋지긋한 고난의 시대에 이 노래는 공동체의 염원을 호소하는 곡으로 많은 사람들이 함께 불렀다. 거룩하다는 종교주의자들은 외면할지 모르나, 땅에서 울리는 피의 소리를 들으셨다는 절대자는 이 노래에 깃든 기도를 들으셨으리라 나는 생각한다.

알고 있지 꽃들은 따뜻한 오월이면 꽃을 피워야 한다는 것을

이 노래를 듣는 한국인에게 5월은 어떤 달일까. 진달래, 개나리, 철쭉이 연이어 피는 4월을 지나, 이 땅의 5월에는 영원히 잊을 수 없는 비극적인 사건이 있었다. 그 비극의 달을 눈물로 지낼 것이 아니라, 꽃을 피워야 한다고 한다.

알고 있지 철새들은 가을하늘 때가 되면 날아가야 한다는 것을

철새들은 무엇을 상징할까. 인간은 누구나 언젠가는 떠나야 한

다. 어차피 떠나야 할 운명인 우리는 매 순간 표준음에서 벗어나지 않도록 긴장하며 살아야 한다. 한 명의 인간뿐만 아니라, 역사는 새 하늘과 새 땅을 향해 나아가는 과정에서 숱한 걸림돌을 체험한다. 여기저기 심각한 문제가 숱하게 쌓여 있는데 우리는 무엇이 문제인지 모르고, 성찰할 줄 모르는 "그저 달리고 있었던" 나날이 아닌가. "언제부터 진실을 외면해 왔었는지" 모를 정도로 우리는 진실을 외면하며 살아가지 않는가.

게다가 지구는 그 옛날 하늘빛을 잃어 가고 있다. 환경문제는 심각하여 남극과 북극 바닷속에서 1초에 한 번씩 핵폭탄이 터지는 충격에 비할 만치 빙하들이 빠르게 녹아내리고 있다. "정다웠던 시냇물이 검게 검게 바다로 가고, 드높았던 파란 하늘 뿌옇게 뿌옇게 보이질 않으니" 이 지구를 어떻게 해야 할까.

이 곡에는 궁극적인 관심Ultimate Concern, 절망을 넘어서려는 궁극적인 기도가 들어 있다. 이 노래는 현실의 고통을 어떻게 이겨 나가야 할지 방향을 제시한다.

미움이 사랑으로,
분노는 용서로,
고립은 위로로,
충동이 인내로

오케스트라 연주를 하기 전 악기들이 서로 조율하지 않으면 협연을 할 수 없다. 가장 가까운 대상과 조율을 잘하고 있는지 살펴봐야 한다. 친구와의 조율, 부부 사이의 조율, 절대자와 나 사이의 조율, 나 자신과의 조율이 필요하다.

현악기를 잘 탔다고 알려진 다윗은 늘 악기를 조율해야 했을 것이다. 자신의 삶을 조율하지 못했을 때 다윗은 우리야의 아내를 범하고 말았다. 그 후 그의 모든 관계는 뒤엉키고 말았다. 다윗은 자신의 잘못을 깨닫고 공개적으로 참회했다. 현으로 상징되는 관계란 너무 느슨하거나 팽팽하면 안 된다. 엉킨 관계는 사랑과 용서와 위로와 인내로 풀어야 한다.

모두 함께 손잡는다면 서성대는 외로운 그림자들, 편안한 마음 서로 나눌 수 있을 텐데

조율이란 콘서트가 끝날 때 하면 소용없다. 공연을 시작하기 전에 해야 한다. 진정한 연주자는 매일 날씨에 따라 악기를 조율해 둘 것이다. 예배의 마음을 조율하는Tune the heart of Worship 삶을 유지하는 것은 얼마나 어려운 일인가. 예수를 믿는다는 것은 순간순간을 예수의 삶에 튜닝하는 어려운 일이다.

잠자는 하늘님이여 이제 그만 일어나요. 그 옛날 하늘빛처럼 조율 한번 해 주세요.

봄

"잠자는 하늘님이여"라는 표현은 대단히 인간 중심적인 표현이다. 절대자가 자고 있다고 생각하는 것이다. 자신은 이 현실이 너무 힘들어 잠을 못 자고 꼬박 밤을 샌 상태다. 이제 잠자는 하늘님이 깨어 이 현실을 좀 조율해 달라, 그래서 자신을 이 어려움에서 건져 달라고 간구한다. 인간은 무의식적으로 늘 새벽에 간구한다. 새벽기도는 큰 뜻과 사람의 뜻을 일치시키는 조율의 시간이다. 노래하기 전에, 연주하기 전에 조율하려면 고요해야 한다. 외면과 내면이 고요해야 절대음으로 내 마음을 고르게 할 수 있다. 잠자는 하늘님이여, 하나님이시여, 조율 한번 해 달라는 이 노래는 도저히 어쩔 수 없는 상황에 처한 인간이 부르는 간절한 기도문이다.

무관심을 극복하기 위한 기도

◦차임 스턴

침묵이라는 죄에 대하여,
무관심이라는 죄에 대하여,
중립이라는 은밀한 공모에 대하여,
마음의 문을 닫아 버리는 것에 대하여,
상관없다며 쓰는 손에 대하여,
냉소하는 범죄에 대하여,

침묵이라는 죄에 대하여,
마음의 문을 닫아 잠근 것에 대하여,
끝나 버린 모든 것에 대하여,
끝나지 않았던 모든 것에 대하여,

영광의 보좌 앞에서 잊지 않게 하소서.
인간 마음속에서 기억하게 하소서.
그리고 오, 하나님, 당신의 어린아이들이,
자유롭고 평화로울 그때에,
마침내 용서가 있게 하소서.

Prayer for Overcoming Indifference

For the sin of silence,
For the sin of indifference,
For the secret complicity of the neutral,
For the closing of borders,
For the washing of hands,
For the crime of indifference,
For the sin of silence,
For the closing of borders.
For all that was done,
For all that was not done,

Let there be no forgetfulness before the Throne of Glory;
Let there be remembrance within the human heart;
And let there at last be forgiveness
When your children, O God,
Are free and at peace.

● 1930년 미국 뉴욕에서 태어난 차임 스턴Chaim Stern은 기도문 작성자로 유명한 랍비다. 성 스캔들로 문제를 일으켰던 빌 클린턴 미국 전 대통령이 이 기도문을 인용하고 반성했다 하여 더욱 널리 알려졌다. 2001년 71세 나이로 사망한 그는 《기도의 문 Gates of Prayer》,《회개의 문 Gate of Repentance》등 명저를 남겼다.

'윤동주가 만난 어진 사람들'이라는 이름으로 모이는 우리는 매년 2월 16일에는 독거노인 댁에 연탄을 배달하는 행사를 한다. 윤동주 시인의 기일을 기념하는 행사이기도 하지만, 독거노인에 대한 관심이 멀어지는 시기이기도 하기 때문이다.

12월에는 연탄을 나르겠다고 너무 많은 곳에서 연락이 와서 연탄 나르는 날짜를 일찌감치 예약해야 한다. 크리스마스 무렵에 단체로 가서 연탄 앞에서 사진 찍고 또 좋은 일도 하지만, 크리스마스와 연말을 보내고 설날까지 지나면 봉사자들의 발걸음이 뚝 끊어진다고 한다. 막상 꽃샘추위로 쌀쌀한 2월에는 봉사하러 오는 이들이 적어 사설 업체에 부탁하기도 한다고 한다.

이날 우리는 한 집에 150장씩 10가구, 그러니까 1,500장을 60여 명이 나른다. 매년 2월 한남교회(김민수 목사)와 다드림교회(김병년 목사) 등이 참여했다. 2021년까지 5회째 "별을 노래하는 마음으로"라는 이름으로 행사를 진행했다. 얼핏 보기에 대단한 일 같지만, 백사마을에는 독거노인 400가구가 살고 있으니 우리가 하는 일은 보잘것없다. 그래도 이 일을 하는 이유는 무관심을 극복하는 연습을 하기 위해서다. 봉사가 아니라, 나 자신이 인간답고 싶은 몸짓일 뿐이다.

우리가 '악'이라고 규정하는 것은 어쩌면 것은 사탄이나 귀신 이전에 무관심이 아닐까. "침묵이라는 죄"에 전혀 무관심하고, "무관심이라는 죄"를 의식하지 않으며, "중립이라는 은밀한 공모"를 지성이라는 이름으로 포장하지 않는지.

영어 원문의 "For the closing of borders"라는 문장을 전에는 "국경을 닫아 버린 것에 대하여"라고 번역했었다. 이민자들이 들어오지 못하도록 닫아 버린 것이 아닐까, 즉 정치적인 문제로 번역했다. 기도문을 지은 저자가 정치적인 뜻으로 쓴 것 같지는 않다. 마음의 문을 국경border에 빗대어 은유하지 않았나 하여, 넓은 뜻으로 "마음의 문을 닫아 버린 것에 대하여"로 다시 번역했다. 어떤 사건에 대하여 마음의 문을 닫아 버린 상황을 뜻한다고 나는 생각했다. 이 기도문을 읽을 때 예수님을 모른다고 부인했던 베드로, 마태복음 26장 31~34절의 사건이 떠오른다.

그때에 예수께서 제자들에게 이르시되

오늘 밤에 너희가 다 나를 버리리라. 기록된 바 내가 목자를 치리니 양의 떼가 흩어지리라 하였느니라. 그러나 내가 살아난 후에 너희보다 먼저 갈릴리로 가리라.

베드로가 대답하여 이르되

모두 주를 버릴지라도 나는 결코 버리지 않겠나이다.

예수께서 이르시되

내가 진실로 네게 이르노니 오늘 밤 닭 울기 전에 네가 세 번 나를 부인하리라.

우리는 예수가 가르쳐 주신 삶을 외면하고 모른다고 부인하며 살지 않았을까. 우리가 침묵하고, 무관심하고, 중립을 말할 때 악은 더욱 커지는 것이 아닐까. 악은 침묵과 무관심과 중립을 먹고 거대하게 커 가는 괴물이 아닐까.

모든 부패한 독재정권이 바라는 것은 무관심이다. 아직은 때가 아니라며 온갖 양비론을 들먹이며 중립을 지키는 자들, 선거에 무관심한 자들을 부패한 체제는 좋아한다. 우리가 무관심을 극복해야 하는 이유는 명확하다. "하나님, 당신의 어린아이들이, 자유롭고 평화로울 그때에, 마침내 용서가 있게" 하는 평화를 여는 시대를 위해서다.

유튜브 — 연탄 나눔, 별을 노래하는 마음으로

봄

병원

◦윤동주

살구나무 그늘로 얼굴을 가리고, 병원病院 뒤뜰에 누워, 젊은 여자女子
가 흰옷 아래로 하얀 다리를 드러내놓고 일광욕을 한다. 한나절이 기
울도록 가슴을 앓는다는 이 여자女子를 찾아오는 이, 나비 한 마리도
없다. 슬프지도 않은 살구나무 가지에는 바람조차 없다.

나도 모를 아픔을 오래 참다 처음으로 이곳에 찾아왔다. 그러나 나의
늙은 의사는 젊은이의 병病을 모른다. 나한테는 병病이 없다고 한다.
이 지나친 시련試鍊, 이 지나친 피로疲勞, 나는 성내서는 안 된다.

여자女子는 자리에서 일어나 옷깃을 여미고 화단花壇에서 금잔화金盞
花 한 포기를 따 가슴에 꽂고 병실病室 안으로 사라진다. 나는 그 여자
女子의 건강健康이–아니 내 건강健康도 속速히 회복回復되기를 바라며
그가 누웠던 자리에 누워본다.

이 시를 영화에 비유하면, 첫 장면에서 얼굴만 살구나무로 그늘진, 일광욕하는 '젊은 여자'가 천천히 화면에 나타난다. 이상하게도 그녀에게는 아무도 찾아오는 이가 없다. 돌보는 이가 없어서일까. 가족이 없어서일까. 그 이유는 쓰여 있지 않다. 가령 요양원에 가면 가족을 맡겨 두고 "찾아오는 이, 나비 한 마리도 없"는 이들이 적지 않다. 각자 사연이 있을 수 있겠다. 윤동주가 〈해바라기 얼굴〉에서 공장에 나가는 여성 노동자를 등장시켰듯이, 이 시에 나오는 여자는 사회에서 소외된 인물일 수도 있다.

두 번째 연에서는 화자 자신의 증상이 나온다. 지나친 시련과 피로로 "나도 모를 아픔"에 시달리던 화자는 참다못해 병원에 간다. 이상하게도 '늙은' 의사는 '젊은이'의 병을 모르고 병이 없다고 한다. 젊은 화자의 병은 무엇이었을까.

일기처럼 시를 썼던 윤동주의 글쓰기 습관을 볼 때, 아픈 화자는 윤동주 자신일 가능성이 크다. 윤동주 자신이 병원에 입원했거나, 문병 갔을 때 쓴 시가 아닐까. 일종의 병원 체험기 혹은 병원 순례기로 보인다.

이 시를 발표했던 1940년 12월 이전, 1년이 넘는 기간 동안 윤동주는 침묵기를 경험한다. 1939년 9월부터 어떤 글도 남기지 않았다. 신앙을 회의하면서도 이화여전 안에서 진행됐던 외국인 선교사의 성경공부 모임에 늘 참여해서 영어 성경공부를 했다. 그에게는 그 시기에 행해졌던 신사참배나 창씨개명 등 견딜 수 없는 식민지적 압제가 정신을 압박하고, 의사가 판단할 수 없는 스트레스로 작용했을 수도 있다.

그의 삶을 참조하면, '늙은 의사/젊은 환자'를 대비시킨 이유를 추측할 수 있다. 식민지 현실에 안주해 버린 늙은 정신이 시대에 절망하며 아파하는 젊은 정신을 진단하지 못하는 상황으로도 읽을 수 있다. "나는 성내서는 안 된다"는 구절을 볼 때, 화자는 자신의 고통을 응당 견디어야 할 책무로 받아들이는 것을 알 수 있다.

여자는 화단에 있는 금잔화 한 포기를 따 가슴에 꽂고 병실 안으로 간다. 다시 병실로 들어가면서 가슴에 품은 금잔화 한 포기는 희망을 담는 꽃이 아닐까.

화자는 병자인 '여자'와 '나' 모두 '속(速)히' "回復되기를 바"란다. 여기서 중요한 단어는 "아니"라는 부정어다. '아니'라는 머뭇거림은 환자의 고통을 진단하지 못하는 의사와 대비되면서 그 고통과 아픔에 함께하겠다는 의지를 살짝 보인다. 나 자신도 함께 완쾌해야 하는 것이다. 이 여자와 눈을 마주쳤다거나 대화해 보지 못했으나, 거리를 둔 채 화자는 여자의 완쾌를 기원한다. 둘 다 회복하기 위하여 작은 실천으로 다짐을 하는데 그 행동은 바로 "그가 누웠던 자리에 누워" 본다는 사소한 행동이다.

아무것도 아닌 부질없는 행동 같지만, "서정시는 가장 왜소할 때 가장 거대하고, 가장 무력할 때 가장 위대"(신형철)한 것이다. 아픈 이의 '곁으로' 다가가는 가장 왜소하고 가장 무력한 움직임에서, 위

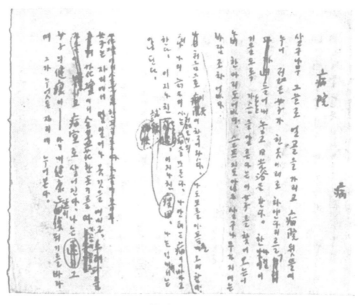

<병원> 윤동주 자필 원고

대한 서정시는 미래 독자의 마음에서 완성된다.

　이 시가 발표된 시기를 주의해 봐야 한다. 침묵기를 마치고 그
는 다짐하듯이 1940년 12월에 〈팔복〉, 〈병원〉, 〈위로〉 세 편을 발표
한다. 1939년 9월 자아 성찰이 담긴 〈자화상〉과 이웃을 향한 실천의
고민을 담은 〈투르게네프의 언덕〉을 쓴 이후, 긴 침묵기를 지내고
1940년 12월 연희전문 3학년 겨울에 이 시를 썼다.

　"영원히 슬퍼"하겠다는 〈팔복〉과 함께, "그가 누웠던 자리에 누
워본다"는 〈병원〉과 병실을 따뜻하게 할 햇살을 가리는 "거미줄을

헝클어 버리는"〈위로〉, 아픔과 슬픔을 주제로 한 이 세 편을 나는 '병원 3부작'이라고 부르곤 한다.

윤동주는 자신의 첫 시집 제목을 《병원》으로 하고 싶어 했을 만큼 이 시에 대단한 애착을 가졌다. 동주가 졸업 기념으로 엮은 자필 시고詩稿는 모두 세 부였다. 그 하나는 자신이 가졌고, 한 부는 이양하李敭河 선생께, 그리고 나머지 한 부는 후배인 정병욱에게 주었다. 이 시집에 실린 19편의 작품 중에서 맨 마지막에 쓴 시가 〈별 헤는 밤〉으로, 1941년 11월 5일에 쓴 것으로 되어 있다. 그리고 《하늘과 바람과 별과 시》 앞머리에 실린 〈서시〉는 11월 20일에 쓴 것으로 보인다. 이로 보아 알 수 있듯이 〈별 헤는 밤〉을 완성한 다음 동주는 자선시집自選詩集 《하늘과 바람과 별과 시》를 만들어 졸업 기념으로 출판하기를 계획했었다.

〈서시〉까지 붙여서 친필로 쓴 원고를 손수 제본을 한 다음 그 한 부를 내게다 주면서 시집의 제목이 길어진 이유를 〈서시〉를 보이면서 설명해 주었다. 그리고 처음에는 (〈서시〉가 되기 전) 시집 이름을 《병원》으로 붙일까 했다면서 표지에 연필로 '병원病院'이라고 써넣어 주었다. 그 이유는 지금 세상은 온통 환자투성이이기 때문이라 하였다. 그리고 병원이란 앓는 사람을 고치는 곳이기 때문에 혹시 이 시집이 앓는 사람들에게 도움이 될 수 있을지도 모르지 않겠느냐고 겸손하게 말했던 것을 기억한다. 정병욱, "잊지 못할 윤동주 형", 《바람을 부비고 서 있는 말들》, 집문당, 1980, 22~23면 윤동주가 쓴 자필 원고를 보면, '病院병원'이라고 한자로 썼다가 지운 흔적이 흐릿하게 보인다. 엑스레이를 찍으면 흑연 자국이 더욱 확연하게 보일 것이다. 윤동주가 '병원'으로 시집의 제목을 짓고 싶었던 이유로 "지금 세상은 온통 환자투성이"라고 한 것이 눈에 든다. '병원'은 시인 이상화가 사용하던 밀실이나 동굴과 전혀 다른 공간으로, '아픈 사람들'이 함께 모여 있는 연대의 공간이다.

2017년 〈무한도전〉이라는 프로그램에서 윤동주를 설명한 적이 있다. 그때 함께 출연했던 래퍼 개코는 책 갈피갈피에 포스트잇을 붙인 졸저《처럼-시로 만나는 윤동주》를 들고 있었다. 그는 〈병원〉이라는 시의 마지막 구절을 내게 보이며, 이 구절이 윤동주 전체 사상의 핵심이 아니냐고 나에게 물었다. 촬영하기 전에 물었기에, 방송에는 나오지 않았지만 나는 깜짝 놀랐다. 그는 문장까지 지적해 가며 기회가 되면 이 시를 랩으로 만들고 싶다고 했다. 그가 주목한 문장은 한 문장이었다.

"그가 누웠던 자리에 누워본다."

아픈 이들과 함께하겠다는 이 문장은 과연 윤동주 시의 핵심이라 해도 과언이 아니다. 마음으로 그 아픔에 함께하며 치료를 위해 연대하고 실천하겠다는 다짐이다. 그가 누웠던 자리에 누워 본다. 이 말은 "즐거워하는 자들과 함께 즐거워하고 우는 자들과 함께 울라"(로마서 12:15)를 윤동주 식으로 쓴 표현이다. 이 재앙의 시대에 가장 필요한 자세가 아닌가.

유튜브 — 백석과 동주 15강-영화 '동주'와 윤동주

봄

시냇물 담은 손 모아

열 가지 감사기도

○ 손양원

첫째, 나 같은 죄인의 혈통에서 순교의 자식들을 나오게 하셨으니 하
  나님께 감사합니다.

둘째, 3남 3녀 중에서 가장 아름다운 두 아들, 장자와 차자를 바치게
  된 나의 축복을 하나님께 감사합니다.

셋째, 허다한 많은 성도들 중에 어찌 이런 보배를 주께서 하필 내게
  주셨으니, 그 점 또한 주께 감사합니다.

넷째, 한 아들의 순교도 귀하다 하거늘 하물며 두 아들의 순교리요,
  하나님 감사합니다.

다섯째, 예수 믿다가 누워 죽는 것도 큰 복이라 하거늘, 하물며 전도
  하다 총살 순교 당함이리요, 하나님 감사합니다.

여섯째, 미국 유학가려고 준비하던 내 아들 미국보다 더 좋은 천국 갔
  으니 감사합니다.

일곱째, 나의 사랑하는 두 아들을 총살한 원수를 회개시켜 내 아들 삼
  고자 하는 사랑의 마음 주신 하나님께 감사합니다.

여덟째, 내 두 아들 순교로 말미암아 무수한 천국의 아들들이 생길 것
  이 믿어지니 우리 아버지 하나님 감사합니다.

아홉째, 이 같은 역경 중에서 이상 여덟 가지 진리와 하나님의 사랑을
  찾는 기쁜 마음, 여유 있는 믿음 주신 우리 주 예수 그리스도께 감

사합니다.

열째, 나에게 분수에 넘치는 과분한 큰 복을 내려 주신 하나님께 모든 영광을 돌립니다.

이 기도를 드린 이는 일제 식민지 시절 신사참배를 거부하고 6년 동안 옥고를 겪었던 손양원 목사다.

국사편찬위원회 전자사료관에는 44세의 손양원 목사가 1946년 2월에 작성한 자필 이력서가 있다. 이력서에는 누구나 내놓을 만한 경력을 남긴다. 손 목사의 이력서를 자세히 보자. 본적과 현주소 이후에 실제 내용의 첫 구절은 "1906년(7세) 예수 믿음"이라고 또박또박 써 놓았다. 육신의 생년월일 이후 그에게는 영혼이 다시 태어난 시기가 첫 탄생이었나 보다.

1925년 24세 때 부산 지방에서 전도사 일을 본다. 1928년 27세 때 경남 성경학원을 졸업한다. 윤동주 시인이 연희전문에 입학하던 1938년에 37세의 손양원은 조선 평양신학교를 졸업한다. 이듬해 1939년 7월부터 전남 려수(여수) 애양원교회에서 제2대 목사(조사)로 일한다. 1909년 4월 25일 미국 남장로교 소속 선교사들이 시작한 애양원교회는 문둥병 혹은 나병환자라는 차별언어로 불리었던 한센인을 간호하는 교회였다.

신사참배 거부 운동에 나선 손 목사는 이력서에 쓰여 있듯, 39세였던 "1940년 9월 25일에 려수경찰서에 드러가"고 이후 다섯 번 감옥을 옮겨 다닌다.

경성 구금소에 들어가 절망해 있던 손양원에게도 해방이 찾아온다. "1945년 8월 17일에 옥문이 열리게 되었음"이라고 이력서에 쓰여 있다. 이어 보름도 지나지 않은 8월 30일에 손 목사는 전남 여수 애양원으로 다시 돌아가 한센인을 보살폈다. 상태가 심각한 한센

144

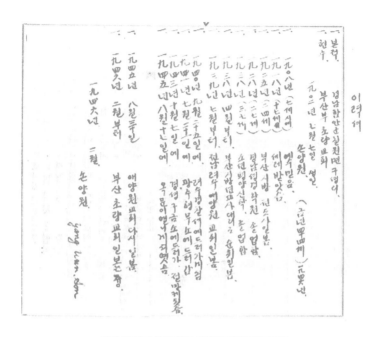

손양원 목사 자필 이력서(출처: 국사편찬위원회 전자사료관)

인이 있는 방바닥엔 피고름이 흥건했다. 손 목사는 환자들의 환부를 몸소 입으로 빨아냈다고 한다.

식민지였던 이 나라에 완전한 해방은 이루어지지 않았고 이후에 좌우익이 싸우는 혼란기에 들어섰다. 1948년 10월 19일에 일어난 여순사건 때 손 목사의 두 아들이 죽었다. 순천사범대 기독교학생회장 23세 손동인과 순천중학교 학생 18세였던 손동신은 인민재판에서 '친미 예수쟁이'라는 죄목으로 총살당했다.

10월 27일 두 아들의 장례 때 손 목사는 역설적인 답사를 남겼

여름

다. "내 어찌 긴 말의 답사를 드리리오. 내가 아들들의 순교를 접하고 느낀 몇 가지 은혜로운 감사의 조건을 이야기함으로써 장례식의 답사를 대신할까 합니다."

그는 열 가지 내용으로 감사기도를 드렸다. 그러고는 위에 쓰여 있는 내용을 천천히 풀어 냈다. 장례식을 찾아온 사람들은 놀라운 답사에 충격을 받았다. 도저히 받아들이기 힘든 내용은 "두 아들을 총살한 원수를 회개시켜 내 아들 삼고자" 한다는 말이었다. 손 목사의 가족에게는 살인자와 함께 살아갈 시간을 생각하면 까마득했을 것이다.

아들을 죽인 살인범을 양아들로 삼겠다는 말에 놀란 딸에게 손 목사는 천천히 입을 열었다.

"동희야, 십계명 1, 2계명이 하나님의 명령이라면, 원수를 사랑하라는 말씀도 똑같은 하나님의 명령인데 순종치 않는다면 그보다 더 큰 모순이 어디 있겠냐? 원수를 사랑하라는 말을 순종치 않으면, 과거 5년 동안 감옥 생활한 것이 모두 헛수고요, 너희들을 고생시킨 것도 헛고생시킨 꼴이 되고 만다. 나는 여기에서 넘어질 수가 없어. 두 오빠는 천국 갔으나 그들을 죽인 자는 지옥 갈 것이 분명한데, 전도하는 목사로서 그 사람이 지옥 가는 걸 어떻게 보고만 있으란 말이냐?"

그러나 중학교에 다니던 어린 딸 손동희는 아버지의 말을 이해할 수 없었다.

계엄군이 들어와 아들 살해범을 처형하려고 할 때, 손 목사는 계엄군을 설득하여 그를 살려 낸다. 그리고 양아들로 삼아 '손재선'이라는 이름을 지어 주었다.

"원수를 갚지 말며 동포를 원망하지 말며 네 이웃 사랑하기를 너 자신과 같이 사랑하라. 나는 여호와이니라"(레위기 19:18)라는 구절이 있으나, 어린 딸은 아빠를 이해할 수 없었다. 도대체 아빠가 말하는 사랑은 어떤 것일까.

"일곱째, 나의 사랑하는 두 아들을 총살한 원수를 회개시켜 내 아들 삼고자 하는 사랑의 마음 주신 하나님께 감사합니다."

사랑과 총살과 감사가 도대체 어떻게 한 문장에 들어갈 수 있을까. 이 문장에는 회개라는 단어가 들어 있다. '회개'라고 간단히 쓰여 있지만 그 과정은 쉽지 않았을 것이다. 마치 뻘을 기어기어 일반 상식을 뛰어넘는 포월匍越의 노력이야말로 신앙의 알짬이다.

살인범을 사형에 처하려 했던 이도 감동받아 그 살인범을 풀어 준다. 여기까지라면 해피엔딩이겠으나, 또 다른 비극이 이어진다. 2년도 안 되어 이번엔 손양원 목사 자신이 공산군에 의해 여수 마평과 수원으로 끌려가 총에 맞아 순교한다. 1950년 9월 28일 저녁 11시였다.

온 만물이 물이 올라 푸르른 6월은 아름답기만 한 세상은 아니다. 우리에게 6월은 한국전쟁이 있었던 비극의 달이다. 좌파가 우파에게, 우파가 좌파에게 총을 겨눈 달이다. 이 시기에 이데올로기의 비극을 뛰어넘는 사랑을 생각해 본다.

두 아들을 죽인 안재선을 용서하고 사랑으로 감싸 안은 손양원 목사

열 가지 기도문 말미에 모두 "감사합니다"라는 구절이 붙어 있다. "범사에 감사하라"(데살로니가전서 5:18)라는 말씀을 그대로 사는 일상이다. 실수와 실패는 물론 죽음까지도 감사하는 일상이다. 이 기도문에는 돌에 맞아 순교하면서도 "주님, 이 죄를 저 사람들에게 돌리지 마십시오"라고 호소했던 스데반 집사의 사랑이 보인다. 손양원 목사의 양손자 안경선 목사는 할아버지의 길을 따르고 있다. 놀라운 사랑, 놀라운 기도문이다.

경남 함안군 칠원읍에 손양원 목사 기념관이 있다. 순천에도 손양원 목사 기념관이 있다. 가는 길이 편하지는 않지만 꼭 가 봐야 할 곳이다. 두 곳에 모두 '손양원 목사의 열 가지 기도문' 팻말이 있다. 잊지 말아야 할 기도문이다.

여수를 방문해 돌산공원이나 해상케이블카를 즐기며 〈여수 밤 바다〉 노래를 부르는 것도 좋지만, 기왕이면 여수공항 근처에 있는 순천 손양원 목사 기념관을 꼭 둘러보라고 추천하고 싶다. 증오를 주장하는 요즘 한국 교회 목사나 신자들이 증오 대신 사랑을 실천했던 한 인물을 기억했으면 하는 바람에서다.

2015년 여름, 북한 영아들에게 우유를 보내고, 지금은 미얀마에 학교를 세운 '사람예술학교' 권태훈 이사장과 함께 기념관을 찾아갔다. 기념관 정원 앞에 있는 '용서의 길'을 우리는 죄인처럼 고개 숙이고 천천히 걸었다. 작은 기도실에서 잠시 묵상했다. 도대체 이 한없는 사랑이란 무엇일까. 기념관 맞은편 돌계단을 넘어 작은 언덕 너머에, 손양원 목사의 묘소와 아들들의 묘가 있다. 햇살이 따스하게 내려앉는 그곳에 한참 머무르다 세 사람의 묘를 가슴에 담고 돌아왔다.

아들과 작별하며 드리는 열 가지 감사

◦ 이동원

1. 아들이 암에서 해방되어 감사합니다.

2. 아들이 하나님의 영광의 나라에 입성할 수 있어 감사합니다.

3. 유머가 있던 아들로 인해 부부가 기쁨을 누리게 해 주셔서 감사합
   니다.

4. 한순간도 불평 없던 그의 아내와 손자를 남겨 주셔서 감사합니다.

5. 어려서부터 게임을 좋아하더니 게임회사 변호사가 된 것도 감사
   합니다.

6. 아들의 고통을 통해 예수님을 내어 주신 하늘 아버지의 고통을 알
   게 해 주셔서 감사합니다

7. 수많은 암환자들과 연대할 수 있어 감사합니다

8. 자식을 잃은 수많은 분들의 마음을 알 수 있어 감사합니다.

9. 전 세계 수많은 중보기도자들과 함께할 수 있어 감사합니다.

10. 아들이 간 천국을 더 가까이 소망할 수 있어 감사합니다.

자식이 먼저 떠나갈 때 부모의 마음은 얼마나 찢어질까. 가족이 사라지면 온몸에 있는 물을 다 짜내듯이 울음이 나온다. 이럴 때 우리는 어떻게 스스로 달래야 할까. 울음을 참아야 할까. 아니다, 그냥 울어야 한다. 예수님도 죽은 나사로를 보고 우셨다(요한복음 11:35). 예수님 자신도 죽음을 앞두고 통곡하셨다(히브리서 5:7).

울고 난 뒤 무슨 말로 위로를 나눌 수 있을까.

백 가지 설교보다 한마디 말이 강하고 마음에 울릴 때가 있다. 백 가지 설교보다 짧은 기도문이 감동을 줄 때가 있다. 이동원 목사님은 중요한 강해 설교가로 그를 모르는 기독교 신자가 없을 정도로 유명하지만, 개인적으로는 잘 알지 못했다. 그럼에도 불구하고 이 기도문 때문에 그분이 인상 깊게 내 마음에 새겨졌다.

이동원 목사님의 차남 이범 변호사가 대장암으로 고생하다가 2020년 10월 9일 사망했다. 미국에서 사망했기에 해외에서 오는 가족들이 참여할 수 있도록 일정을 늦추어 16일에 천국 환송예배를 드렸다. 전염병으로 인한 주 정부의 행정 명령으로 참여자의 인원 제한이 있어 온라인으로 진행됐다. 유가족 대표로 나온 이동원 목사는 아들의 천국 환송예배를 마치고 이 기도문으로 인사를 대신했다. 손양원 목사가 두 아들을 잃고 하나님 앞에 드린 열 가지 감사를 따라, 위 기도문을 지어 알렸다고 한다.

"아들이 암에서 해방되어 감사합니다"라고 타자가 말하면 큰 실례일 수 있다. 반대로 아들이 오랫동안 고통 속에서 괴로워할 때 함께 그 고통을 겪은 가족이 이 말을 하면, 비슷한 고통을 겪는 이웃이 위로를 받는다.

"유머가 있던 아들로 인해 부부가 기쁨을 누리게 해 주셔서 감사합니다"라는 문장에서 '부부'는 아마 이동원 목사 부부로 추측된다. 가장 힘들 때 아름다운 순간, 기뻤던 순간은 우리에게 위로를 준다.

"어려서부터 게임을 좋아하더니 게임회사 변호사가 된 것도 감사합니다"라는 구절이 큰 위로가 된다. 그저 입버릇으로 '범사에 감사'하는 흉내를 낸다면 이 기도문은 뻔한 글에 불과했을 것이다. 이 짧은 문장에 아잇적부터 지금까지 아들을 보아 온 한 아비의 그윽한 사랑이 담겨 있다.

"자식을 잃은 수많은 분들의 마음을 알 수 있어 감사합니다"라는 구절은 아들의 죽음으로 인해 이웃의 고통을 공감하는 문장이다. 6번부터 9번까지가 자식의 고통을 이웃의 고통으로 확대하는 내용이다. 수많은 암환자와 고통을 함께하고, 자식을 잃은 수많은 부모의 고통과 함께하는, 중요한 인식의 확장이다.

"아들이 간 천국을 더 가까이 소망할 수 있어 감사합니다"라는 문장은 추상적인 신앙을 배격하는 이에게는 받아들일 수 없는 문장일 수도 있다. 유한한 인간이 위로받을 수 있는 믿음은 죽으면 천국에서 다시 만난다는 희망일 것이다.

이 기도문은 가족을 일찍 잃은 사람들에게 위로가 될 수 있다. '상처입은 치유자 Wounded Healer'의 기도문이기 때문이다. 이동원 목사님 설교를 흘려들었던 나는 이 기도문에 큰 위로를 받았다.

코로나19라는 전염병이 창궐하던 2020년 5월 어느 날 새벽, 카톡 문자로 내 누이의 사망 소식을 전달받았다. 억장이 무너져 한 시간 정도 멍하니 앉아 있었다. 이제부터 누나는 없다. 중학교 때 돼지저금통을 털어 나에게 최초로 기타를 사 준 누나, 캠퍼스 커플처럼 함께 대학을 다녔던 누나, 결혼식 날 소중한 장난감을 빼앗긴 것 같은 서글픔에 울었었는데, 이제 그 누이가 사라졌다.

잠시 후 눈물이 쏟아지기 시작했다. 울다울다 눈물도 안 나오는 상황에서 머리가 빠개지도록 아팠다. 혈압이 올라 내가 병원에 가야 할 상황에 이르렀다. 코로나바이러스 때문에 장례식에 갈 수도 없고, 누이의 시신을 볼 수도 없었다. 몇 주가 지나도, 몇 달이 지나도 아픔이 사라지지 않았는데, 이 기도문을 듣고 마음에 위로를 받았다.

저 기도문에서 '아들'이라는 말에 '누나'를 대신 넣어 읽어 보았다. "누님이 깊은 병에서 해방되어 감사합니다. 유머가 있던 누님으로 인해 온 가족이 기쁨을 누리게 해 주셔서 감사합니다. 한순간도 불평 없던 누님이 매부님과 두 조카를 남겨 주셔서 고맙습니다. 어려서부터 음악을 좋아하더니 가야금 연주자가 된 것을 감사합니다. 수많은 환자들과 연대할 수 있어 고맙습니다. 누님과 가족을 잃은 수많은 분들의 마음을 알 수 있어 감사합니다."

나무

◦정지용

얼굴이 바로 푸른 하늘을 우러렀기에

발이 항시 검은 흙을 향하기 욕되지 않도다.

곡식알이 거꾸로 떨어져도 싹은 반듯이 위로!

어느 모양으로 심기여졌더뇨? 이상스런 나무 나의 몸이여!

오오 알맞은 위치位置! 좋은 위아래!

아담의 슬픈 유산遺産도 그대로 받았노라.

나의 적은 연륜年輪으로 이스라엘의 2천년二千年을 헤였노라.

나의 존재存在는 우주宇宙의 한날 초조焦燥한 오점汚點이었도다.

목마른 사슴이 샘을 찾아 입을 잠그듯이

이제 그리스도의 못 박히신 발의 성혈聖血에 이마를 적시며—

오오! 신약新約의 태양太陽을 한아름 안다.

윤동주 시에 가장 큰 영향을 끼친 이는 누구일까. 백석, 오장환, 임화, 신석정, 릴케, 프란시스 잠 등 많은 시에 밑줄을 치고 시를 공부했던 윤동주 시인에게 가장 큰 영향을 미친 이는 1902년 6월 20일에 태어난 정지용 시인(1902~1953)이다. 110여 편의 윤동주 작품 중 14편 정도는 정지용 시를 모방하며 습작한 작품이다. 정지용이 추천하여 등단한 박두진과 박목월은 평생 신앙인으로 살며 기도시를 많이 썼다.

"넓은 벌 동쪽 끝으로 옛이야기 지즐대는 실개천이 회돌아 나가고"로 유명한 〈향수〉(〈조선지광〉, 1927년 3월호)를 쓴 정지용은 두 아들을 수도원에 보낼 정도로 신앙이 독실했다. 1926년 4월에 미션계인 일본 도시샤대학 영문학과에 입학한 정지용은 1927년 12월 4일 캠퍼스 내 교회에서 호리 데이이치 목사에게 세례를 받고 개신교 신자가 됐다. 블레이크 시 몇 편을 번역하기도 했던 그는 이후 가톨릭으로 개종한다. 그의 첫 시집 《정지용 시집》(시문학사, 1935) 4부에는 9편의 신앙시가 실렸다. 시론 〈시의 옹호〉에서 그는 최상의 정신적인 것이 신앙이며, 이 신앙을 이루는 것은 '애愛', '기도', '감사'라고 썼다. 그의 종교시는 초기 모더니즘의 시와 후기 산수시山水詩 사이에 있다.

시인은 나무를 보면서 자기 자신을 생각한다. 나무의 '얼굴'은 푸른 하늘을 향하고, 나무의 '발'은 검은 흙을 향한다. "이상스런 나무"는 "나의 몸"이다. 나의 몸은 "아담의 슬픈 유산遺産", 숙명적 원죄를 품고 있다. 나라는 존재는 "우주宇宙의 한낱 초조焦燥한 오점汚點"에 불과하다. 그러나 '나'는 나무이기에 향일성向日性을 갖고 태양을 향해 손을 뻗는다. 부족하기 이를 데 없는 '나'라는 나무는 목마른 사슴처럼 시냇물을 찾아 헤매다가 "그리스도의 못 박히신 발의 성혈聖血에 이마"를 적신다. 그러다가 마침내 그리스도의 은총을 깨달으며 "신약新約의 태양太陽을 한아름" 맞이하는 영적 세계를 체험한다. 땅에 발 딛고 살아가는 인간은 하늘을 향하면서 새로운 경지를 체험한다. 이 시는 온몸으로 기도하는 고백시 혹은 간증시라 할 수 있겠다.

신앙시 17편을 발표한 그의 이름은 한때 '월북작가 정○○'으로 표기되어 왔다. 1953년 평양교도소에서 미군 폭격으로 사망했다는 국방부 발표로 1987년 본래 이름을 찾았다. 몇 년 전 나는 중국 항저우사범대학에 가서 중국인 학생들 앞에서 '정지용과 윤동주'를 강연했다. 그 대학에 '정지용 문학 센터'를 체결하고 간판을 달고 돌아왔다.

정지용 시인 유족과 함께 귀국하던 날, 공항에 내렸을 때 핸드폰이 인터넷에 연결됐다. 막 공항을 나서려는 찰나에 반가운 소식이 전해졌다. 정지용 시인에게 금관문화훈장이 수여된다는 소식이었다. 역사와 자아를 기도하는 마음으로 투철하게 직시했던 시인이 받아 마땅한 훈장이다.

우리가 배워야 할 것

◦ 쇠렌 키르케고르

하늘에 계신 아버지!
우리는 인간 사회 속에서
특히 사람들이 무리지어 사는 곳에서
그것을 배우기가 너무 어렵습니다.
설령 다른 어느 곳에서
그것에 대해 배웠을 경우에도,
우리는 인간 사회 속에서
너무나 쉽게 그것을 잊습니다.

아, 우리가 그것을 배우게 해 주십시오.
만약 그것을 잊었다면,
백합화와 새들에게 다시 배우게 해 주십시오.
한꺼번에 그 일부라도, 그리고 조금씩이라도
배우게 해 주십시오.
백합화와 새들에게 배우게 해 주십시오!
침묵과 순종과 기쁨을.

산과 들에 물오른 나무가 짙은 푸른색을 피워 올리는 6월에 키르케고르의 시를 대한다.

인간은 자연을 너무 무시했다. 자연은 에덴동산에서 창조자가 아담과 하와에게 잘 지키라고 주신 선악과 같은 것이 아닐까. 예수님은 "들에 핀 백합화를 보라"는 말씀으로 자연의 섭리를 배우라고 권했다. 스피노자는 자연에 곧 신성神性이 있다고 했다.

덴마크 철학자 쇠렌 키르케고르(Søren Aabye Kierkegaard, 1813~1855)가 쓴 작은 책《들의 백합화, 공중의 새》(1849)를 물오른 여름에 읽으면 답답한 세상이 아주 조금씩 환하게 열린다. 슬프고 힘들 때 이 작은 책을 들고 산책하다가 잠시 쉬는 짬에 읽어 보시기를 권하고 싶다. 그는 이 작은 책을 몇 구절의 성경 말씀을 묵상하며 썼다.

> 공중의 새를 보라. 심지도 않고 거두지도 않고 창고에 모아들이지도 아니하되 너희 천부께서 기르시나니 너희는 이것들보다 귀하지 아니하냐. 너희 중에 누가 염려함으로 그 키를 한 자나 더할 수 있느냐. 또 너희가 어찌 의복을 위하여 염려하느냐. 들의 백합화가 어떻게 자라는가 생각하여 보라. 수고도 아니하고 길쌈도 아니하느니라. 마태복음 6:26~28

이 책 1부에서 키르케고르는 백합화와 공중의 새에게는 세 가지 경건이 있다고 한다. 그것은 인용한 시의 맨 마지막 구절에 나오는 '침묵'과 '순종'과 '기쁨'이다. 백합화와 새는 말이 없다. 침묵은 순종하는 자의 적극적 실천이며 기도의 순간이기도 하다. 백합꽃은 시들어 떨어져 썩으면서도 하나님 뜻을 따른다. 백합화와 공중의 새는 언제 비가 올지 눈이 올지, 묻지 않고 그때를 기다린다. 침묵과 순종의 결과는 기쁨이다.

백합화가 행복한 이유는 비교하지 않기 때문이다. 백합화는 있는 그대로 자기 자신의 삶과 한계에 만족한다. 절대자 앞에서 단독자로서 오직 자기 자신의 성숙을 위해 노력하는 존재는 불행하지 않다. 키르케고르는 "진리는 주체성"이라고 말하곤 했다. 남의 말에 쉽게 흔들리는 주체는 진리를 인식하기 어렵다.

키르케고르는 슬픈 비유를 써 놓기도 했다. 백합화 한 송이가 날아다니는 새 한 마리를 부러워하기 시작한다. 그래서 자기도 여기저기 다닐 수 있게 해 달라고 새에게 부탁한다. 새는 백합화의 부탁대로 백합화의 뿌리 주변을 파서 줄기를 입에 물고 하늘로 오른다. 만족하지 못했던 백합화는 곧 뿌리부터 말라죽기 시작했다는 이야기다.

물론 새에게 그렇게 말할 백합화는 없다. 백합화는 날 수 없으며 있음 자체로 아름답다. 들판에 백합화가 그러하듯 모든 존재에게는 나름의 매력이 있으며, 이 매력만으로도 충분히 기뻐할 일이다. 모든 낱낱의 존재에 하나님의 형상이 담겨 있다.

키르케고르는 하잘것없는 것에 숨어 있는 힘에 주목한다. 그는 성경 구절 하나로 《이것이냐 저것이냐》, 《공포와 전율》, 《사랑의 역사》, 《죽음에 이르는 병》 등 수많은 고전을 써냈다. 매주 월요일 저녁

에 강의하는 숭실대 기독교 대학원 2학기 과정에서 키르케고르 저서
와 함께 윤동주 시를 읽는 시간은 수강생들 이전에 나에게 더없이 많
은 생각을 하게 한다.

들의 백합화에 내려앉은 이슬은 얼마나 아름다운가. 물을 빨아
들이고 햇살을 호흡하여 피워 올리는 꽃은 얼마나 큰 은총인가. 하늘
을 나는 새의 깃털은 어떤 힘으로 공기를 밀어내는가. 도대체 어떤
힘으로 저 새들은 하늘과 땅을 누리고 있는가.

키르케고르의 시에는 "백합화와 새들에게 다시 배우게 해 주십
시오"라는 구절이 여러 번 반복해서 나온다. 지칠 때 저 들판의 백합
화와 하늘의 새 떼를 보며, 침묵과 순종과 기쁨으로 산책하며 살아
본다.

성 고독

◦ 박두진

쫓겨서 벼랑에 홀로일 때
뿌리던 눈물의 푸르름
떨리던 풀잎의 치위를 누가 알까

땅바닥 맨발로 넌즛 돌아
수줍게 불러보는 만남의 가슴떨림
해갈의 물동이
눈길의 그 출렁임을 누가 알까

천명 삼천명의 모여드는 시장끼
영혼의 그 기갈소리 전신에 와 흐르는
어떡헐까 어떡헐까

빈 하늘 우러르는
홀로 그때 쓸쓸함을 누가 알까

하고 싶은 말
너무 높은 하늘의 말 땅에서는 모르고

너무 낮춘 땅의 말도

땅의 사람 모르고
이만치에 홀로 앉아 땅에 쓰는 글씨
그 땅의 글씨 하늘의 말을 누가 알까

모닥불 저만치 제자는 배반하고
조롱의 독설
닭 울음 멀어가고
군중은 더 소리치고
다만 침묵
흔들리는 안의 깊이를 누가 알까
못으로 고정시켜
몸 하나 매달기에는 너무 튼튼하지만
비틀거리며
어깨를 메고 가기엔 너무 무거운

몸은 형틀에 끌려가고
형틀은 몸에 끌려가고
땅 모두 하늘 모두 친친 매달린

죄악 모두 죽음 모두

거기 매달린
나무 형틀 그 무게를 누가 알까

모두는 끝나고
패배의 마지막
태양 깨지고 산 웅웅 무너지고
강물들 역류하고
낮별의 우박오고
뒤뚱대는 지축
피 흐르는 암반

마리아
그리고 막달레나 울음

모두는 돌아가고
적막
그때
당신의 그 울음소리를 누가 알까

혜산혜山 박두진(1916~1998) 선생은 시로써 기도하는 구도자求道者다.

이 시의 단편적인 영상은 "누가 알까"라는 의문형으로 한 장면씩 끝난다. 1, 2연에서는 광야에 처하여 시험을 당하는 예수 혹은 갈릴리 사람들과 만나는 예수의 모습이 등장한다.

1연에서는 3년간의 공생애共生涯를 시작하기 직전에 벼랑에서 홀로 시험받는 예수의 고독을 "떨리던 풀잎의 치위"('추위'의 옛말)로 표현하고 있다. 2연에서 시적 화자는 사마리아 여인으로 바뀐다. 사마리아 여인은 유대인들이 상종하기조차 꺼렸던 존재였다(요한복음 4장). 그랬던 그녀 앞에 소문난 예수가 나타났을 때, 그녀의 가슴은 떨렸을 것이다. 비천한 존재에게 예수가 물을 달라고 말했을 때, 그녀는 "당신은 유대인이신데 어떻게 사마리아 여자한테 마실 것을 청하십니까?"라며 '수줍게' 묻는다. 이에 "네가 만일 하나님의 선물과 또 네게 물 좀 달라 하는 이가 누구인 줄 알았더면 네가 그에게 구하였을 것이요 그가 생수를 네게 주었으리라"(요한복음 4:10)라고 대답하는 예수의 눈은 출렁였을 것이라고 박두진은 묘사한다. 서로 상종하기조차 꺼리는 차별의 사슬을 깨뜨리는 예수의 삶을 박두진은 "해갈의 물동이/ 눈길의 그 출렁임을 누가 알까"로 담백하게 표현한다.

해갈解渴에 대한 상징은 성경에 매우 많다. "누구든지 목마르거든 내게로 와서 마시라. 나를 믿는 자는 성경에 이름과 같이 그 배에서 생수의 강이 흘러나리라"(요한복음 7:37). 영생을 주는 물에 관한 이미지는 신약성서 전체에 스며 흐른다.

사마리아 여인과 예수의 영적인 만남은, 유사한 만남을 체험해 본 적이 없는 시인이라면 표현하기 힘들 것이다. 식민지 시절 누나의 권유로 안성성결교회에 나가면서 박두진은 예수를 만난다. 그때 사마리아 여인처럼 수줍고 가슴 떨리는 마음으로 예수를 만났을까. "어느 날 나는 기독교의 문을 두드렸고 혼자서 인왕산 골짜기에 파묻혀 성경 한 권을 들고 단식기도를 하기도 했다"는 고백을 했던 시인이기에, "벼랑에 홀로일 때/ 뿌리던 눈물의 푸르름/ 떨리던 풀잎의 치위를 누가 알까"라고 표현할 수 있었을 것이다.

3, 4연에는 오천 명을 먹인 기적을 일으킨 예수의 삶이 담겨 있다. 예수는 시각장애·청각장애·한센병·뇌졸중·열병·정신질환·하혈증·벙어리·수족마비증 등 무수한 병을 고친다. 심지어는 죽은 사람도 살려 냈다. 3천 명이 넘는 사람들이 그를 따르기 시작했다.

그를 따르는 사람들은 거지와 다름없었으므로 먹을 것이 없었다. 예수 역시 끼니를 걸러 굶은 상태였다. 그의 곁에 얼마나 많은 사람이 찾아왔던지, "오고 가는 사람이 많아 음식 먹을 겨를이 없"(마가복음 8:31)었던 것이다. 이때 빵 다섯 개와 물고기 두 마리로 4천여 명을 배불리 먹이는 오병이어五餅二魚의 기적(요한복음 6:1~15)이 일어난다. 사람들은 그를 단지 '가나 혼인 잔치' 때처럼 신기한 이적이나 일으키는 마술쟁이로 생각했는지도 모른다. 가룟 유다 같은 열혈 당원은 예수에게 정치적 혁명을 원했다. 그러나 예수의 복음은 군사적 투쟁이나 정치적 혁명이 아니었다. 도리어 군사적이고 정치적인

여름

투쟁을 통해 얻은 구도는 '통치자/수난자'의 자리만 바꿀 뿐, 인간이 인간을 지배하는 식민지 구조를 본질적으로 바꿀 수 없다고 예수는 생각하고 있었다.

예수는 하늘나라를 잔치로 표현하곤 했다. 예수가 생각했던 잔치는 하나님의 신적 생명, 곧 영생에 참여하는 잔치였다. 예수가 전하려 했던 복음은 현실적인 기갈보다 더욱 포괄적인, 그러니까 육체적 치유와 인권과 평화와 영생을 포함하는 한없이 '총체적인 치유'였다. 바로 그것이 "영혼의 기갈소리"였다. 답답해 참을 수 없는 마음에 예수는 "어떡헐까 어떡헐까// 빈 하늘 우러르는/ 홀로 그때 쓸쓸함"에 빠져 있었다. 사람들이 자기의 말을 알아듣지 못하는 데 대한 예수의 답답함은 5, 6연에서도 이어진다.

예수는 단 한 권의 책은커녕 편지 한 장도 남긴 바가 없다. 예수가 글씨를 쓰는 장면은 성경에 딱 한 번 나온다. 율법학자와 바리새파 사람들이 머리와 옷이 엉망인 채 눈물 흘리는 여자를 끌고 오는 장면이다.

선생이여 이 여자가 간음하다가 현장에서 잡혔나이다. 모세는 율법에 이러한 여자를 돌로 치라 명하였거니와 선생은 어떻게 말하겠나이까. (…) 예수께서 몸을 굽히사 손가락으로 땅에 쓰시니 그들이 묻기를 마지 아니하는지라. 이에 일어나 이르시되 너희 중에 죄 없는 자가 먼저 돌로 치라 하시고 다시 몸을 굽혀 손가락으로 땅에 쓰시니 그들이 이 말씀을 듣고 양심에 가책을 느껴 어른으로 시작하여 젊은이까지 하나씩 하나씩

다 나가고 오직 예수와 가운데 섰는 여자만 남았더라. 요한복음 8:7~9

이때 예수가 땅에 뭐라고 썼는지 알 길이 없다. 성경에서 예수가 글을 썼다는 기록은 위의 구절이 처음이자 마지막이다. 예수가 승천한 뒤 20여 년이 지나 지식인 바울이 편지로 예수의 이야기를 남겼고, 이후 70년경에 마가복음, 85년경에 마태복음과 누가복음, 95년경에 요한복음이 나왔다. 한국의 시인 박두진은 "하고 싶은 말/ 너무 높은 하늘의 말 땅에서는 모르고/ 너무 낮춘 땅의 말도/ 땅의 사람 모르고"라고 남긴다.

7, 8, 9, 10연은 예수가 십자가에 달리기 전 베드로가 배반하는 장면과 십자가에 달린 예수의 고백이 담겨 있다. 7연에는 예수와 베드로, 그리고 군중의 조롱을 대조시키고 있다. 예수가 제사장 가야바의 집에 끌려갔을 때 베드로는 제자 가운데 유일하게 그 집 뜰까지 따라갔지만, 예수의 예언대로 새벽닭이 울기 전까지 스승을 세 번씩이나 부인한다. 예수의 고뇌를 통해 역설적으로 박두진은 예수처럼 살아가지 못하는 배반의 심정을 뉘우치고 있는 것이다. 예수는 자신에게 부닥친 절박한 상황에서 저항하지 않고 신의 뜻에 절대 복종한다. 박두진은 바로 이 장면을 통해 자신에게 자기 발견과 영적 각성을 묻기도 했다.

예수의 죽음은 격정적이고 도전적인 사건이었다. 윤동주는 "괴로웠던 사나이,/ 행복한 예수 그리스도에게/ 처럼/ 십자가+字架가 허락된다면/ 모가지를 드리우고/ 꽃처럼 피어나는 피를/ 어두워가는 하늘 밑에/ 조용히 흘리겠습니다"(〈십자가〉에서)라고 고백했지만, 박두진은 예수의 육체적인 고통을 직설적으로 묻는다. 과연 예수가 "행복"했을까. 밤새 조사받고 참혹하게 맞아 초주검이 된 예수는 골고다 언덕까지 700미터 정도, 몸무게보다 무거운 십자가를 지고 가야 했다.

이 시에는 부활의 기쁨이 나오지 않는다. 그 과정에 이르는 철저한 고독만이 담겨 있을 뿐이다. 직설적이고 섣부른 부활의 찬양을 빗겨 갔기에 이 시는 저급한 차원을 넘어선다. 예수의 존재를 실존적차원으로 끌어들여 삶의 현장에서 예수를 만나고 있는 것이다.

〈성 고독聖孤獨〉의 중심에는 예수가 중요하게 존재한다. 그가 그려낸 예수는 희화화되거나 세속적인 모습이 아닌 고전적인 모습을 하고 있다. 그의 예수는 현실과 떨어져 있는 초월자가 아니라, 치열하게 인간으로 살아가는 구도자다. 이 시는 예수의 삶이 단편적인 영상으로 이어져 있는 한 편의 영상시라고 할 수 있겠다.

종교적 시는 늘 '초월'과 '현실'의 변증법에서 창작되곤 한다. 현실을 초월한 무아경을 바라는 영적인 신앙시가 있는 반면 혁명적종교가 현실의 문제를 해결해 주기를 바라는 민중적 종교시도 있다. 1980년대에 출판된 고정희 시집 《실락원 기행》(1981), 정호승 시집 《서울의 예수》(1982), 김정환 시집 《황색예수전》(1983)*, 김진경 시집 《우리 시대의 예수》(1987)는 젊은 예수를 1980년대의 냉혹한 거리에 등장시킨다.

박두진에게 예수는 초월적이면서 동시에 현실적인 존재다. 곧 박두진이 만난 예수는 이 땅에서 살아가는 포월적인 존재다. 포월匍越 이란, 갑자기 형이상학 단계로 '초월'하는 것이 고투苦鬪를 거듭하며 기어가고 기어가다가[匍], 이전 단계를 넘어간다[越]는 말이다(김진석, 《초월에서 포월로》, 솔, 1994). 윌버는 'envelope'라는 단어를 썼는데, 어떤 이는 이 단어를 '품어 안고서 넘는다'는 '포월包越'로 번역하기도 했다. 어떤 종교인은 진정한 신관은 '포월적 유신론'이라 하기도 했다.

독립운동하는 열혈당 아비들이 많고, 아비들이 죽어 고아와 과부 또한 많았던 갈릴리 기지촌은 요즘 난민촌과 거의 비슷하지 않을까. 고아들과 사막의 모래에서 뛰놀며 자라는 예수, 남편 잃은 술집 아낙의 울음소리를 들었을지도 모를 예수, 그리고 열혈당원이 걸려 사형당할 십자가를 만드는 목수의 아들 예수야말로 포월적인 존재였다.

박두진이 보는 예수는 바로 이러한 예수다. 그리고 이러한 예수의 고독한 삶을 살려 내기 위해 박두진은 창작할 때 유혹받는 언어의 유희와 산만한 가식을 철저하게 배제하고 있다. 그에게는 시적 아름다움을 전하는 것보다 예수의 삶을 전하고자 하는 의식이 높았기 때문일 것이다. 박두진, 그는 포월적 예수와 함께 포월적 시인이 되기를 바랐다.

● 처음에는 《황색예수-탄생과 죽음과 부활》(1983), 《황색예수 2-공동체, 그리고 노래》(1984), 《황색예수 3-예언, 그리고 아름다움을 위하여》(1986)로 나눠서 출간되었다가 《황색예수》(문학과지성사, 2018) 통합본으로 출간되었다.

모든 것을 사랑하라

◦ 표도르 도스토옙스키

하느님의 모든 창조물을, 그 전체를, 모래알까지도 사랑하라.

잎사귀 하나, 햇살 하나까지도 사랑하라.

동물을 사랑하고 식물을 사랑하고 모든 사물을 사랑하라.

모든 사물을 사랑하면 사물 속에 깃든

하느님의 비밀을 깨닫게 될 것이다.

한번 깨닫게 되면 그때는 앞으로 매일매일 끊임없이

그것을 더욱더 많이 인식하게 될 것이다.

결국엔 그때부터 전일적이고 전 세계적인 사랑으로

전 세계를 사랑하게 될 것이다.

《카라마조프의 형제들》 2권에서 조시마 장로가 죽기 전에 남긴 말이다. "하느님이 창조하신 모든 창조물"을 사랑하라는 말이다. 인간을 완벽한 존재로 보는 유럽식 계몽주의나 공산주의를 도스토옙스키(Fyodor Mikhailovich Dostoevskii, 1821~1881)는 싫어했다. 그래서 저 문장 바로 앞에 "형제들이여, 사람들의 죄를 두려워하지 말고 그가 지은 죄에도 불구하고 그 사람을 사랑할지니, 이는 하느님의 사랑과 최대한 닮은 사랑이야말로 지상의 사랑 중 으뜸인 까닭이다"라고 써 놓았다.

도스토옙스키는 인간의 자력으로 완전함에 이르는 것을 불가능하다고 생각했다. 온갖 마약과 여자와 세속적 사랑에 빠졌던 도스토옙스키가 스스로 경멸했던 자세일 수도 있다.

또한 이 구절은 '창조'의 의미를 다시 생각하게 한다. 창세기에서 절대자는 사람을 만들고, "생육하고 번성하여 땅에 충만하라, 땅을 정복하라, 바다의 물고기와 하늘의 새와 땅에 움직이는 모든 생물을 다스리라"(창세기 1:28)고 했다. 이때 '다스리라'는 말을 '정복하라'로 번역하여 마치 군사명령처럼 해석하여 땅을 파괴해도 된다고 생각하는 이들이 있다. 그런데 '다스리라'의 본래 뜻에는 '모시라', '섬기라'라는 뜻도 있다. 단순한 정복이나 다스림이 아니라, 온 세상을 고르게 섬기라는 사랑의 확장을 말하는 것이다.

도스토옙스키의 이런 태도는 "어머님, 나는 별 하나에 아름다운 말 한마디씩 불러봅니다. 소학교 때 책상을 같이 했던 아이들의 이름과, 佩, 鏡, 玉, 이런 異國少女들의 이름과, 벌써 애기 어머니가 된 계집애들의 이름과, 가난한 이웃사람들의 이름과, 비둘기, 강아지, 토끼, 노새, 노루, 프랑시스 쟘, 라이넬 마리아 릴케 이런 시인들의 이름을 불러봅니다."(〈별 헤는 밤〉)라며 주변의 모든 이웃과 비둘기, 강아지 등 온갖 사물을 사랑하려 했던 윤동주의 마음과 겹친다. 또한 "별을 노래하는 마음으로/ 모든 죽어가는 것을 사랑해야지"(〈서시〉)라는 말과도 겹친다.

주변의 온갖 사물을 사랑하는 사람은 이미 행복을 영위하는 존재다.

모든 사물을 사랑하면 사물 속에 깃든 하느님의 비밀을 깨닫게 될 것이다. 한번 깨닫게 되면 그때는 앞으로 매일매일 끊임없이 그것을 더욱더 많이 인식하게 될 것이다. 결국엔 그때부터 전일적이고 전 세계적인 사랑으로 전 세계를 사랑하게 될 것이다.

도스토옙스키의 이 말은 "그리고 나한테 주어진 길을/ 걸어가야겠다"는 윤동주의 생각과 이어진다. 연희전문 시절 윤동주는 시간이 날 때마다 정지용, 김영랑, 백석, 이상, 서정주 등의 시를 읽었고, 도스토옙스키, 앙드레 지드, 발레리, 보들레르, 라이너 마리아 릴케, 프랑시스 쟘, 장 콕토 등에 빠져들었다. 도스토옙스키를 윤동주가 좋아했다는 증언은 동생 윤일주의 수필에 나온다.

방학 때마다 짐 속에서 쏟아져나오는 수십 권의 책으로 한 학기의 독서의 경향을 알 수 있습니다. (…) 집에는 근 8백 권의 책이 모여졌고 그중에 지금 기억할 수 있는 것은 앙드레 지이드 전집 기간분 전부, 도스토옙스키 연구서적, 발레리 시전집, 프랑스 명시집과 키르케고르의 것 몇 권, 그밖에 원서 다수입니다. 키르케고르의 것은 연전 졸업할 즈음 무척 애찬하던 것입니다. 윤일주, 《선백의 생애》에서

윤동주가 앙드레 지드 전집, 도스토옙스키 연구서적, 발레리 시전집, 불란서 명시집, 키르케고르를 좋아했다는 사실은 친우 장덕순 교수의 회고에도 나온다. 윤동주의 〈자화상〉 같은 시를 보면 도스토옙스키의 소설 《지하로부터의 수기》가 떠오른다. 문학적인 기교를 도스토옙스키에게 배웠을지 모르나, 윤동주가 가장 깊이 공감했던 것은 도스토옙스키 소설에 일관하여 뿜어져 나오는 '모든 창조물에 대한 사랑'이 아니었을까.

유튜브 — 도스토옙스키, 고뇌 통해 인간을 말하다

오직 하느님께 부탁할 뿐입니다

◦ 레온 히에코 작사/작곡, 메르세데스 소사 노래

오직 하느님, 당신에게만 부탁드려요.
아픔에 제가 무관심하지 않도록
제가 말라 버린 죽음을 오직 충분히 무언가 하지 않고
텅 빈 채로 맞이하지 않도록

오직 하느님, 당신에게만 부탁드려요.
제가 불의에 무관심하지 않도록
제 인생이 한번 발톱으로 긁힌 후에
그들에게 제 다른 뺨을 대주지 않도록

오직 하느님, 당신에게만 부탁드려요.
제가 전쟁에 무관심하지 않도록
전쟁은 큰 괴물, 불쌍하고 죄 없는 모든 사람을 무참히 짓밟아요.
전쟁은 큰 괴물, 불쌍하고 죄 없는 모든 사람을 무참히 짓밟아요.

오직 하느님, 당신에게만 부탁드려요.
제가 속임수에 무관심하지 않도록
배신자가 많은 사람보다 힘이 있을 때

많은 사람이 배신자가 한 일을 잊지 않도록

오직 하느님, 당신에게만 부탁드려요.

우리가 미래에 무관심하지 않도록

절망과 싸우지 않는다면 우리는

절망이 만들어 놓은 문화에서 살아야 하니까요

니시 신주쿠 역 입구 근방에는 늘 잉카 제국에서 온 듯한 악사들이 연주를 했다. 소가죽으로 만든 인디언 북을 둥둥 치고, 통기타를 치고, 대나무 피리를 불면서 노래하는 라틴 아메리칸 악사들은 슬픔을 힘으로 번역해서 노래했다. 이방인이었던 나는 같은 이방인인 저들의 노래를 좋아했다.

그들은 주로 돌림노래를 불렀다. 슬픔이 있지만 반복해 부르면 그냥 힘이 솟았다. 귀가하던 길에 그 악사들을 하염없이 보고, 연주할 줄도 모르면서 그들에게서 팬플룻(피리)을 사기도 했다. 듣다 보니 한 시간 넘게 서서 들은 적도 있다. 마지막에 그들이 부르던 이 노래 〈오직 하느님께 부탁할 뿐입니다 Solo le Pido a Dios〉를 듣다가, 매번 눈시울이 뜨거워지곤 했다.

에스빠뇰(스페인어)을 잘 몰라 여러 판본을 대조해 보고, 단어를 찾아 맞춰 보며 역본을 만들어 보았다. 노래 부를 때마다 소사가 조금씩 가사를 달리 부른다. 아무래도 내 깜냥으로 옮기면 거의 창작이 될 것 같아, 스페인 마드리드에서 활동하는 오르간 연주자 홍려희 선생에게 부탁드렸다. 지금 실려 있는 번역본은 홍려희 선생께서 보내주신 번역본을 조금 손질한 것이다.

여러 상황에 따라 가사가 조금 변하기는 하지만, 첫 문장은 늘 같다. 오직Solo 하느님Dios께 부탁드리는pedir 내용이다. 동사 'pedir'는 영어로 표현하면 'to ask for'다. '부탁하다'에 해당하는 에스빠뇰은 많은데, 'pedir'를 사용한 것은 영어 'please'라는 의미를 넣고 싶어서였을 듯하다. 'please'는 '제발 들어 주십시오'라는 간절한 의미겠

176

핍박받는 자들의 위로자 메르세데스 소사

다. 제목을 "Solo le Pido a Dios"를 '신께 청하는 기도' 혹은 '신에게 바라는 한 가지'로 번역하기도 하지만, '오직 하느님께 부탁할 뿐입니다'라고 의역해 봤다. 스페인어 'Dios'를 '하늘이시여' 혹은 '하나님이여'로 번역한 것도 보았는데, 이 단어가 유일신을 의미하고 가톨릭 신도가 많은 남미 사람들이 함께 부르는 사실을 염두에 둘 때 '하느님'으로 번역하는 것이 맞지 않을까.

고통, 불의, 전쟁, 거짓, 속임수와 미래를 외면하게 해 달라고 부탁하지만, 사실은 부탁이 아니라 다짐의 노래다. 코로나바이러스 시대, 전염병과 전쟁을 벌이는 시대이다. 우리가 만나는 고통, 불의, 전쟁, 거짓, 속임수, 이것들을 우리가 잘 이겨 내기를 바란다.

어려운 사람이 있으면 외면하지 않고 기타를 들고 찾아가 노래를 불렀던 메르세데스 소사(1935~2009)의 고백이기도 하다. 이 노래가 나오면 사람들은 모두 일어서서 함께 부른다. 말이 떼창이지, 절실하면서도 절제된 기도시이다. 작사 작곡한 레온 히에코가 기타와 하모니카를 불며 함께 노래 부르곤 했다.

1935년 7월 9일 아르헨티나에서 태어난 소사는 남미 전통 음악인 아타우알파 유판키Atahualpa Yupanqui에게서 영향을 받는다. 당시에는 1952년부터 파블로 네루다의 조언에 따라 칠레 민요를 발굴하고 현대적 해석으로 부르는 '누에바 칸시온 운동Nueva Cancion Movement'이 있었다. 이 운동을 따랐던 소사는 종교 음악과 남미 구전 음악을 융합시켜 전통 북을 치며 풍부한 샤우트 창법으로 노래했다.

1976~83년, 정권을 잡은 아르헨티나 군부에 소사는 기타와 노래로 맞선다. 군사정권 아래 3만 명이 넘는 국민이 실종되었는데, 소사 역시 무사하지 못했다. 1981년 라플라타에서 노래하던 소사는 체포되고, 아르헨티나에서 추방되어 스페인에 망명한다. 1982년 목숨이 보장되지 않는 상황에서 귀국한 소사는 28일 동안 연속해서 이 노래를 부르며 공연을 한다.

오직 하느님, 당신에게만 부탁드려요.

제가 속임수에 무관심하지 않도록

배신자가 많은 사람보다 힘이 있을 때

많은 사람이 배신자가 한 일을 잊지 않도록

4절은 독재자 입장에서는 정말 기분 나빴을 것이다. 게다가 국민 한 명 한 명이 깨우치는 주체로 살아야 한다는 가사도 5절에 나온다.

오직 하느님, 당신에게만 부탁드려요.
우리가 미래에 무관심하지 않도록
절망과 싸우지 않는다면 우리는
절망이 만들어 놓은 문화에서 살아야 하니까요

목숨을 건 소사의 공연 이후 1983년에 호로에비델라 군사정권은 무너진다. 1976년부터 1983년까지 8년간 국민을 억압했던 독재정부가 거짓말처럼 무너진 것이다. 이후 세계적인 가수가 되어 파리, 뉴욕 카네기홀, 로마 콜로세움에서 공연하기도 했다. 소사는 비올레타 파라, 빅토르 하라를 이은 남미 음악의 한 정상이었다. 2009년 10월 4일에 영원히 멀리 떠난 그녀를 아르헨티나는 3일 국장으로 모신다.

이 노래를 수많은 가수들이 리메이크했는데, 어느 누구도 소사의 아우라를 넘어서지 못한다. 노래 이전에 삶이 있었기 때문이다. 철저하게 핍박받는 자들을 위로하는 기도시, 다짐의 시, 우리로 말하자면 〈아침이슬〉 같은 노래가 아닐까. 모든 분들이 이 지겹고 흉흉한 염병의 시대를 잘 이겨 냈으면 한다.

여름

제 생명을

◦ 얀 후스

가장 거룩하신 주님
비록 약한 저이지만
주님을 따르도록 이끌어 주세요.
주께서 이끌지 않으시면
우리는 주님을 따를 수 없습니다.

제 영혼을 강건케 하시고, 기꺼이 감당하게 해 주세요.
만약 제 몸이 약하거든
주의 은혜를 앞장세워 주세요.

주님의 은혜가 주님과 저 사이에
그리고 제 뒤에 따르게 해 주세요.
주님이 아니면,
저는 주님을 위하여 잔인한 죽음을
감당하기 어렵습니다.

두려움 없는 심장과 올바른 신앙을,
그리고 요동치지 않는 소망과 주님의 완전한 사랑을 제게 주셔서,

주님을 위해 인내와 기쁨으로

제 생명을 바치게 하소서. 아멘 –

프라하 중앙광장에 서 있는 얀 후스 동상

7월에 화형당하기 전에 올린 한 종교개혁가의 기도문을 올린다.

2018년 겨울, 나는 체코 프라하에서 며칠을 지냈다. 릴케, 카프카, 밀란 쿤데라가 지냈던 지역을 답사하기 위해서였다. 그리고 프라하를 찾아간 이유가 또 하나 있었는데, 바로 얀 후스(Jan Hus, 1372?~1415) 유적지를 탐방하는 일이었다. 그의 동상이 서 있는 프라하 중앙 광장을 찾아간 주말, 얀 후스 동상 옆에서는 거대한 콘서트가 열리고 있었다. 그의 동상 옆에서 노래하는 젊은이들의 모습은 서로 잘 어우러졌다. 얀 후스는 복음의 자유를 평민들에게 전해 주려 했다. 그는 민중이 성경을 편히 읽을 수 있도록 체코어로 성경을 번역하고 체코어로 설교했다.

루터가 나타나기 100년 전, 1372년 남부 보헤미아의 후시넥에서 농부의 아들로 태어난 그는 아잇적에 아버지를 여의었고, 홀어머니 아래 가난한 집에서 자랐다. 궁핍했던 그는 가난한 농노의 삶을 잘 알고 있었다.

신성로마제국의 카를 황제가 세웠다 해서 카를대학이라고도 부르는, 최고 명문 프라하대학에서 그는 신학과 철학을 공부한다. 1398년 27세에 모교 교수가 되고, 1401년 30세에 성직자 안수를 받은 데 이어 1409년 37세에 모교 총장이 된다.

편히 살 수 있었지만 "주님의 은혜가 주님과 저 사이에 그리고 제 뒤에 따르게 해 주세요"라는 기도문처럼 평민들에게 복음을 전하고 싶어 라틴어 성경을 체코어로 번역한다. 당시 성스러운 라틴어 성경을 함부로 번역하는 일은 로마의 교황청을 거역하는 위험한 일이었다.

보통 사람들처럼 얀 후스도 죽음이 무서웠다.

"저는 주님을 위하여 잔인한 죽음을 감당하기 어렵습니다."

분명 두려웠으나 옳은 길이기에 그는 그 길을 마다하지 않았다.

'후스'란 체코어로 거위를 말한다. 간교한 음모에 걸려들어 1415년 7월 6일 화형에 처해질 때 얀 후스는 "너희는 지금 거위를 불태워 죽이지만, 백 년 뒤에 나타나는 백조는 너희들이 어쩌지 못할 것이다"라는 말을 남겼다. 백 년 뒤에 나타난 인물이 루터라고 하는 이들도 있다. 백 년 뒤 얀 후스의 책을 읽은 루터는 "우리는 모두 얀 후스파다"라는 말을 남겼다.

얀 후스는 "두려움 없는 심장과 올바른 신앙을, 그리고 요동치지 않는 소망과 주님의 완전한 사랑을 제게" 달라는 마지막 기도를 했고, 기도문처럼 두려움 없는 태도를 보였다. 그의 말처럼 많은 사람들은 그의 삶을 백조를 넘어 거대한 별로 기억하고 있다.

프라하에서 지내던 토요일, 얀 후스 동상 옆을 지날 때 그룹사운드가 처음 들어 보는 "할렐루야"를 연주했다. 평민을 좋아했던 얀 후스 동상과 어울린다. 얀 후스 동상 옆에서 나는 하늘을 보고 팔을 들고 춤을 췄다. 프라하의 카를대학 건물 사이로 사라지는 얀 후스의 그림자가 보이는 초겨울이었다. 7월 6일이면 나는 얀 후스를 생각한다.

유튜브 — 프라하의 얀 후스

여름

나의 하나님

◦ 김춘수

사랑하는 나의 하나님, 당신은
늙은 비애悲哀다.
푸줏간에 걸린 커다란 살점이다.
시인 릴케가 만난
슬라브 여인의 마음속에 갈앉은
놋쇠 항아리다.
손바닥에 못을 박아 죽일 수도 없고 죽지도 않는
사랑하는 나의 하나님, 당신은 또
대낮에도 옷을 벗는 어리디어린
순결純潔이다.
3월에
젊은 느릅나무 잎새에서 이는
연둣빛 바람이다.

은유隱喩를 metaphora라고 하는데, 이 단어는 '초월meta'하여 '전한다pherein, transfer'는 뜻이다. 한 장소에서 다른 곳으로 옮긴다 a carrying from one place to another는 말이다. 가령 "호수 같은 내 마음"이라 하면 우리는 직유라고 한다. 그런데 시인 김동명은 "내 마음은 호수요" "내 마음은 촛불이요" "내 마음은 나그네요" "내 마음은 낙엽이오"(〈내 마음은〉)라는 표현으로 '내 마음'을 다양하게 은유 곧 전이transference하고 있다. '내 마음'을 원관념이라 부르고 마음을 비유한 호수·촛불·나그네·낙엽을 보조관념이라고 한다.

김춘수의 〈나의 하나님〉을 푸는 열쇠는 '나의 하나님'과 연결되는 비애, 살점, 놋쇠 항아리, 순결, 연둣빛 바람 등 보조관념들의 비의秘意를 푸는 것이다.

첫째 사랑하는 나의 하나님은 애처로운 늙은 비애, 희생물인 푸줏간의 고기 살점, 슬라브 여인의 묵중한 놋쇠 항아리다. 성큼 늙어버린 하나님은 인간 세상에 비애를 느끼는 존재다. 십자가에 못 박힌 예수의 육체는 푸줏간 고기 살점처럼 인간에게는 하찮게 보이기도 한다. 슬라브 여자는 도스토옙스키를 좋아했던 김춘수 시인이라면 당연히 선호할 인물 유형이다. 슬라브 여인의 마음속에 무겁게 자리한 놋쇠 항아리처럼 쉬 사라지지 않는 존재로, 하나님은 변두리에 사는 이의 삶 중심에 놓여 있다.

둘째 사랑하는 나의 하나님은 순결한 어린애 같은 순결, 연둣빛 바람이다.

"대낮에도 옷을 벗는 어리디어린/ 순결"이라는 표현은 시의 앞부분 "푸줏간에 걸린 커다란 살점"과 전혀 다른 은유다. 벌거벗겨진 채 십자가에 달려 있는 예수의 모습이 시의 앞부분에서는 '커다란 살점'으로, 뒷부분에서는 '어리디어린 순결'로 대조되고 있다. 이쯤 되면 사물을 삐딱하게 보는 것이 아니라, 전혀 다른 영적 차원의 응시를 느낄 수 있다. 시인은 상투적인 부활의 계절인 4월을 피하고, 겨울이 막 끝나는 3월의 "젊은 느릅나무 잎새에서 이는/ 연둣빛 바람"으로 마무리한다.

이렇게 이 시는 원관념 '나의 하나님'을 많은 보조 관념들이 꾸며 주고 있다. 하나의 원관념에 여러 개의 보조관념이 있는 경우를 확장은유擴張隱喩라고 한다. 확장은유를 통해 원관념은 더 입체적이며 다성적多聲的으로 표상된다. 이러한 보조관념들은 '시인의 정서를 가시화하고 구체화해 주는 일련의 사물·상황·사건'[T. S. Eliot]을 말하는 객관적 상관물objective correlative이기도 하다.

나아가 은유로 이루어진 텍스트에서 '드러난 의미'(외연의미, denotation)와 '숨어 있는 의미'(내포의미, connotation) 사이에 괴리가 발생하는데, 우리는 보조관념들 사이에서 외연의미와 내포의미 사이에서 발생하는 긴장을 느끼게 된다.

또한 이 시의 보조관념(혹은 객관적 상관물)들은 하강과 상승으로 긴장을 발생시킨다. 가스통 바슐라르(Gaston Bachelard, 1884~1962)의 물질적 상상력으로 비유하자면, 앞부분은 비극적 정서로 무거워진 '하강의 역동성逆動性', 뒷부분은 밝은 정서로 하늘로 오르는 '상승의 역동성'을 보여 주고 있다. 두 개의 상상을 극렬히 충돌시켜, 이질적인 충격을 독자에게 던져 주는 응축 긴장된 작품인 것이다.

　여기에 성서학자인 민영진 선생은 나열된 보조관념들을 좀 더 미시적으로 해체한다. 선생은 김춘수 시의 한 단어 한 단어를 성서신학의 현미경으로 들여다보라고 안내한다. 하나님의 "늙은 비애"를, 하나님을 그렇게도 배반했던 이스라엘에 관한 이야기(호세아 11:8)로 풀어낸 설명부터, "푸줏간에 걸린 커다란 살점"의 의미를 원어로 푸는 방식은 성서학자 민영진 교수가 아닌 보통 평론가가 도저히 다룰 수 없는 방식이다.

> 요한복음 1장 14절은 '로고스' 곧 '말씀'이신 하나님이 '사륵스'가 되었다고 진술한다. 그리스어 '사륵스'를 우리말로는 중국어 번역과 함께 일찍이 고기 육肉자에 몸 신身자를 써서 육신肉身이라고 번역했다. 신학에서는 당신 자신의 몸, 곧 살과 피를 희생 제물로 내놓으시는 하나님의 행위를 일컬어 "말씀이 육肉이 되었다"고 하여, '화육化肉' 또는 '성육成肉'이라고 하는 신학 개념까지 만들어서 쓰고 있다. 그러나 한 시인이 자기가 사랑하는 하나님을 "푸줏간에 걸린 커다란 살점"이라고 말할 때 그것이 불경스럽게 들릴 수도 있다. (…) 그러나 이런 착상과 진술이 어떤 의미에서는 대단히 성서적인 신관의 반영이라는 점 때문에 신학 쪽의 주목을 받는다. 민영진, 《교회 밖에 핀 예수꽃》, 창조문예사, 2011, 16면

　여기에, 제자들에게 빵을 떼어 주며 "받아서 먹으라. 이것은 내 몸이니라"(마태복음 26:26)라는 성서구절로 "푸줏간에 걸린 커다란 살

점"의 의미를 풀어낸다. 또한 "연둣빛 바람"에 대한 풀이도 새롭다.

> '바람'이라는 말이 그대로 히브리어 '루악흐(바람)'를 생각나게 하고, 상상
> 은 그대로 삼위三位 중의 한 분이신 '성령聖靈'으로 이어진다. 같은 책, 21면

저자 말대로 김춘수 시인이 히브리어를 알고 있었을까 묻는 것
은 그리 중요치 않다. 뛰어난 메타포로, 바람으로 시인이 절대자를
인식했다는 사실이 중요하다. 김춘수의 현실도피에 대해 아쉬운 면
이 남아 있지만, 그가 남긴 무의미 '환상시'의 실험, 회화적繪畵的 상
상력 등을, 이제 세속에 닳고 닳은 나는 새롭게 이해하고 있다. 무엇
보다도 이 책을 통해 기독교와 김춘수 시의 교류를 배운 것은 큰 소
득이다. 김춘수 시인이 기독교적 상징을 시에 녹여 내는 것은 알고
있었지만, 이 정도로 완벽하게 이국의 코드를 한국인으로 내면화시
켰다는 사실은 놀랍다. 김춘수는 시적인 것과 비시적非詩的인 것의 경
계를 은유로 허물고 있다. 〈나의 하나님〉의 시인 김춘수는 은유의 사
명을 지켰다.

188

하나님과 걷는 하루

○ 가가와 도요히코

나와 동행하시는 주님,
나의 사랑과 진실을
나의 것으로 만드시어
오늘도 내일도 걷게 하여 주십시오.

나와 동행하시는 주님,
당신의 기도와 염려를
나의 것으로 만드시어
오늘도 내일도 걷게 하여 주십시오.

나와 동행하시는 주님,
당신의 부르짖음과 기도를
나의 것으로 만드시어
오늘도 내일도 걷게 하여 주십시오.

매년 8월만 오면 우리는 아픈 식민지 시절을 떠올린다. 일본을 증오하는 이들도 있지만, 당시 악한 일본 군부에 피해를 입은 선량한 일본인들도 피해자였던 부분이 있다. 일본에 함께 손잡아야 할 분들이 많다.

일본에서 십여 년을 살다 귀국하고 매년 한두 번 일본에 가서 강연하는 나는 일본국에 대해 이해하기 어려운 마음을 갖곤 하지만, 순한 일본 지인들의 마음을 잊을 수 없다. 그중에 일본에서 크리스천으로 살아가는 사람은 내지 않아도 될 세금을 내면서 살아가는 사람들이다. 미국에서 신학박사 학위를 받고 귀국해서도 교회에서 주는 월급으로 생활이 안 되어 세탁소를 하는 일본인 목사님이 목회하는 교회를 나는 유학 초기에 다녔었다.

이번 달은 가가와 도요히코(賀川豊彦, 1888~1960)의 기도문을 올린다. 이 기도문은 "나와 동행하시는 주님"으로 시작하여 "오늘도 내일도 걷게 하여 주십시오"로 끝난다. 그렇다고 하나님께 모든 것을 해 달라는 주문은 아니다. "나의 것으로 만드시어"라는 요구가 있다. 그 요구는 한 연 한 연 다르다. 나의 사랑과 진실을, 당신의 기도와 염려를, 당신의 부르짖음과 기도를 나의 것으로 만들어 달라고 한다. 1연에서 "나의 사랑과 진실을" 위한 기도는 인간적인 호소이지만, 2연과 3연에 나오는 당신의 기도와 염려, 당신의 부르짖음과 기도는 전적으로 하나님의 뜻대로 나를 도구로 삼아 달라는 요구이며 다짐인 것이다.

단순히 관념적인 기도문 아닌가 싶지만, 이 기도문을 쓴 가가와 도요히코의 삶을 보면 생각이 달라진다. 1888년 7월 10일 고베에서 서자로 태어난 가가와 도요히코는 본처 집에서 살면서 말 못할 구박과 차별을 받았다. 열두 살 때 복음을 듣고 나카오 목사님 곁에서 거지들을 돌보며 자란다. 불교도 집안에서 기독교인이 되었다 해서 더욱 심한 구박을 받으면서도 그는 꺾이지 않았다. 메이지 대학 재학 시절 안질, 폐병, 각혈로 고생하면서도 그는 "나와 동행하시는 주님"을 체험했다. 자신이 결핵 말기인데도 불구하고 빈민굴에 들어가 생사를 오가며 도박꾼, 매춘부, 범죄자들과 함께했다. 피를 토하며 쓰러지면서도 "오늘도 내일도 걷게 하여 주십시오"라고 기도한다.

고베 신학교를 졸업한 가가와 도요히코는 미국에 건너가 프린스턴 신학교를 졸업하고 귀국한다. 제2차 세계 대전 후 하시쿠니 내각의 일원이었던 그는 생활협동조합을 창시했다. 그는 또한 일본의 한국 침략에 대한 사죄의 뜻을 처음 전했던 일본인이었다. 일흔 살이 넘도록 그는 가난한 사람과 노동자들과 더불어 빈민굴에서 지냈다. 자전적 소설 《사선을 넘어서》(1921년)는 당시 25만부나 팔렸고, 《새벽이 오기 전에》(1924년), 《태양을 쏜다》 등을 출간했다.

원수의 나라라고 하는 일본에도 "오늘도 내일도 걷게 하여 주십시오"라고 기도하는 이들이 있다. 8월에는 일본을 증오하는 마음을 넘어, 함께 손잡아야 할 이들, 옳은 길을 향해 걷는 이들을 위해 기도할 일이다.

묘지송

◦ 박두진

북망北따 이래도 금잔디 기름진데 동그란 무덤들 외롭지 않어이
무덤 속 어둠에 하이얀 촉루가 빛나리. 향기로운 주검의ㅅ내도 풍
　기리.
살아서 설던 주검 죽었으매 이내 안 서럽고, 언제 무덤 속 화안히
　비춰줄 그런 태양太陽만이 그리우리.
금잔디 사이 할미꽃도 피었고, 삐이 삐이 배, 뱃좋! 뱃좋! 메ㅅ새들도
우는데 봄볕 포근한 무덤에 주검들이 누웠네.

1916년 3월 10일, 식민지의 촌구석, 경기도 안성군 보개면 분지 지역에서 한 생명이 태어났다. 할아버지부터 청빈하고 무력한 선비, 식량을 꾸려 나갈 방도를 갖지 못한 집안이었다. 아버지는 글을 썩 잘하며 지나치게 겸허했고, 건강한 체격에 유교적 덕목을 가진 인자한 사람이었다. 다섯 살 때 선친에게서 한학을 배운 박두진은 형과 누이 셋이서 서로 겨뤄가며 늘 엄하고 자상한 부모님 아래서 자란다.

> 이때에 받은 별들의 영원한 놀라움과 그 장엄함과, 이때에 몸에 받은 일종의 대륙적인 햇볕의 강렬성은 지금도 길어 내고 있는 내 시적 작업의 상당한 자원이 되고 있다. 박두진, "자유·사랑·영원", 《문학적 자화상》, 한글, 1994, 52면

인간은 누구나 스스로 '눈뜨는 경험[cogito]'을 한 번쯤 한다. 그가 최초로 경험한 눈뜸은 대륙적인 햇볕, 찔찔 끓는 해였다. 답답하기만 했던 소년 박두진은 더욱 근본적인 것을 찾고 싶었다. 고장치기라는 마을에서 귀중한 '자연'을 익혔지만, 본질적인 답을 얻지는 못했고 생에 대한 궁금증은 늘어만 갔다. 서울에 가서 깊이 깨달은 사람들을 만나 여러 문제의 해답을 구해 보리라는 소박한 생각을 갖고 '자나깨나 갈망하던 서울'로 향한다. 열여덟 살 때였다.

제도 기술을 익혀 측량사무소 등을 전전하며 하숙 생활을 하는데, 외로움 속에서 문학의 맛을 느끼기 시작한다. 거의 같은 시기에 그는 기독교를 만난다. 서울에 상경한 이듬해인 1935년, 19세 때였다. 이때 중요한 영향을 준 인물은 스물여섯에 세상을 뜬 누님 만순

이다. 박두진이 상경하기 전, 그녀는 먼저 고향을 떠나 청주에 있는 제사 공장에 여직공으로 들어간다. 거기서 사흘이 멀다 하고 박두진에게 편지를 열댓 장씩 써 보냈다. 누나에게 그는 두 가지 결정적인 영향을 받는다. 첫째는 기독교이고, 둘째는 글쓰기이다. 그녀는 혼자 있는 동생에게 교회에 나갈 것을 부탁하는 편지를 보낸다. 이때부터 기독교는 서서히 근원적인 힘이 되어, 비관적인 현실을 넘어설 수 있는 강력한 힘으로 작용한다. 박두진은 성결교회에서 세례를 받고 뒤에 집사직을 맡는다.

문학적 자각을 하게 해 준 누나는 소년 박두진의 '유일한 독자, 유일한 비평가, 유일한 협조자'였다. 그는 교회에 나가면서 처음으로 세계문학전집 서른 몇 권짜리를 읽기 시작했다. 그는 지적 욕구와 민족적 비분 사이에서 주룩주룩 눈물을 흘리고 번민한다.

> 첫째는 내가 자살을 하려고 결심한 일이었고 또 하나는 상해 임시정부를 찾아 정치·독립운동에 투신하는 일이었고 또 하나는 그 얼마 뒤 기독교에 깊이 매혹된 나머지 내가 저 선다 싱이나 간디같이 철저한 금욕주의로 기독교 성자가 되어 보려는 결심이었다. 박두진, "작은 참회록", 위의 책, 17면

자살은 결심에 그치고, 독립운동을 하려던 계획은 김영식이란 친구와 여비까지 마련했다가 역시 결심에 그쳤다. 기독교 성자가 되려던 계획도 생각에 그치고 말았지만 '김익두, 이성봉 같은 영성 깊은 부흥 목사의 영향을 받고(박두진, 〈모교회〉, 〈신앙세계〉, 1975, 12.)

산으로 가서 금식하며 울고불고 기도하기도 한다. 이즈음 선다 싱 (Sadu Sundar Singh, 1889~1929)의 삶은 그에게 큰 영향을 미쳤을 것으로 추측된다.

선다 싱의 삶에는 박두진이 호감을 가질 만한 요소가 있다. 첫째, 두 인물 모두 어린 시절 성경책을 없애버린 적이 있다. 선다 싱은 14세(1903년) 때 성경책을 한두 장 읽자마자 찢어 버렸고, 그 뒤 학교에서 기독교에 대한 자신의 다짐을 보이겠다며 나무 한 단과 석유 한 통으로 성경을 태웠다. 박두진에게도 이와 비슷한 체험이 있다. 8세(1924년) 때 혼자 집을 보다가 낯선 사람에게서 쪽복음서를 받은 어린 박두진은 호기심으로 성경책을 읽다가 갈기갈기 찢어 버렸다.

어린 시절에 형의 죽음을 본 것도 동일하다. 선다는 14세 되던 해에 어머니와 손위 형을 잃었다. 박두진은 21세 때 형과 누이와 사별한다. 기관지염으로 형이 죽고 2~3년 뒤 누나는 집에서 위병으로 죽었다.

1939년에서 1945년 사이에 그는 안양 근처에서 조합원으로 일했으나, 늑문임파선종장이란 긴 이름을 가진 병을 앓는다. 차가운 하숙방에서 7, 80편의 시를 다듬던 청년 박두진에게 "천래天來의 복음福音과도 같이 나타난 것이 문예지 〈문장〉"이었다. 박두진은 1939년 6월 〈문장〉(5호)에 〈향현〉, 〈묘지송〉으로 정지용의 추천을 받고 문단에 첫발을 디뎠다.

〈묘지송〉에서 '북망北邙, 北邙山川'의 사전적 의미는 '묘지가 있는 곳 혹은 사람이 죽어가는 곳'을 말한다. 시인은 무덤 내부로 들어가 하얀 해골(=촉루)이 빛나고, 주검의 냄새도 향기롭다고 한다. "주검의 냄새"라는 말에 분명한 강조와 가락을 주려고 소유격 조사 '의'에 사이시옷을 붙여 쓴 것을 볼 수 있다. 그래서 조사 '의'의 양쪽에 놓인 '주검'(=송장)과 냄새를 동시에 강조하고 있다. 이와 비슷한 시도로 시인은 다른 시 〈봄에의 격檄〉에서 "산에서는 산읫 것, 물에서는 물읫 것, 바다에선 바다읫 것"이란 표현을 쓴 적이 있다. 송장 냄새를 향기롭다고 평가하는 자세에는 이미 작가의 적극적 낙관성이 당당하게 개입되어 있다.

3행에서 시인은 살아 숨 쉬고 있는 생명을 주검이라 평가한다. 숨을 쉬고는 있지만 숨 막히는 현실 속에서는 사망한 것과 별로 다르지 않다고 한다. 차라리 죽었으므로 서럽지 않다고 한다. 여기엔 어떤 회피적 자세가 개입돼 있는 게 아닐까. 시를 다시 보면 살아서 기꺼운 삶이 서러운 '주검'이 되었고, 그 서러움은 반대로 죽음으로써 해소되고 구원을 받는다. 그러나 '무덤'에는 영원성이 없다. 거기에 밝은 태양이 비침으로 어둠은 사라지고 완전한 구원이 가능하다는 논리다.

〈묘지송〉은 분명 죽음의 표정을 그리고는 있지만, 그 어느 구석에도 음산함이나 허망함이 없다. 그렇다고 죽음에 대한 터무니없는 예찬도 없다. 시인은 밝음보다는 오히려 '어둠' 속에서 구원의 희망이 넘칠 수 있음을 강조하는 셈이다. "모든 절망은 희망을 위해 있다"는 에른스트 블로흐(Ernst Bloch, 《희망의 원리》)의 말이 이 시에

통하는 경구가 아닐까. 그러니까 혜산이 죽음을 얘기하는 것은 살림 [再生]을 말하기 위해서다. 하지만, 그 의지는 다소 수동적이다.

혜산은 같은 해 9월 〈문장〉(8호)에 〈낙엽송〉으로, 세 번째 추천은 이듬해 1월 〈문장〉(12호)에 〈의蟻〉, 〈들국화〉 두 작품으로 추천이 완료되었다. 추천자는 정지용이었다. 박두진이 세 번 추천받고 나서 정지용은 '식물성植物性' '신자연新自然'이란 말로 박두진의 개성을 독특하게 소개했다. 박두진의 시를 "무슨 산림에서 풍기는 식물성의 것"이라고 하면서, 이전의 자연시에 비해 '새롭다'라는 뜻에서 접두사 '신新'을 '자연自然' 앞에 붙여 '신자연'이라 했다. 이 표현은 박두진의 자연관에 대한 최초의 평가가 된다. 이때쯤 〈문장〉은 1941년 4월호로 폐간되고 만다.

1970년대로 이르러 그의 현실의식은 조금 더 구체적 참여로 나타난다. 1970년 김지하의 《오적》 사건이 일어났을 때, 박두진은 〈오적 사건 감정서〉를 통해 "독재정권이 계급주의 문학 내지는 이적 표현물로 몰아붙인 이 작품은 문학 본래의 사명과 책임에 충실한 결과로 오히려 우리의 민주 비판적 영향의 잠재력을 과시한 좋은 표징이 된다"는 글을 발표했다. 1974년 유신정권에 항거하며, 그는 소설가 이문구를 중심으로 작성된 〈101인 선언〉에 참여한다.

그 무렵 박두진은 다시 새로운 시도를 한다. 수석시와 종교시를 발표하기 시작한 것이다. 형태적으로는 연작시를 시도한다. 《수석열전》(1973)과 《속·수석열전》(1976)에 이르러 자연·인간·신이라는 그의 세 가지 시 세계가 모아진다. '어떤 선험적인 아득한 향수'라는 말을 볼 때, 원형적인 만남을 생각하게 한다. 해·청산·하늘·바다를 읊던 혜산은 1970년대에부터 전적으로 수석을 온갖 인간의 품성에 은유하여 읊는다. 어려서부터 태어나고 자라오며 동경해 온 "가장 자연스럽고 성정性情에 맞고 수수하고 쉽게 접근해서 성취할 수 있는 가능한 신경지新境地"가 돌의 세계였던 것이다.

그는 돌의 형성과정과 내적 형성과정을 동일화시킨다. 따라서, 자기 형성과정이란 쉬운 길이 아니다. "뭉쳐서 다져서 넣으면"(《肖像》) 비로소 초기 단계에 이를 수 있으며, 또한 타자가 "나를 두들기"(《自畫像》)는 인고의 시간을 거쳐야 한다. 그는 자연을 '있는 그대로의 자연'과 한 차원 높은 '예술화된 자연'으로 나누어 설명한다.

그가 본 수석은 단순한 돌멩이가 아니다. 돌이자 혜산, 혜산이자 돌은 영원 속에 하나로 살아갈 운명이 되었다. '나'와 '돌'은 같은 것이므로, '돌'을 노래하는 것은 곧 '나'를 노래하는 것과 같았다. '돌' 하나에 나의 시가 있고 나의 철학이 있고 나의 인생이 있고 나의 사상과 나라와 겨레가 있다. '나'가 쓰고 있는 시는 곧 수석과 동일한 것이다. 따라서 '시 = 수석 = 나', 이렇게 세 가지가 하나로서 신선한 만남을 갖고 '근원적인 일체감'에 도달한다.

초기시에서 '해'가 유토피아 지향성을 보여 준 것에 대한 자연스러운 귀결일지도 모른다. 그 출발점 자체가 기독교 정신이었지만, 초기부터 성숙한 상태는 아니었다. 그의 기독교 정신은 시를 쓰는 데 평생 작용해 오다가, 연작시 〈사도행전〉에 이르러 본격적으로 개화하기 시작한다. 70년대에 이르러서 그의 시는 신에 관한 집중적인 탐구를 보여 준다. 예수 그리스도의 수난과 고통, 영광과 은총을 함께 노래하면서 그 속에서 진정한 삶의 길을 발견하려는 노력으로 나타난다.

온화하신 하나님

◦ 에드위나 게이틀리 •

하나님은 부드럽게 호흡하세요.

하나님은 절대 서둘지 않으셔요.

절대로 염려하거나 압박하지 않으시죠.

하나님은 그냥 기다리셔요.

우리를 보며 숨쉬시지요

위대한 부드러움으로

우리가 하나님을 바라볼 때까지 –

그리고, 모든 것을 아시며

고개 끄덕이시면서.

번역 김응교

● 게이틀리는 미국을 비롯한 여러 나라에서 강연과 피정을 하고 있다. 우리말로는《따
뜻하고 촉촉하고 짭쪼롬한 하느님》,《씨앗이 자라는 소리》등이 번역되었다.

Gentle God

God is breathing gently,
God never hurries,
Is never anxious or pressing,
God just waits,
Breathing gently upon us
With great tenderness
Until we look to God -
And, knowingly,
Nod.

영국 랭카스터에서 태어난 평신도 선교사 에드위나 게이틀리(Edwina Gateley, 1943~)는 "하나님은 절대 서두르지 않"는다고 한다. 예수님은 그를 기억하고 기도하는 사람 곁에서 온화하게 숨 쉬신다. 우리가 "온화하게" 느낄 수 있을 정도로 잠잠히 곁에 계신다. 곁에 있는 것은 말씀이기도 하다. 그 말씀은 고요 속에서 살아 있고 힘이 있다. 그분은 넓고 화려한 곳에만 머무는 존재가 아니다. 에드위나 게이틀리는 《씨앗이 자라는 소리 I Hear a Seed Growing》에서 그분은 "뱃속 깊은 곳과 사창가 빈민굴 속에" 계신다고 썼다.

> 우리 자신의 뱃속 깊은 곳에서 접촉하고 경험하면서,
>
> 자신의 내면 안으로 충분히 깊게 여행하지 않는다면,
>
> 우리는 뱃속 깊은 곳과 빈민굴 속에 있는 하느님을 알지 못합니다.

에드위나 게이틀리는 "만일 우리가 우리 자신을 넘어 빈민굴 안에서 냄새를 맡고 자리를 잡는 데까지 충분히 도달하지 못한다면, 우리는 그곳에 계신 하느님을 알지 못합니다"라고 썼다. 그곳에서도 하나님은 "위대한 다정함으로 With great tenderness" 기다리고 계신다.

그녀의 저서 《씨앗이 자라는 소리》라는 제목 그대로, 침묵과 고요함으로 그는 우리를 키우신다. 동토를 뚫고 씨앗이 싹트려고 머리를 드는 과정은 매우 고달프고 외롭다. 씨앗들은 향일성向日性 때문에 딱딱한 땅껍질을 뚫고 고개를 든다. 꽃이 피기까지는 무한한 실패와 눈물이 있다. 고통은 성장을 위해 반드시 필요한 절차다. 씨앗이 태

양을 바라보지 않으면 꽃을 피우고 열매를 맺을 수 없다. 역으로 태양은 씨앗이 빛으로 향하기를 바란다. "우리가 하나님을 바라볼 때까지Until we look to God" 하나님은 기다리신다.

모든 식물과 나무들이 연초록으로 물오른 계절이다. 저 잎사귀들은 아주 미세하게 "부드럽게 호흡하"는 하나님의 숨결 따라 뿌리 내리고 태양을 향해 두 팔 벌린다. "절대 서둘지 않"는 하나님의 모습은 내 인생을 잘 살펴봐도 알 수 있다. 누군가가 나를 위해 기도하고 있다는 깨달음, 자식을 기다리는 어머니의 마음을 보면 "하나님은 그냥 기다리셔요"라는 구절을 공감할 수 있다.

찌는 듯한 땡볕에도, 저 황량하고 추운 겨울에도 "위대한 부드러움으로" 온기를 불어넣어 주시는 하나님은 침묵 속에서 우리에게 염려하지 말라고, 너그러운 마음을 가지라고 하신다. 크신 존재가 우리에게 바라는 것을 시인은 한 행으로 표시했다.

"우리가 하나님을 바라볼 때까지-"

기다림의 신학은 대단히 중요하다. 내가 깨달을 때까지 그는 저편에서 기다리시는 존재다. 더 이상 희망이 없어도, 모든 것을 잃었어도, 견디고 이겨 내는 순간, 이미 복을 얻은 것 아닌가.

여호와께서 기다리시나니 이는 너희에게 은혜를 베풀려 하심이요 일어나시리니 이는 너희를 긍휼히 여기려 하심이라. 대저 여호와는 정의의 하나님이심이라. 그를 기다리는 자마다 복이 있도다. 이사야 30:18

이 기도는 게이틀리가 쓴 책《씨앗이 자라는 소리》에 나온다. 에드위나 게이틀리는 자원 선교사 운동VMM, Volunteer Missionary Movement을 조직하여 아프리카, 파푸아뉴기니 등지에서 선교 활동을 펼친 선교사다. 성매매 여성을 위한 쉼터인 '창조의 집'을 설립하면서 때로 그 일에서 떠나고 싶었던 순간, 하나님을 바라보며 다시 일했을 것이다.

비록 우리가 주님을 느끼지 못하여 실망하고 포기한다 하더라도, 그 속에서 우리가 그를 바라본다면, "모든 것을 아시며, 고개 끄덕이"는 존재를 느낄 것이다. 그 순간 아무도 모르게 눈시울 떨리며, 가슴에 뜨거운 울림을 느낀다. 그분의 호흡을 느끼는 계절을 누리시면 한다.

우리는 같은 배에 타 있다

◦ 노아

하나님이 노아에게 말씀하여 이르시되

너는 네 아내와 네 아들들과 네 며느리들과 함께 방주에서 나오고

너와 함께한 모든 혈육 있는 생물 곧 새와 가축과

땅에 기는 모든 것을 다 이끌어내라.

이것들이 땅에서 생육하고 땅에서 번성하리라 하시매

노아가 그 아들들과 그의 아내와 그 며느리들과 함께 나왔고

땅 위의 동물 곧 모든 짐승과 모든 기는 것과 모든 새도 그 종류대로

방주에서 나왔더라.

노아가 여호와께 제단을 쌓고 모든 정결한 짐승과 모든 정결한 새 중

에서 제물을 취하여 번제로 제단에 드렸더니.

창세기 8:15~20

고대 유대인들의 부모는 자식에게 노아 홍수 이야기를 해 주었다. 바벨론 포로 시절에도, 나치 치하의 게토에 갇혀서도 유대인들은 방주에서 희망을 갖고 홍수가 끝나기를 기다리는 노아를 떠올렸을 것이다. 인류 멸절이라는 대홍수를 이겨 낸 노아는, 유대인 멸절을 경험하던 아우슈비츠에서 유대인들에게 희망이었을 것이다.

노아와 그의 가족은 14,000여 톤의 거대한 배 안에서 얼마나 지냈을까. 말이 지낸 것이지, 실은 갇혀 있었던 생활이었다. 노아는 하나님에게서 40일 동안 비를 내리겠다는 말씀을 듣는다. 홍수가 나기 7일 전 노아는 방주에 들어갔고, 말씀대로 40일간 하늘에서 봇물 터지듯 폭우가 쏟아졌다. 물은 110일간 계속 불더니, 10월 초하루까지 물이 점점 줄어 70일이 지났다. 40일이 지나 까마귀를 보내고 비둘기를 7일마다 한 마리씩 세 번 내보낸다. 비둘기가 감람나무 잎새를 물고 돌아와 홍수가 끝났음을 확인한 날까지 노아가 방주에 머문 기간은 280여 일이다.

땅에 발을 디디려면 물이 마를 때까지 기다려야 했다. 창세기 8장 14절에 따르면 두 달 스무이레가 지났을 때 배가 땅에 정박했다. 마침내 방주 문을 연 날까지 모두 합치면 노아는 370여 일, 곧 1년 이상 방주에서 지낸 것이다.

노아 부부와 아들 셋과 세 며느리, 모두 여덟 명이 온갖 쌍쌍의 짐승들을 몇 톤의 먹이로 먹이고 또 몇 톤의 배설물을 치워야 했다. 그것보다 더 힘든 것은 불안이었을 것이다. 이 방주가 과연 어디로 향하는지, 영원히 떠다니기만 할 것인지, 그들이 할 수 있는 일이란 절망하지 않고 견디며 기도하는 일이었을 것이다.

인간의 육체는 영원하지 않다.

방주를 만들던 긴 시간도 그렇지만, 실은 그 많은 짐승들과 배 안에서 1년 넘는 세월을 보내는 시간이 참으로 견디기 힘들었을 것이다. 견딜 수 없는 냄새와 코끼리 등 어마어마한 짐승들의 엄청난 배설물을 매일 치워야 하는 나날을 1년 이상 참아 냈다. 그 시간을 그는 희망을 갖고 견뎌 냈다.

나사렛이라는 작은 마을에서 태어난 예수의 역사는 공생애 3년 간이었다. 처절하고 벌레만치 볼품없는 죽음을 맞이한 예수는 그 짧은 생애에 충실한 삶으로 2천 년을 넘어 영원성을 얻고 있다.

역사의 귀퉁이에 있는 노아의 인내, 예수의 성실은 지금 이 21세기 팬데믹 시대에 다시 살려 내야 할 기도이며 미덕이다. 마스크를 걸쳐야만 지하철을 타고 서로 마주할 수 있는 세월이 벌써 1년이 지났다. 지금 우리가 해야 할 일은 이 팬데믹 방주에서 인내로 성실로 견디고 이겨 나가야 할 일이다. 우리는 모두 같은 배에 타 있다.

가을햇살 고요히 손 모아

하느님, 안녕히 주무셨습니까?

◦ 권정생

하느님, 안녕히 주무셨습니까? 밤에는 소나기가 쏟아져 우리 방에 동지들이 여나믄 마리나 들어왔습니다. 동지라면 잘 모르실 테고, 정말은 개구리올시다. 개구리를 동지라 불러도 하느님은 노하시지 않으실는지요?

하지만 하느님, 저는 지금 동지들이 아쉽습니다. 동지가 많아야 통일도 속히 이루어지고, 온 세계는 한 형제가 될 것입니다. 하느님이 지으신 세상에 평화가 이루어지자면 우리가 모두 동지가 되어야 합니다. 개구리는 물론, 파리도, 모기도, 미꾸라지도, 메추라기도, 산돼지도, 노루도, 강아지도, 원숭이도 모두 동지가 되어야 합니다. 하느님의 뜻이라면 저의 기도를 속히 이루어 주십시오.

이 기도문은 그의 동화 〈개구리 배꼽〉《도토리 예배당 종지기 아저씨》, 분도출판사, 2007)에 나오는 구절이다. 지어낸 이야기가 아니라, 작가 자신의 기도였다.

2017년은 작가 권정생(1937~2007) 선생의 탄생 80주년이자 돌아가신 지 10주기가 되는 해였다. 그때 사람들 30여 명과 함께 그를 추모하는 문학기행을 갔다. 1937년 9월 10일에 태어나, 충주 일직교회 종지기로 살았던 그의 토방집은 너무나 작았다. 쓸데없이 키가 큰 서생이 대각선으로 누워도 편치 않을 정도로 작았다. 그 방에 앉아 있어 보면 이 기도가 그냥 생활이었다는 것을 확인할 수 있다.

"밤에는 소나기가 쏟아져 우리 방에 동지들이 여나믄 마리나 들어왔습니다./ 동지라면 잘 모르실 테고, 정말은 개구리올시다."

실제로 권 선생의 방 안에 비 오는 날 개구리가 들어오고, 겨울이면 추위에 떨던 생쥐가 아랫목에 들어와 몸을 녹였다고 한다. 생쥐가 발가락을 물기도 하여, 발밑에 베개를 두고 잤다고 한다. 그의 방에는 개구리도, 파리도, 모기도 미꾸라지도 메추라기도 들어왔다. 그의 세계는 산돼지도 노루도 강아지도 원숭이도 돼지도 가족으로 사는 하나님나라다.

"하느님이 지으신 세상에 평화가 이루어지자면/ 우리가 모두 동지가 되어야 합니다."

그의 기도에는 절실한 호소가 담겨 있다. 분단이니 통일이니 하는 거대한 단어 이전에 '하나님-자연-인간'이 삼각형을 이루며 평안을 이룬 에덴동산의 큰 누리가 그의 기도문 안에 담겨 있다. 권 선생에게는 이웃도 자연도 가족이다.

성경에서 말하는 하나님나라, 천국의 모습은 창세기에 잘 그려져 있다.

> 하나님이 그들에게 복을 주시며 하나님이 그들에게 이르시되, 생육하고 번성하여 땅에 충만하라, 땅을 정복하라. 바다의 물고기와 하늘의 새와 땅에 움직이는 모든 생물을 다스리라 하시니라. 창세기 1:28

이 구절은 인간이 생태계에 대해서 해야 할 몫을 잘 보여 주고 있다. 자연과 인간관계가 깨어지자 인간과 인간의 관계가 깨어지고, 인간과 하나님과의 관계가 깨어졌다. 그 관계를 복원하는 호소가 권정생의 희망이었다.

"하느님의 뜻이라면 저의 기도를 속히 이루어 주십시오"라는 기도는 절실하다. 권정생은 혈연적 가족주의를 넘어서고 있다. 권정생의 문학에는 어머니, 누이 등 가족이 등장하지만, 그 가족은 혈연주의에 갇혀 있지 않다.

예수님은 '가족'이라는 개념을 전혀 새롭게 해체시켰다. 구약의 가족은 아브라함에게서 이어져 온 혈연관계였는데, 예수님은 혈연관계에 앞서 '하나님 가족God's Family'을 강조한다. 그래서 교회와 성당에서는 성도들이 서로를 형제자매라고 부른다.

자연의 고마움을 모르는 아이들, 꿈이 없어 절망하는 아이를 위해 권 선생은 단편 〈강아지똥〉(1969)을 썼다. 참외 씨가 강아지똥에 들어가 멋진 꽃을 피워 내고, 그 꽃에서 꿀을 먹으며 나비가 날아오른다는 판타지다. 강아지똥처럼 아무것도 아닌 존재, 버려진 존재가 귀한 일을 할 수 있다는 이야기다. 자연은 하나님이 주신 우리의 가족이다.

장편 동화 《몽실 언니》(1984)에 남과 북의 가족이 전쟁의 비극을 극복하는 이야기를 썼던 그가 지상에 머문 기간은 1937년 9월 10일부터 2007년 5월 17일까지였다.

평생 가까스로 누울 수 있는 토담방에서 종지기 작가로 살았던 그가 죽었을 때 1억 5천 정도의 인세가 남아 있었다고 한다. 그는 담백한 문장으로 유언을 남겼다. "내가 쓴 모든 책은 주로 어린이들이 사서 읽는 것이니 여기서 나오는 인세를 어린이에게 되돌려 주는 것이 마땅할 것이다. 만약에 관리하기 귀찮으면 한겨레신문사에서 하고 있는 남북어린이 어깨동무에 맡기면 된다. 맡겨 놓고 뒤에서 보살피면 될 것이다."

그가 바라던 대로 그의 책 인세는 '남북 어린이'를 위해 쓰일 것이다. 유언서 말미에는 기도해 달라는 부탁을 이렇게 적어 놓았다.

하느님께 기도해 주세요.

제발 이 세상, 너무도 아름다운 세상에 사람이 사람을 죽이는 일은 없게 해 달라고요. 제 예금통장 다 정리되면 나머지는 북측 굶주리는 아이들에게 보내 주세요. 제발 그만 싸우고, 그만 미워하고 따뜻하게 통일이 되어 함께 살도록 해 주십시오. 중동, 아프리카, 티벳 어린아이들은 앞으로

가을

어떻게 하지요? 기도 많이 해 주세요.

하나님과 모든 자연 그리고 북녘 동포도 한 가족이라는 사실을
잊지 말라는 부탁처럼 그는 5월 철쭉꽃 눈 아린 날 향년 69세로 먼
여행을 떠났다. 기도 많이 해 달라는 부탁을 남기고.

예루살렘만이 성지聖地가 아니다. 바로 권정생 선생의 작은 방
이야말로 꼭 가봐야 할 성지다. 예루살렘으로 향하는 성지 기행도 좋
겠으나, 그보다 권정생 문학기행을 더욱 손 모아 권하고 싶다.

톨스토이의 마지막 기도

◦ 레프 톨스토이

마음에 슬픔을 느끼며 잠자리에 들고
똑같은 슬픔을 느끼며 잠을 깬다. 나는 모든 걸
견딜 수 없다. 비를 맞으며 여기저기를 걸어다녔다.

아버지여, 생명의 근원이시여, 우주의 영이여,
생명의 원천이여, 날 도와주소서.
내 인생의 마지막 며칠, 마지막 몇 시간이라도
당신에게 봉사하며 당신만 바라보며
살 수 있도록 날 도와주소서.

《톨스토이의 비밀일기》, 인디북, 2005

매년 9월이 오면 톨스토이(Lev Nikolaevich Tolstoi, 1828~1910)가 생각난다. 9월 9일, 모스크바 남쪽에 있는 툴라 현에서 유서 깊은 백작 집안의 넷째 아들로 그가 태어났기 때문이다.

카프카스에서 군복무를 하던 그는 1852년(24세) 〈동시대인〉에 〈유년시절〉을 기고하면서 작가로서 첫발을 내디딘다. 군 생활을 하면서 그는 권위와 폭력에 익숙해졌다. (그는 40대까지 방탕한 생활을 했다고 회고록에 쓴 바 있다.) 1862년(34세) 결혼하면서 집필에 전념하여 《전쟁과 평화》(1864~1869), 《안나 카레니나》(1875~1877) 등을 발표하며 명성도 얻는다. 그러나 그는 죄의식과 공허함에서 벗어나지 못한다. 42세 때 쓰기 시작한 《안나 카레니나》를 50세에 마쳤는데, 《안나 카레니나》를 집필했던 8년간은 삶을 완전히 새롭게 돌아보는 기간이었다. 국가와 권력과 종교란 무엇일까 회의하는 고뇌의 시간이었고, 고뇌가 지나쳐 자살 충동에 이르기까지 했다.

쓰린 과정을 통과하며 50대에 그는 회심한다. 1886년(58세)에 발표한 〈바보 이반〉을 읽으면 그가 고뇌했던 과정이 그대로 나타난다. 〈바보 이반〉은 후반기 톨스토이의 사상을 보여 주는 단편 민화다.

주인공 이반은 슬라브 민담에 등장하는 다른 바보들처럼 우둔하고 미련하다. 그런데 민담의 바보들이 대부분 게으른 데 반해 이 바보는 매우 부지런하다. 톨스토이의 분신이기도 한 바보 이반은 톨스토이의 좌우명을 그대로 실천한다.

"손과 등은 일하라고 주어진 것이다."

바보 이반은 우직한 바보들이 모인 나라야말로 누구도 정복할

50대에 회심한 레프 톨스토이

수 없는 건강한 나라라고 알려 준다. 톨스토이는 군대의 폭력이나 돈을 좇지 않고 타인과 함께 나누며 욕심을 부리지 않고 살아야 모두가 즐거울 수 있다는 간단하고 분명한 진리를 알려 준다.

악마가 바보 이반을 유혹하기 위해 "영리한 사람들은 손으로 일을 하지 않는다"고 슬쩍 찔러 본다. 그러자 바보 이반은 바보답게 대꾸한다.

"바보인 우리가 그걸 어찌 알겠소. 우리는 무슨 일이든지 대부분 손과 등으로 한답니다."

악마는 결국 유혹에 실패하고 제풀에 나가떨어진다.

가을

《참회록》을 쓰면서 그는 방탕했던 삶을 모두 털어놓았다.《부활》은 신앙을 실천하며 살겠다는 그의 고백을 쓴 장편소설이다. 실제로《부활》등 모든 책의 인세를 그는 약자를 구호하는 데에 쓰려고 했다. 가족을 돌보지 않고 이웃을 도우려 해서 아내와 갈등을 겪기까지 했다.

기도문에서 "마음에 슬픔을 느끼며 잠자리에 들고/ 똑같은 슬픔을 느끼며 잠을 깬다. 나는 모든 걸/ 견딜 수 없다. 비를 맞으며 여기저기를 걸어다녔다"는 첫머리는 기도와 실천 사이의 괴리를 괴로워하는 고백일 것이다.

내 인생의 마지막 며칠, 마지막 몇 시간이라도
당신에게 봉사하며 당신만 바라보며
살 수 있도록 날 도와주소서.

"내 인생의 마지막 며칠, 마지막 몇 시간"이라는 말에 자신의 삶이 얼마 남지 않았다는 것을 알았던 절실한 마음이 담겨 있다. 마지막으로 "당신에게 봉사하며, 당신만 바라보며, 살 수 있도록" 도와달라고 호소한다. 이 호소는 지금 내가 어떻게 사는지 성찰하게 한다.

《부활》에서 카추샤의 감형을 도우려고 감옥에 드나들고, 자기 영지에 가서 농촌의 궁핍을 보고 농민을 해방시키는 주인공 네흘류도프는 톨스토이 자신이었다. 투르게네프, 톨스토이 등의 노력으로 결국 1862년에 러시아는 농노제를 폐지한다.

"기도한다고 신을 기쁘게 한다고 생각하지 마십시오. 모든 것을 신에게 맡길 때 신은 기뻐할 것입니다. 기도는 단지 자신으로 하여금 나는 누구이며 무엇 때문에 사는가 하는 것을 떠올리게 하는 것입니다."

톨스토이가 쓴 기도에 관한 간단한 정의다. 기도란 내가 지금 무엇 때문에 사는가 하는 것을 떠올리게 하는 순간이라는 말. 나는 누구이며 무엇 때문에 사는가, 이것이 톨스토이 문학의 주제였고 기도였다. 톨스토이는 "남에게 대접을 받고자 하는 대로, 너희도 남을 대접하라"(마태복음 7:12)는 말씀을 실현하는 삶을 살고자 했다. 하나님과 이웃을 위해 봉사하는 삶이 9월 9일에 태어난 톨스토이의 행복론이었다.

유튜브 ─ 톨스토이 '부활'에서 만나는 헨리 조지

가을

할렐루야

◦ 레너드 코헨

다윗이 연주했던 신비한 코드가 있다고 들었어요.

주님을 기쁘시게 했지요.

하지만 당신은 음악에 전혀 신경 쓰지 않았어요. 그렇죠?.

그 음악은 이렇게 흘러

4번째는 F코드, 5번째는 G코드, 단조로 떨어지고, 장조로 올라가고.

낙심했던 왕은 할렐루야를 작곡했지요.

할렐루야, 할렐루야, 할렐루야, 할렐루야

당신의 믿음은 대단했지만 그 믿음을 증명해야 했어요.

당신은 목욕하는 밧세바를 지붕 위에서 보았죠.

아름다운 그녀와 달빛은 당신을 압도했어요.

그녀는 당신을 식탁 의자에 묶고,

그녀는 당신의 보좌를 허물었고,

그녀는 당신의 머리카락을 잘랐죠.

그녀는 당신의 입술에서 할렐루야를 뽑아냈어요.

할렐루야, 할렐루야, 할렐루야, 할렐루야

아마 나도 이곳에 있었던 적이 있죠.

나는 이 방을 알아요.

당신을 알기 전 이 바닥을 걸었었죠.

나는 대리석 아치 위에 펄럭이는 당신의 깃발을 본 적이 있죠.

사랑은 승리의 행진이 아니야.

사랑은 차가운 것, 사랑이란 부서진 할렐루야.

할렐루야, 할렐루야, 할렐루야, 할렐루야

밑에서 무슨 일이 생겼는지 당신이 알게 해 준 시간이 있었어요.

정말 이후에 어떻게 되어갈지

그러나 지금 당신은 나에게 보여 주지 않았어요.

나에게 말이죠. 그렇죠?

나는 기억해. 내가 움직일 때, 당신의 거룩한 비둘기도 함께 갔지요.

그리고 우리가 숨쉬는 모든 호흡이 할렐루야.

할렐루야, 할렐루야, 할렐루야, 할렐루야

어쩌면 하나님은 저 위에 계실지도 모르죠.

그래서 내가 사랑으로부터 배운 모든 것은

그대보다 총을 빨리 뽑는 사람을 먼저 쏘는 방법이었죠.

밤에 당신이 듣는 것은 울음이 아니죠.

빛을 보았던 그 누구도 아니지요.

사랑은 차가운 것, 사랑이란 부서진 할렐루야.

할렐루야, 할렐루야 , 할렐루야 , 할렐루야

I've heard there was A secret chord That David played,
and It pleased the Lord
But you don't really care for music, do you?
It goes like this:
The fourth, the fifth, The minor fall, the major lift
The baffled king Composing Hallelujah
Hallelujah, Hallelujah, Hallelujah, Hallelujah
Your faith was strong But you needed proof
You saw her bathing On the roof
Her beauty and the Moonlight overthrew you
She tied you to a kitchen chair
She broke your throne
And she cut your hair
And from your lips She drew the Hallelujah
Hallelujah, Hallelujah, Hallelujah, Hallelujah
Maybe I've been here before I know this room
I've walked this floor I used to live alone Before I knew you.
I've seen your flag On the marble arch
Love is not a victory march
It's a cold and
It's a broken Hallelujah
Hallelujah, Hallelujah, Hallelujah, Hallelujah
There was a time You let me know What's really going on below
But now you never show It to me, do you?
I remember when I moved in, Your holy dove Was moving too.
And every breath we drew Was Hallelujah
Hallelujah, Hallelujah, Hallelujah, Hallelujah
Maybe there's a God above.
And all I ever Learned from love Was
how to shoot At someone Who outdrew you
It's not a cry You can hear at night
It's not somebody Who's seen the light
It's a cold and It's a broken Hallelujah
Hallelujah, Hallelujah, Hallelujah, Hallelujah

신촌역 앞 언덕의 허름한 집에서 나는 그의 노래를 처음 들었다. 뭔가 희미하고 어둡지만 약간 햇살이 묻어 있는 노래였다. 마치 희망 없이 마비되어 살아가는 사람들의 모습을 그린 제임스 조이스의 《더블린 사람들》을 노래로 듣는 기분이었다.

시를 읊조리는 그의 노래에 한동안, 아니 그 이후 지금까지 중독되어 살아왔다. 시인이며 싱어송라이터 레너드 노먼 코헨(Leonard Norman Cohen, 1934~2016)은 몇 년 전 82세의 나이로 이 세상을 떠났다. 그의 노래를 하나하나 번역해 듣다가, 서서히 얼어붙으며, 가슴에 잔잔한 눈물이 퍼졌던 노래가 〈할렐루야〉이다.

배경은 서양인 이름에 많은 다윗David 이야기다. 성경에 나오는 인물인데, 레너드 코헨은 욕망 문제로 이야기를 확대시켰다. 영웅 다윗의 마음에 우리야 장군의 아내 밧세바가 들어차기 시작했다. 밧세바는 천하일색이었다. 어느 날 달빛 아래 목욕하는 밧세바의 나신裸身을 다윗은 지붕 위에서 몰래 엿본다. 이 순간이 다윗의 모든 것을 뒤엎어 놓았다. 다윗은 밧세바의 남편을 최전방으로 보내 죽게 만들고 밧세바를 차지한다. 그건 폭력이요, 살해였다. 시간이 지나 다윗은 자신의 죄를 깨닫는다. 음욕으로 장군을 죽이고 한 가족을 해체해 버린 죄다.

밧세바는 이후 다윗의 아내가 되고, 아들 솔로몬을 낳는다. 이 계보는 이후 예수의 혈통으로 이어진다. 3절은 조금 애매한데, 3절에서 '나'는 밧세바로 들리기도 하고, 작곡가인 코헨처럼 들리기도 해서다.

아마 나도 이곳에 있었던 적이 있었죠.

나는 이 방을 알아요.

당신을 알기 전 이 바닥을 걸었었죠.

이 부분을 여가수가 부르면 밧세바의 고백이 된다. 3절의 '나'가 작곡가 코헨이라면, 코헨은 자기도 다윗이 거닐었던 그런 부정한 공간을 거닌 적이 있다는 고백을 한 격이다. 다윗이나 코헨을 생각할 것이 아니라, 나도 다윗처럼 매혹을 탐닉하려 한 적이 있다. 나란 놈은 얼마나 많은 욕망으로 알게 모르게 죄를 지었을까 괴롭게 이 노래를 들었다. 가끔 이 노래를 들을 때마다 눈시울이 흔들리고, 사실은 운 적도 있다. 내가 한 말, 내가 쓴 글은 다윗보다 깨끗한가. 코헨은 다윗의 부정한 사랑을 이렇게 표현했다.

사랑은 승리의 행진이 아니야.

사랑은 차가운 것, 사랑이란 부서진 할렐루야.

금지된 사랑은 승리가 아니라, 차가우며 부서진 할렐루야다. 코헨은 이 노래를 부를 때 늘 마이크를 두 손으로 감싸고 기도하듯이 부른다. 어떤 잘못을 괴로워했기에 이런 노래를 지었을까.

자신의 죄를 용서해 달라고 간구하며 다윗은 시편 51편을 썼다. 코헨은 아마 시편 51편을 보고 노래를 착상했을 수도 있다. 성추행을 저지르고도 반성하지 않는 목회자들이 다윗의 이 이야기를 꼭 들

시인이자 싱어송라이터인 레너드 코헨

먼이기 때문이다.

　다윗은 "무릇 나는 내 죄과를 아오니 내 죄가 항상 내 앞에 있나이다"(3절)라고 고백한다. "내가 죄악 중에서 출생하였음이여 어머니가 죄 중에서 나를 잉태하였나이다"(5절)라며 괴로워한다. 오이디푸스가 자기도 모르고 지은 죄를 뉘우칠 때의 대사와 비슷하다. 다윗은 자신의 죄를 글로 세세히 기록해 영원히 남겼다. 하지만 저들은 대중 앞에서, 아니 절대자 앞에서라도 이렇게 통렬하게 반성했는지 모르겠다. 적어도 대중 앞에서 그는 성추행과 성폭행을 반성하지 않았다.

하나님이여 주의 인자를 따라 내게 은혜를 베푸시며

주의 많은 긍휼을 따라 내 죄악을 지워 주소서.

나의 죄악을 말갛게 씻으시며

나의 죄를 깨끗이 제하소서.

무릇 나는 내 죄과를 아오니 내 죄가 항상 내 앞에 있나이다.

내가 주께만 범죄하여 주의 목전에 악을 행하였사오니

주께서 말씀하실 때에 의로우시다 하고

주께서 심판하실 때에 순전하시다 하리이다.

내가 죄악 중에서 출생하였음이여

어머니가 죄 중에서 나를 잉태하였나이다.

보소서 주께서는 중심이 진실함을 원하시오니

내게 지혜를 은밀히 가르치시리이다.

우슬초로 나를 정결하게 하소서. 내가 정하리이다.

나의 죄를 씻어 주소서. 내가 눈보다 희리이다.

내게 즐겁고 기쁜 소리를 들려주시사

주께서 꺾으신 뼈들도 즐거워하게 하소서.

주의 얼굴을 내 죄에서 돌이키시고

내 모든 죄악을 지워 주소서.

하나님이여 내 속에 정한 마음을 창조하시고

내 안에 정직한 영을 새롭게 하소서.

나를 주 앞에서 쫓아내지 마시며

주의 성령을 내게서 거두지 마소서.

주의 구원의 즐거움을 내게 회복시켜 주시고
자원하는 심령을 주사 나를 붙드소서.
그리하면 내가 범죄자에게 주의 도를 가르치리니
죄인들이 주께 돌아오리이다.
하나님이여 나의 구원의 하나님이여
피 흘린 죄에서 나를 건지소서.
내 혀가 주의 의를 높이 노래하리이다.

시편 51:1~14

다윗이 가장 큰 죄를 괴로워하며 부른 노래를 레너드 코헨은 자신에게 유비시킨다. 그것은 곧 우리의 삶이기도 하다. 오이디푸스가 모르고 지은 죄 '하마르티아'나, 내가 저질러 온 숱한 잘못과 실수들, 그러면서도 즐거운 표정으로 살아가는 나의 삶은 '부서진 할렐루야'의 삶일 것이다.

그래서 내가 사랑으로부터 배운 모든 것은
그대보다 총을 빨리 뽑는 사람을 먼저 쏘는 방법이었죠.

마지막 5절이 마음 저린다. 사랑을 통해 내가 배운 것이라곤 상대보다 내가 먼저 상처 입히는 법, 상대를 먼저 쓰러뜨리는 법뿐이다. 거룩하고 정의롭다는 우리들, 할렐루야로 찬양하는 우리들은 실상 남을 사랑하기보다 먼저 나서서 남을 해치는 사람들이다. 그 입술

가을

로 할렐루야를 부른들, 차갑게 부서진 할렐루야일 뿐.

다윗은 모순된 자신을 인정하며 부서진 할렐루야를 노래했다. 라캉의 말대로 인간은 분열된 주체다. 인간은 깨지고 금 간 주체($), 빗금 친 주체barred subject로서 모순된 세계에서 견디며 살아간다. 다윗은 절대자를 찬양하면서 모순된 자신을 고백하는데, 코헨은 부서질 줄 알면서도 사랑하고 욕망할 수밖에 없는 인간의 한계를 노래한다.

예수의 족보에 밧세바가 나오는데 다윗의 아내가 아니라 '우리야의 아내'로 나온다(마태복음 1:6). 한 인간의 실수를 넘어가지 않고 기록에 남기는 것이 성경의 독특한 면이다.

부정한 가계에서 태어날 수밖에 없었던 것은 예수에게는 피할 수 없는 운명이었다. 내가 피하지 못하고, 알지 못하고 저지른 죄를 생각한다. 내가 가장 성공했을 때, 그 과정에서 얼마나 많은 실수를 저질렀는지, 누구에게 상처를 주지 않았는지, 나라는 존재는 이미 깨어진 조각조각에 불과하다. 꾀병 같은 약함으로 가까스로 또 하루를 견뎌 낸다. 나의 열정, 이 모든 사랑은 부서진 할렐루야다.

《노인과 바다》의 기도

◦ 어니스트 헤밍웨이

"나는 신앙심이 없다," 그가 말했다. "하지만 이 고기를 잡을 수 있다면, 주기도문 열 번과 성모송을 열 번이라도 외워야지. 만약 고기를 잡는다면, 코브레의 성모지를 순례할 것을 약속할 거야. 이건 정말 약속이다."

그는 기계적으로 기도하기 시작했다. 때로는 너무 피곤해서 기도문이 떠오르지 않을 때도 있었는데, 그럴 때면 자동적으로 다음 문구가 나오도록 빨리 외우곤 했다. 주기도문보다는 성모송이 외우기 쉽구나, 그는 생각했다.

"은총이 충만한 마리아님, 주님께서 함께하시니 기뻐하소서! 여인 중에 복되시며 태중의 열매 예수님 또한 복되십니다. 천주의 성모 마리아님, 이제와 저희 죽을 때 죄인인 저희를 위하여 기도해 주소서, 아멘." 그러고 나서 그는 이렇게 덧붙였다. "복되신 동정녀 마리아여, 이 고기의 죽음을 위해서도 기도해 주세요. 정말 대단한 놈입니다."

기도를 마치자, 기분이 훨씬 좋아진 듯했지만, 고통은 그대로 같았고, 아니 조금 더 아픈 것 같았다. 그는 배 판자에 등을 기댄 채 기계적으로 왼손 손가락들을 문지르기 시작했다.

《노인과 바다The Old Man and the Sea》 1952. 김욱교 옮김

"I am not religious," he said. "But I will say ten Our Fathers and ten Hail Marys that I should catch this fish, and I promise to make a pilgrimage to the Virgin of Cobre if I catch him. That is a promise."

He commenced to say his prayers mechanically. Sometimes he would be so tired that he could not remember the prayer and then he would say them fast so that they would come automatically. Hail Marys are easier to say than Our Fathers, he thought.

"Hail Mary full of Grace the Lord is with thee. Blessed art thou among women and blessed is the fruit of thy womb, Jesus. Holy Mary, Mother of God, pray for us sinners now and at the hour of our death. Amen." Then he added, "Blessed Virgin, pray for the death of this fish. Wonderful though he is."

With his prayers said, and feeling much better, but suffering exactly as much, and perhaps a little more, he leaned against the wood of the bow and began, mechanically, to work the fingers of his left hand.

9월의 쿠바 앞바다를 배경으로 하는 《노인과 바다》의 주인공은 노인이다. "그는 멕시코 만류에서 조각배를 타고 홀로 고기잡이하는 노인"이라는 첫 문장은 이 소설의 주인공을 명료하게 소개한다. 그 노인은 "멕시코 만류에서in the Gulf Stream" 작은 배를 타고 있다. 바다 안에 존재하는 실존이라는 사실이 중요하다. 인간은 누구나 망망대해에 조각배를 타고 홀로 떠 있다. 부모님도 있고, 친구도 있지만, 결국은 끝없는 바다에 홀로 던져진 존재다. 이 바다는 인간을 덮치는 해일이 되기도 하지만, 노인은 "늘 바다를 여성으로 생각했으며, 큰 은혜를 베풀어 주기도 하고, 빼앗기도 하는 무엇"이라고 말한다. 우리가 던져진 이 바다라는 세상은 어머니처럼 푸근하기도 하고 때로는 빼앗기도 하는 무엇인 것이다.

이 소설은 처음부터 끝까지 광활한 바다에서 '홀로alone' 청새치와 상어떼의 습격에 맞서 싸우는 인간 운명에 관한 이야기다. '홀로'라는 부사는 고독한 실존주의를 표현한 이 소설의 주제를 첫 문장에서 정확히 표현하는 단어다. 노인은 "팔십사 일 동안 고기 한 마리 잡지" 못했다. 석 달 동안 고기를 못 잡았다 하니 운이 없어도 대단히 없다.

한 소년이 등장한다. 소년은 주인공 노인의 삶을 조금씩 풀어 내는 역할을 한다. 몇 페이지 넘겨, 소년의 입을 통해 노인의 이름이 나온다.

"산티아고 할아버지."

산티아고Santiago는 사도 요한의 형인 '야고보'를 스페인 식으로 표현한 것이다. 야고보도, 소설의 산티아고도 가난한 어부다.

소년의 부모는 실패한 노인을 "살라오, 곧 스페인 말로 가장 재수 없는 사람"이라 한다. 재수 옴 붙은 인생이다. 84일간 고기를 잡으러 나갔지만 한 마리의 고기도 낚지 못한 노인의 삶이 얼마나 재수 없을지 독자는 이제부터 읽어야 한다. 늙고 가난하고 외롭고 재수가 없는 인간의 모습은 우리도 언젠가는 피할 수 없는 상황이기도 하다.

소년과 노인에게 커피를 주는 테라스 식당의 주인 마르틴Martin이 나온다. 이 이름은 성聖마르탱Saint Martin에서 따 온 것으로, 그는 가난한 사람을 위해 애썼던 성인이었다.

> 갈색 벽에는 컬러 물감으로 그린 예수 그리스도의 성심상聖心像과 코브레의 성모 마리아 그림이 걸려 있었다. 두 장 모두 죽은 아내의 유품이었다. **민음사판 16면**

그리스도와 쿠바의 성녀에 관한 성화를 묘사했고, 성모경과 천주경을 암송하는 장면을 묘사했던 것은 가톨릭 신자였던 헤밍웨이에게는 자연스러운 표현이었을 것이다. 코브레의 성모지Virgin of Cobre란 쿠바에 있는 유명한 성당을 가리킨다.

드디어 홀로 바다에 나간 노인은 어느 날 18피트 길이의 거대한 청새치를 낚시로 낚는다. 그 물고기는 너무도 커서 늙은 어부의 배를 끌고 다닌다. 싸움에 지친 노인은 회상한다. 노인이 젊은 시절 흑인과 팔씨름을 하거나 젊은 시절 아프리카에서 보았던 사자의 꿈은 이야기를 흥미 있게 만드는 활력소로 작용한다.

그는 사흘 밤낮을 거대한 청새치와 씨름한다. 도중에 손을 다쳤고, 잠도 자지 못한 채 청새치를 잡으려 애쓴다.

　　"하지만 이 고기를 잡을 수 있다면, 주기도문 열 번과 성모송을 열 번이라도 외워야지. 만약 고기를 잡는다면, 코브레의 성모지를 순례할 것을 약속할 거야. 이건 정말 약속이다."

　　이 부분을 혼잣말로 번역해 보았다. 마치 이번만 살려 주면 헌금 잘 내고, 교회 잘 나가겠다고 하는 약속을 하듯, 노인도 절실하게 신에게 헌신하겠다고, 신앙생활에 더 몰두하겠다고, 이건 정말 약속이라고 다짐한다. 거의 죽을 고비에 다가가도록 기진맥진한 상황에서, "이제와 저희 죽을 때 죄인인 저희를 위하여 기도해 주소서, 아멘"이라며 유서 쓰듯 기도하기도 한다.

　　노인이 몇 번이고 성모경을 되풀이하여 외우는 장면이 나온다. "복되신 동정녀 마리아여, 이 고기의 죽음을 위해서도 기도해 주세요. 정말 대단한 놈입니다"라는 기도는 그저 코믹한 넋두리가 아니라, 인간도 자연의 일부분으로, 자연을 인간의 이웃으로 생각하는 헤밍웨이의 세계관을 보여 준다. 그는 날치와 작은 새와 태양과 별을 '형제'나 '친구'로 여긴다. 청새치나 상어까지도 친구로 여기는 행동은 우주와의 일치를 통해 화합과 자기 극복을 보여 준다.

　　노인은 소년 마놀린의 도움 없이 혼자 사투를 벌인다. 이때 노인은 마놀린을 그리워하고, 야구 시합들도 그리워한다. 이 소설처럼

　　　　　　　　　　　　　　　　　　　　　　　　　가을

헤밍웨이는 인간이 연대해야 하며, 극복하는 공동체를 만들어 가야 한다고 삶을 통해 웅변했다.

지친 청새치가 바다 위로 떠올랐을 때, 노인은 청새치를 배 옆에 밧줄로 붙들어 매고 항구로 향한다. 돌아오다가 상어 떼의 공격을 받아서 청새치는 살이 모두 뜯겨나가 커다란 뼈만 남는다. 결국 빈 손으로 입항한 노인 산티아고는 어깨에 돛대를 메고 오두막이 있는 언덕길을 오르다가 몇 번 넘어진다. 이 장면은 예수 그리스도가 십자가를 짊어지고 골고다 언덕을 오르다 넘어지는 장면을 연상하게 한다.

"그래도 인간은 패배하기 위해 창조된 게 아니다." 그가 말했다. "인간은 파괴될 순 있지만, 패배하지는 않는다."

돌아온 "노인은 사자꿈을" 꾼다. 이때 사자는 굳건하면서도 가족을 살피는 사자다. 사자 떼를 살피는 사자의 자세는 이 소설에서 자주 언급하는 야구 경기와도 비슷하다. 야구 경기는 서로 협조하여 만드는 하나의 건강한 공동체인 것이다. 패배나 승리가 아니라, 공동체와 함께 굴하지 않는 극복을 꿈꾸는 이 소설로 헤밍웨이는 1953년 퓰리처상을, 1954년에는 노벨문학상을 받았다. 소설《노인과 바다》는 이 세상이라는 바다에서 공동체와 함께 치열하게 극복을 꿈꾸는 이들에게 드리는 선물이었다.

유튜브 — 헤밍웨이 '노인과 바다' 첫 문장

가을날

◦ 라이너 마리아 릴케

주여, 때가 왔어요. 지난 여름은 정말 위대했어요.
당신 그림자를 해시계 위에 놓으시고
벌판에 바람을 풀어 놓으세요.

마지막 과일들이 무르익도록 명하시고
이틀만 더 남국의 날을 과일에게 베푸시어
과일이 완숙하게 익어, 짙은 포도주에
최고의 단맛 스미게 하시고요.

지금 집이 없는 사람은 이제 집을 짓지 않아요.
지금 홀로 있는 사람은 그렇게 오래 남아
깨어 책을 읽고, 긴 편지를 쓸 것이며
가로수 거리를 이리저리 불안하게 헤맬 거예요.
낙엽이 바람에 흩날릴 때마다

가을이 오면 떠오르는 릴케(Rilke, Reiner Maria, 1875~1926)의 〈가을날〉은 어떤 시일까. 널리 알려졌지만 막상 뭐라고 설명하기 쉽지 않다. 가을날 충만한 결실을 바라는 기도문 같다. 마지막 두 행은 번역하기도 쉽지 않다.

"주여Herr"라는 호명은 마치 옆에 신이 있는 듯한 착각을 하게 한다. 청명한 가을 하늘 아래 잡풀들 사스락거리는 들판에 앉아 누군가와 대화하는 기분이 든다. 대뜸 신을 부르는 행위는 바로 옆에 앉은 신과 친근하게 대화하는 분위기를 자아낸다. 실제로 이 시를 낭송할 때는 대화하듯 읽으면 좋다. 늘 숨은 신이 깃들어 있는 릴케의 시에는 종교적 신비주의가 가득하다.

"주여, 때가 왔어요Herr, es ist Zeit"라는 첫 구절은 한 해 동안 어떻게 살아왔는지 묻는 물음표다. 지난 여름은 성장의 시간, 고난의 시간이었을 것이다. 그 지난 여름은 "정말 위대했어요sehr groß"라고 번역할 수도 있고, 장마가 긴 독일을 생각할 때 "정말 길었어요"로 번역해도 좋겠다. 그 길고 지겨운 여름을 이겨 냈으니 대단하다는 뜻이다. 당장 자살하고 싶을 정도로 끔찍한 폭염도 어느 순간 제풀에 꺾인다. 긴 폭염과 지겨운 장마를 이겨 낸 자아란 얼마나 위대한가. "당신 그림자를 해시계 위에 놓으시고"라는 말은 인간의 시간관념을 초월해 있지 말고, 이제 인간 세상에 다가와 달라는 뜻으로도 읽힌다. "벌판den Fluren"이란 황량한 인간의 마음이 아닐까. 그 결핍의 공간에 희망이든 성령이든 바람을 풀어 달라고 기도한다.

2연은 열매에 향찬 축복을 기도하는 대목이다. 와인을 빚을 포도알이 잘 익도록 기도하는 유럽인의 소박한 소망이다. 독일의 여름은 짧고 가을과 겨울은 긴 터널마냥 지겹도록 길다고 한다. 겨울에는 남국이나 지중해로 휴가를 떠나고, 그래서 철학자가 많다는 증명 못할 말도 있다. 짧은 여름과 긴 장마 때문에 아직 익지 못한 "마지막 과일들letzten Früchten"이 있다. 가을인데도 익지 않아 떫은 열매는 식탁에 오르지 못하고 버려진다. 아직 인정받지 못하는 인간들은 선택받지 못한다. 안타까운 존재들에게 이틀만 더 남국의 햇살을 비추어 마지막 기회를 달라고 기도한다. 이 시를 1902년 9월 11일에 러시아를 여행하다가 썼다고 하는데, 러시아에서 볼 때 남국의 따스한 햇살은 더 그립겠다. "모든 죽어가는 것을 사랑"(윤동주 〈서시〉)하겠다는 말과 "마지막 과일들"에게 익을 기회를 달라는 기도는 얼마나 절실한 간구인가. 사랑을 완성하는 첫 단계에 기도가 있다. 완성Vollendung은 가을에 얻을 수 있는 은총이다.

3연에서는 겨울이 오기 전에 겨울을 맞을 기도를 쓰고 있다.

"지금 집이 없는 사람은 이제 집을 짓지 않아요"라는 구절은 무슨 뜻일까. 더 이상 욕심부리지 않는 무욕無慾을 말할까. 안식처를 마련하지 못한 난민이나 방랑자를 떠올릴 수도 있겠다. 여기서 집은 눈에 보이는 주거 공간이라기보다, 영혼의 쉼터일 것이다. 한 곳에 안주하지 못하고 떠도는 존재들을 뜻하는 것이 아닐까.

가을이 지나고 곧 겨울이 오면 "지금 홀로 있는 사람은 그렇게 오래 남아"라며 위대한 내면의 고독을 즐길 것을 권한다. "깨어 책을 읽고, 긴 편지를 쓸 것이며"라는 구절에서 릴케의 모습이 떠오른다.

가을

"깨어wachen"라는 말은 육체뿐만 아니라 영혼의 눈뜸을 뜻한다. 릴케야말로 긴 편지 쓰기를 즐겼던 작가였다. 수많은 작가와 독자들에게 릴케는 기회가 날 때마다 편지를 보냈다. 릴케가 죽고 나서 편지 7천여 편이 편집되어 출판되었다.

삶은 그리 만만치 않다. "가로수 거리를 이리저리 불안하게 헤맬 거예요. / 낙엽이 바람에 흩날릴 때마다"라는 구절에서 볼 수 있듯 인간은 실존적인 불안 속에서 살아야 한다. 낙엽은 방랑자, 여행자를 의미한다. 고독과 방랑이야말로 인간을 성숙하게 한다. 릴케는 여행을 좋아했다. 독일 식민지 시대를 오래 경험한 프라하에서 태어난 릴케는 좁은 곳에 갇히지 않고 세계를 보려 했다. 이탈리아와 독일, 러시아 등을 여행했던 그에게 고독은 닫혀 있는 외로움이 아니라, 세계로 열려 있는 창조를 위한 실천이었다.

가을은 텅 빈 축복의 계절이다. 이 시의 제목은 '가을Herbst'이 아니라, 특정한 날을 의미하는 '가을날Herbsttag'이다. 각자에게 다가오는 특정한 날이 있을 것이다. 그 특정한 날을 앞두고 우리는 텅 빈 내면을 무엇으로 채워야 할까. 암담한 겨울을 앞에 두고 두 손 모아 완성을 위해 기도할 때다.

릴케가 구상했던 시학은 '형상形象'이라는 말로 집약할 수 있다. 어떤 사물에 집중 응시하여, 마지막에 남는 어떤 형상을 시로 쓰는 것이다. 이 시는 그런 시편을 모은 《형상시집Das Buch Der Bilder》(1902)에 실려 있다.

꽃자리

◦ 구상

반갑고 고맙고 기쁘다.
앉은 자리가 꽃자리니라!
네가 시방 가시방석처럼 여기는
너의 앉은 그 자리가
바로 꽃자리니라.
반갑고 고맙고 기쁘다.

앉은 자리가 꽃자리니라
앉은 자리가 꽃자리니라!
네가 시방 가시방석처럼 여기는
너의 앉은 그 자리가
바로 꽃자리니라.

나는 내가 지은 감옥 속에 갇혀 있다.
너는 네가 만든 쇠사슬에 매여 있다.
그는 그가 엮은 동아줄에 묶여 있다.

우리는 저마다 스스로의

굴레에서 벗어났을 때

그제사 세상이 바로 보이고
삶의 보람과 기쁨도 맛본다.

앉은 자리가 꽃자리니라!
네가 시방 가시방석처럼 여기는
너의 앉은 그 자리가
바로 꽃자리니라.

우리가 감옥에 있든 쇠사슬에 매였든 동아줄에 묶였든, 지금 병상에 있든, 지난至難한 오늘 바로 그 자리가 바로 꽃자리라고 시인은 위로한다. 이 시에 대해 아래 내용이 회자되고 있는데 확실한 내용일까.

1950년대 서울 명동 유네스코 회관 뒷골목에 '청동다방'이라고 하는, 문인들이 많이 찾아가는 다방이 하나 있었다고 한다. 1950년대에 작가들은 달리 갈 곳이 없었기에, 전화기가 있는 명동의 '청동다방'에 원고 청탁을 받고 원고료를 받는 장소로 자꾸 모이게 되었다. 시인 박인환, 김수영, 오상순 등도 여기에 모였던 사람들이다. 전쟁 이후 희망보다는 절망이 가득한 나날, 일자리를 얻으려 새벽 시장에 나선 노무자들처럼, 당시 문인들은 명동 뒷골목에서 죽치고 앉아 있었을 것이다.

담배를 무던히도 좋아했던 공초 오상순 시인도 늘 여기 '청동다방'의 정해진 자리에 앉아 있곤 했다고 한다. 1962년 6월 3일 오상순 시인이 투병 생활을 마감하고 가족 하나 없이 이 세상을 떠날 때, 임종을 지킨 사람들 중 하나가 시인 구상(1919~2004) 선생이라고 한다. 그 후 공초 선생께서 사람들을 만날 때마다 하신 말씀과 뜻을 구상 선생께서 〈꽃자리〉란 시로 남기셨다고 한다.

1950년대 시인들이 전쟁을 겪었던 그 자리, 먹을 것은 없어도 글 한 편 발표하려고 서성거렸던 명동 뒷골목의 그 자리, 돌봐주는 가족도 없이 공초 오상순이 죽어 갔던 그 자리가 바로 '꽃자리'라는 말이다.

이 시는 현재는 《구상문학총서》 제3권(홍성사, 2002) 311면에
실려 있다. 그보다 먼저 시집 《유치찬란》에 〈꽃자리〉가 실린 때가
1989년으로, 시의 소재가 되었던 이야기와 40여 년의 시간 차이가
있어, 위 이야기는 떠도는 이야기처럼 보인다. 그런데 구상 시인의
〈위대한 생의 완수자– 공초 오상순 선생의 영전에〉(1963)란 글을 보
면 고개를 끄덕일 만한 단서가 기록되어 있다.

공초 오상순 선생께서 3일 밤 아홉 시 삼십칠 분에 운명하셨다. 임종시
그를 지키는 이 없이 홀로 외로이 가셨다. 와석 종신하시기까지 근 4개
월, 벌써 의식을 잃으신 지 십여 일이나 되고 곡기를 끊으신 지도 닷새나
되며 영양지 주사로 수족이 부어올라 엊그제부터는 중단하고 있어 이미
우리 모시고 있던 문제들은 단념하고 있었다. 이제 이 나라 아니 동방의
현자 한 분은 가셨다. 공초 선생은 하나의 종교를 창시하셨다거나 새로
운 사상을 형성하였다거나 위대한 예술을 완성했다든지 하는 그러한 유
실의 족적을 남기신 것은 아니고 오히려 무교리의 종교가로 초윤리의
시작 않는 시인으로 그대로 생을 자기 정신 속에서 투철시 그야말로 완
수한 아성이라 하겠다. 실상 만년의 선생은 인생목자로서의 면목을 갖
추고 계셨다. 사람을 만나면 악수와 함께 〈반갑고 고맙고 기쁘고〉라는
축복을 줌으로써 가시방석 같은 현존의 자리를 꽃자리가 되게 하려고
하셨다.

이 글에 보면 마지막에 "가시방석 같은 현존의 자리를 꽃자리

가 되게 하려고 하셨다"는 구절이 나온다. 이 구절을 단서로 볼 때 〈꽃자리〉라는 시를 쓰게 된 동기는 공초 선생의 임종과 관련 있다는 것을 참조할 수 있겠다.

나는 내가 지은 감옥 속에 갇혀 있다.
너는 네가 만든 쇠사슬에 매여 있다.
그는 그가 엮은 동아줄에 묶여 있다.

이 구절은 시를 착상했던 1950년대 이야기 이후에 덧붙여진 구절이 아닌가 싶다. 1950년대 냉전 상황에서 구상 시인이 떠나온 북한 지역에서는 반공 투사들이 감옥에 잡혀 들어갔고, 그 자신이 이승만 정권에 대해 반독재 투쟁을 벌여 투옥되기도 했다. 1970년대 80년대 이후엔 수많은 민주투사들이 쇠사슬에 묶였다. 그런데 주의해서 볼 일은 구상 시인은 외부에 의해 잡혀간 상황을 그리는 것이 아니라, "나는 내가" 감옥을, "너는 네가" 쇠사슬을, "그는 그가" 동아줄에 묶였다고 쓰고 있다. 곧 수많은 한계상황을 우리 스스로 만들었다는 얘기다.

백발성성한 구상 시인을 나는 1985년쯤에 뵈었다. 그러니까 일흔 살쯤 된 노인이셨는데 단번에 잘생긴 얼굴에 어떤 화광이 있는 듯이 환해 보였다. 천지의 주인이니, 우주의 꽃이니, 큰 용어들을 많이 쓰셨는데 20대 젊은 나로서는 신선하기보다는 어떤 큰 공간을 만나는 듯했다. 그분은 그렇게 꽃자리를 내 마음에 남겨 놓으셨다. 그분은 소박하고도 거대한 꽃자리를 남겨 놓고 가셨다.

2014년 나는 도봉구청 11층 건물에 거는 글자판 선정위원을 맡은 적이 있다. 광화문 교보빌딩처럼 그 시기에 맞는 시구절을 일러스트해서 붙이는 일이었다. 봄날 내가 선정한 시가 바로 이 시였다.

네가 시방 가시방석처럼 여기는

너의 앉은 그 자리가

바로 꽃자리니라.

누구보다도 나에게 큰 위로로 다가오는 구절이다.

2018년 왜관에 있는 구상문학관을 찾았다. 구상 선생은 1952년 〈승리일보〉가 폐간되자, 부인 서영옥(1993년 작고) 여사가 의원을 차린 경북 칠곡군 왜관으로 내려가 1974년까지 20여 년간 왜관에 머물면서 작품을 발표했다. 구상문학관은 2002년 부인이 경영하던 의원 자리에 세워졌다. 모자와 묵주, 안경, 돋보기, 만년필 등이 구상 시인의 풍모를 증언했다. 무엇보다도 화가 이중섭이 그린 〈K씨의 가족〉이 반가웠다. 부인이 구상 시인을 위해 지어 주었다는 관수재 방 안에는 시인이 사용한 타자기와 필기도구가 놓여 있다. 문학관 근처 그가 머물렀던 가톨릭 성 베네딕도회 왜관 수도원에서 하루를 지냈다. 성 베네딕도회 왜관 수도원은 독일 성 베네딕도회 수도원에서 파견된 수도자들이 북한 덕원과 중국 연길수도원에서 지내다가 중국 공산당과 북한 정권의 박해를 피해 와서 1952년 건립한 수도원이다. 운치 있는 성당이 있는 공간을 걷기만 해도 마음이 평안했다.

구도자들이 머무는 정갈한 방에는 작은 탁자 위에 성경만 하나 올려져 있고 텔레비전 같은 것들은 없었다. 간간이 들려오는 밤새 소리를 들으며 구상 시인의 시와 삶을 생각했다. 그의 시는 디아스포라 순례자의 고백이었다. 북한 공산당을 피해 남한에 왔지만, 남한에서는 이승만 정권과 싸우고, 박정희 정권의 권유를 피해야 했던 그는 오로지 구도자의 길을 택했다.

정말 오랜만에 들릴까 말까 잔잔한 종소리를 듣고 새벽 미사에 참여했다. 구상 선생이 모든 곳이 꽃자리라는 사실을 깨닫고 기도했던 자리가 여기였을 것이다. 내가 머무는 모든 자리가 꽃자리라는 사실, 고통을 견딜 수 있는 축복의 사유다. 그날도 수도원 수사들이 만든 베네딕도 소시지와 담백한 우유로 아침을 들었던 아름다운 꽃자리였다.

램프와 빵

∘ 기형도

고맙습니다.
겨울은 언제나 저희들을
겸손하게 만들어 주십니다.

이제 기형도는 작가를 꿈꾸는 문청들에게는 통과제의의 성소聖所다. 근간에 가장 많이 팔린 시집 중에서 1위가 윤동주 시집이고, 2위가 기형도 시집이다. 그는 나의 대학 선배로, 나는 그를 늘 '형'이라 부르며 같은 서클에서 지냈다. 그는 안타깝게도 1989년 3월, 29세라는 나이로 먼 여행을 떠났다. 그가 떠난 자리에 유작 시집《입 속의 검은 잎》(문학과지성사, 1989)이 그 대신 우리에게 찾아왔다.

언젠가 앨범을 보다가 그와 함께 찍은 사진을 보았다. 남세스러우나 기억이 살아 있는 동안 몇 자 남겨 놓고픈 마음을 미룰 수 없다. 지금부터 쓰는 글은 오로지 내가 읽는 독법일 뿐이다.

'기형도' 하면 생각나는 시는 〈엄마 걱정〉이라고들 한다. 중학교 교과서에 실려 있는 비교적 쉬운 시라서 널리 알려졌지만, 기형도 문학의 정점은 아니다. 다만 그의 유년기를 이해할 수 있는 작품이며, 쉽게 기형도에게 다가갈 수 있는 소품이다.

열무 삼십 단을 이고

시장에 간 우리 엄마

안 오시네, 해는 시든지 오래

나는 찬밥처럼 방에 담겨

아무리 천천히 숙제를 해도

엄마 안 오시네, 배추잎 같은 발소리 타박타박

안 들리네, 어둡고 무서워

금간 창틈으로 고요히 빗소리

빈 방에 혼자 엎드려 훌쩍거리던

아주 먼 옛날
지금도 내 눈시울을 뜨겁게 하는
그 시절, 내 유년의 윗목

<엄마 생각> 전문

이 시는 《입 속의 검은 잎》 맨 뒤에 실려 있다. 어린 시절의 엄마에 대한 회상을 바탕으로 쓴 작품이다. 가난한 어린 시절에 시장에 나간 엄마를 기다리며 "찬밥처럼" 방에 담겨 혼자 엎드려 훌쩍거리는 아이가 화자로 등장한다.

캄캄해지도록 돌아오지 않는 엄마를 기다리는 화자의 마음이 "안 오시네", "엄마 안 오시네", "안 들리네"라는 부정어로 표현되어 있다. 엄마가 없다는 두려움뿐 아니라 엄마에 대한 걱정도 깊어지고 있다. 엄마는 "배추잎 같은 발소리 타박타박"으로 존재한다. 아이가 겪고 있는 외부는 "어둡고 무서"운 상황이다. 아이는 "금간 창 틈으로 고요히 빗소리"로 다가오는 외부를 경계한다. "발소리", "빗소리"라는 소리 이미지, 노래 부르기를 좋아했던 기형도 시에는 소리 이미지가 가득하다. "소리나는 것만이 아름다울 테지"(〈종이달〉), "나의 노래 죄다 비극이었으나"(〈가수는 입을 다무네〉), "소리에도 뼈가 있다"(〈소리의 뼈〉) 등에 소리 이미지는 계속 나타난다.

잘 알려지지 않은 사실인데 기형도는 아버지가 돌아가신 뒤에 고아원에서 지낸 적이 있다. 그 체험이 소설 〈영하의 바람〉(1979)에 잘 나온다. 소설 앞부분은 목사님의 안내로 누이와 버스를 타고 고아원으로 향하는 버스 안 장면이다. 소설에서 "구정을 쇠고 이틀 후에" 아버지가 쓰러져 중풍 환자가 된다. 아버지는 식물인간처럼 누워만 있다가, 큰누나가 고등학교 2학년, 둘째 누나가 중학교 3학년 때인 어느 해 "냇가 건너 밭은 아버지 입원비로 헐값에 팔린 채" 가족의 품을 떠난다.

　　이 이야기에 기형도 시인 가족이 겪은 실화가 겹친다. 1960년 3월 13일 경기도 옹진군 연평리에서 태어난 기형도의 가족은 이주민이었다. 부친의 고향은 연평도에서 건너다보이는 황해도 벽성군인데 한국전쟁 당시 연평도로 건너왔다. 면사무소에서 근무하던 아버지는 기형도가 다섯 살 때인 1964년 당시 경기도 시흥군 소하리(현 광명시 소하동 701-6) 안양천변으로 이사했다.

　　공간적 이동은 결국 가족의 문제가 되는데 기형도의 가족은 근교 농업이 성하고 동시에 공장과 판자촌이 모여드는 도시 변두리의 마을에서 살아야 했다. 3남 4녀 중 막내로 당시 부친은 황해도에서 피난 온 후 교사를 거쳐 공무원으로 재직했다. 서해안 간척사업에 실패한 부친이 유랑 후 경기도로 이사한 것이다. 급속한 산업화에 밀린 철거민, 수해 이재민이 정착촌을 이루었던 소하리는 아직까지 도시 배후의 전형적인 농촌의 모습을 가지고 있다. 가난한 집안 환경과 아픈 아버지, 장사하는 어머니, 직장을 다니는 누이 등 어두웠던 어린 시절의 기억은 그의 소설의 원체험을 형성하고 있다.

> 그해 늦봄 아버지는 유리병 속에서 알약이 쏟아지듯 힘없이 쓰러지셨
> 다. <위험한 가계·1969>

시에서 아버지가 쓰러진 시점을 "그해 늦봄"이라 썼는데, 소설
에서는 "아버지가 구정을 쇠고 나서 이틀 후에 쓰러지던 날"로 비교
적 정확히 나와 있다. "유리병 속에서 알약이 쏟아지듯 힘없이 쓰러
지"신 아버지와 지내야 하는 아이에게, 또 그 아픔을 지니고 자란 청
년에게 현실은 가혹했다. 80년대 노동시와 투쟁시의 현장이 따로 있
는 것이 아니라, 함께 사는 가족 자체가 노동과 투쟁의 현장이었을
것이다. "아버지, 불쌍한 내 장난감/ 내가 그린, 물그림 아버지"(〈너무
큰 등받이의자〉) 등 중풍을 앓는 아버지 모습은 기형도 작품 곳곳에
나타난다.

소설 〈영하의 바람〉에서 창호라는 아이가 평범한 가정에서 태
어났다. 그러나 아버지가 중풍으로 자리에 눕고 어머니가 자식 넷을
혼자 키울 수 없기 때문에 창호와 누나 현희가 고아원으로 보내졌다.

> '소사성육원'은 버스 정류장에서 그리 멀지 않았다. 김 목사님은 아치 모
> 양의 함석으로 테를 두른 고아원 정문을 눈짓으로 가리키셨다. 192면

소설에서 '소사성육원'이라는 명칭이 명확히 나온다. 놀랍게도

'소사성육원'은 실제 있었던 고아원이었다. 기록에 따르면 1954년 5월 박양보 목사가 이북에서 넘어온 고아 20여 명을 임성현 소사중앙장로교회 전도사에게 부탁하여 고아원으로 시작되었다고 한다. 1957년 1월 14일 사회복지법인 백십자사 설립 인가를 받았고, 1957년 5월 27일 재단법인 산하 '소사성육원'이 육아시설로 인가받았다.

1960년대 한국에서는 여러 사정으로 고아원에 보내지는 아이들이 적지 않았다. 꼭 부모가 없어 고아원에 가는 것이 아니라, 부모가 아이를 부양할 수 없을 때도 고아원에 보내졌다. 기형도뿐만 아니라, 도로시라는 혼혈 소녀도 고아원에 보내졌다.

네가 고아원으로 떠나던 날의 그 이슬비를 아직도 나는 기억한다. 네가 떠나자 우리는 얼마나 슬펐는지 모른다. <도로시를 위하여>

소사성육원, 현재는 부천 지역인 이곳 변두리는 도시도 농촌도 아니다. 대규모 공단이 들어서면 인구가 급증한다. 화이트칼라와 하이테크 산업이 대도시에 모여 있다면, 산업체 공장들에 다니는 블루칼라는 변두리 지역에 산다. 소사는 교외에 있어 제2지역으로 차별받는 곳이었다. 이곳에 사는 사람들은 중심부에 진입하지 못한 이주민, 수재민, 노동자(현재는 외국인 노동자) 같은 주변인이었다. 이들은 대도시에 사는 상층부 사람들을 위해 건축노동자, 경비원, 가정부 등으로 복무한다. 기형도는 이 지역 사람들의 마음을 소수민의 정서로

가을

표현한다.

연평도에서 태어난 기형도 가족이 택할 수 있었던 종교는 당시 가톨릭밖에 없었다고 한다. 가족들이 모두 영세를 받았으나 기형도가 5살 때였던 1965년 육지로 이사 오면서 모두 교회를 다니기 시작한다. 기형도는 소하리 그러니까 지금의 광명시 안동네에 있는 교회를 다닌다. 7살 위의 큰누이 손을 잡고 교회에 나갔다고 한다.

기형도의 가족에 비극이 겹친다. 기형도의 셋째 누이가 고등학교 2학년 때 비참한 사건으로 사망한다. 2주 뒤 잡힌 범인은 남매가 함께 다니던 교회의 청년 신도였다고 한다. 당시 중학교 3학년생으로 사춘기 소년이던 기형도에겐 평생의 트라우마로 남은 사건이었다. 기형도의 시에 비극적인 장면이 비유하듯 살짝 등장한다.

> 몇 가지 사소한 사건도 있었다.
> 한밤중에 여직공 하나가 겁탈당했다.
> 기숙사와 가까운 곳이었으나 그녀의 입이 막히자
> 그것으로 끝이었다.
>
> <안개> 부분

독실한 크리스천이던 기형도는 이후 종교를 버렸고, 그 대신 염세적 실존주의 철학자라 할 쇼펜하우어와 키르케고르의 철학에 빠져들었다. 기형도의 시에는 안개와 먼지와 가난과 어둠이 서려 있다.

거기서 끝나지 않는 게 기형도 문학의 숨은 비밀이다. 그 가난과 어둠과 죽음은 빛을 향해 비밀스럽게 열려 있다.

> 어머니. 제일 긴 밤 뒤에 비로소 찾아오는 우리들의 환한 家系를. 봐요 용수철처럼 튀어오르는 저 冬至의 불빛 불빛 불빛. <위험한 가계·1969>
> 신작로는 다시 맹렬한 기운으로 타오르기 시작했다. 창밖으로 똑같은 풍경들이 바람처럼 획획 스쳐갔다. 잘 있어, 잘 있어, 나는 중얼거리며 꿈꾸듯이 천천히 눈을 감았다. 소설 <영하의 바람>
> 아이들은 무럭무럭 자라 모두들 공장으로 간다. <안개>

극적인 반전을 이루는 표현들이다. 여기에 기형도 식의 에피파니가 있다. 그의 시에서 어둠과 죽음은 부활과 희망을 강조하기 위해 출연한다.

> 미안하지만 나는 이제 희망을 노래하련다. <정거장에서의 충고>

"미안하지만"이라고 시인은 대뜸 독자에게 말을 건다. 파블로 네루다가 〈시〉에서 "그러니까"라는 말로 독자를 끌어들이듯, 느닷없이 "나는 이제 희망을 노래하련다"고 쓴다. 정말 희망을 노래하려는 것일까. 읽어 보면 희망은커녕 "느린 속도로 사람들이 죽어"가고. "많은 나뭇잎들이 그 좁고 어두운 입구로 들이닥"치는 비극만 보여 준다. 그가 희망을 노래하겠다는 것은 너무도 절망적이기에 하는 말

가을

일 수 있다. 내일 가스실로 들어가는 아우슈비츠에서 희망을 버리지 말자는 혼잣말 같은 것일까.

대학 시절 나는 그의 노트를 본 적이 있다. 그림을 잘 그렸던 그는 친구들 얼굴을 카툰처럼 그려 주기도 했다. 그의 노트에는 자작곡 악보도 있었고, 독후감이나 시론도 깨알처럼 적혀 있었다.

세상에는 모든 순간을 희망으로 해석하는 진보주의자도 있고, 무조건 제 살 길만 찾는 냉소주의자도 있다. 그렇지만 분명한 것은 이 시대와 인간의 궁극적인 비극을 응시하는 기형도 식의 비극적 리얼리스트도 분명히 있다는 것이다. 또는 어떤 길도 가지 못하는 잉여 인생들에게 함께 아파하는 위로가 될 수 있다. 자신을 자조적으로 보는 절망적 나르시시즘의 미학도 기형도 시에 녹아 있다. 종말론적인 묵시문학의 비밀이 기형도 문학의 매혹이다. 〈램프와 빵〉 전문을 읽어 보자.

고맙습니다.
겨울은 언제나 저희들을
겸손하게 만들어 주십니다.

첫 행에서 느닷없이 "고맙습니다"란다. 도대체 누구에게 감사하는 말일까. 교회와 성당을 오가며 다녔던 그의 무의식에 있는 '숨은 신'일까. 어떤 초자아가 아니더라도, 그의 운명이라 해도 괜찮겠다. 감사하는 이유는 겨울이 있기 때문이란다.

겨울이라는 단어는 왠지 기형도 시의 분위기와 어울린다. 그의 시에는 겨울이 많이 나온다. "아저씨는 불이 무섭지 않으세요"(〈쥐불놀이-겨울판화.5〉), "가난한 아버지, 왜 물그림만 그리셨을까"(〈너무 큰 등받이 의자-겨울판화.7〉), "지난 겨울은 빈털터리였다"(〈겨울, 우리들의 도시〉), 이외에 제목만 나열해도 〈얼음의 빛〉, 〈도시의 눈〉, 〈진눈깨비〉, 〈겨울눈 나무숲〉, 〈이 겨울의 어두운 창문〉 등 겨울이 많다.

'겨울=어둠=죽음'은 비슷한 이미지 덩어리로 뒤섞여 나타난다. "곰팡이 피어나는 어둡고 축축한 세계"(〈오래된 書籍〉), "검고 무뚝무뚝한 나무들 사이"(〈안개〉), "검은 구름"(〈정거장에서의 충고〉), "검은 페이지"(〈오래된 書籍〉), "입 속에 악착같이 매달린 검은 잎"(〈입 속의 검은 잎〉) 등 그의 삶에는 온통 회색빛 검은 어둠이 자리 잡고 있다.

가난한 유년, 일찍 돌아가신 아버지, 생각지도 못한 고아원 생활, 게다가 누이의 비극적 죽음 이후에도 대학에 입학하여 겪었던 5.18 광주 민주화 항쟁은 그의 시를 죽음으로 더욱 향하게 했다.

겨울의 설움은 힘겨운 삶을 겸허하게 만들고, 어둠의 절망은 희망을 갖게 만든다. 그 겸허와 희망은 '램프와 빵'이라는 제목을 보면 느껴진다. 램프와 빵은 생명을 유지하기 위한 가장 기본적인 도구다. 생존을 얻기 위해 노동을 하는 어떤 소수자를 생각하게 한다. "고맙습니다"라는 말은 제목과 합창한다. 끔찍한 절망 속에서도 램프 앞에서 빵을 대할 수 있다니. 당시 민중시 같은 직설적인 연대감을 촉구하지는 않지만, 오히려 근원에서 인간 마음속 공감의 연대를 절실하게 끌어내고 있는 시다.

기형도는 어둠, 겨울, 절망, 죽음을 얘기하면서 다음 시대에도 어둠, 겨울, 절망, 죽음이 이어지리라 말한다. 그러면서도 기형도는 "겨울"로 대표되는 어둠에서 "고맙습니다"라며 희망을 발견한다. 숱한 절망들이 우리에게 "겸손하게 만들어 주십니다"라는 역설적 힘을 주며 희망으로 다가온다.

희망의 노래를 너무 쉽게 쓰면 절망에게 미안하겠다. 가장 절망적인 순간에 희망을 노래하는 것은 절망에게 얼마나 미안한가. 또한 절망이 있어 삶을 깨닫는 것은 얼마나 다행스럽고 고마운가.

유튜브— 시인 기형도, 세상에 밑줄 그어야 한다

동물을 위한 기도

○ 알베르트 슈바이처

오 하나님, 저희의 겸허한 기도를 들어주세요.
우리 동물 친구들,
특히 고통받는 동물들을 위해 기도합니다.

혹사당하고, 굶주리고
잔인하게 다뤄지는 모든 동물,
사냥꾼에게 쫓기며 길 잃은 동물,
혹은 버려지거나, 무서워 떨거나 굶주리는 동물,
죽음을 맞이할 수밖에 없는
그 모든 동물을 위해 기도합니다.

모든 동물들에게 주님의 자비와 사랑을 주세요.
동물을 대하는 모든 사람에게
자비와 부드러운 손길과 친절한 말을 주세요.
저희 자신이 동물의 진실한 친구가 되도록,
축복과 은총을 나눌 수 있게 해주세요.

온갖 전염병으로 가축들이 살처분된다. 살처분에 참여한 공무원들은 죽어 가는 수많은 짐승의 울부짖는 소리를 듣고, 흙 속에서도 빛나는 눈물 젖은 눈동자를 보고는 정신적 트라우마에 시달린다고 한다. 공무원들에 앞서 가축을 가족처럼 키워 온 농장주들은 아들이나 딸이 살해되는 듯한 충격을 받는다. 염병이 퍼지는 배경에는 생태계의 질서를 무시한 인간의 무지막지한 폭력적 개척이 있다.

우리 주변의 우주와 꽃과 짐승은 모두 인간처럼 생명이 있는 존재이고, 이 우주라는 큰 누리와 인간이라는 작은 누리가 하나가 될 때 염병 없는 세상이 가능하겠으나, 이제 상황은 절망적이다. 이제라도 동물들을 위해 손 모아 본다.

독일의 신학자이며 의사이며 오르간 연주자인 슈바이처(Albert Schweitzer, 1875~1965) 박사는 1875년 1월 14일에 태어났다. "동물을 위한 기도"는 슈바이처 박사의 기도로 널리 알려져 있는 기도문이지만, 아쉽게도 슈바이처가 이 기도를 했다는 기록은 없다고 한다. 슈바이처가 쓴 책에는 다음과 같은 3행의 기도문만 등장할 따름이다.

하늘에 계신 아버지, 숨쉬고 있는 모든 것을 지켜 주시고 축복하소서.
모든 악에서 그들을 지켜 주세요.
그리고 그들이 평화롭게 자게 해 주세요.

동물을 위한 기도는 슈바이처가 썼던 기도문과 다를지 모르나, 생명을 중시했던 슈바이처라면 당연히 이런 기도를 수없이 했으리라. 알베르트 슈바이처는 "윤리란 모든 생명에 대한 무한히 확대된 책임이다"라고 했다. 사람에게만 윤리를 행할 것이 아니라, 숨쉬고 있는 모든 생명에게 윤리를 행해야 한다는 말이다.

1, 2연을 보면 고통당하는 동물을 위해 기도하는 마음이 드러난다. "사냥꾼에게 쫓기며 길 잃은 동물"이라는 구절로 보아 아마도 아프리카에서 무참하게 학살당하는 동물들을 시인은 목격하지 않았을까. 지금도 그렇다. 연말연시가 되면 새로운 마음으로 가족과 국가, 사회를 위해서 기도하지만, 솔직히 동물을 위해 우리는 몇 번이나 기도할까. 인간보다 하찮게 여겨지는 동물을 위해 기도하는 게 사치일 수도 있지만, 농촌에서는 정말 소나 염소를 위해 기도할 때가 있다. 구제역 등 전염병이 돌 때마다 "죽음을 맞이할 수밖에 없는" 동물들이 얼마나 많은가.

인간에게 동물은 단순한 먹이를 넘어 함께 사는 가족이기도 하다. 영혼이 없는 존재이며 구원의 대상이 아닐 수도 있지만, 절대자가 인간에게 맡기신 피조물에 대한 기도는 쓸데없는 행위라고 할 수 없겠다.

3연에서 시인은 모든 동물에게 주님의 자비와 사랑을 달라고 간구한다. 노아 홍수 이후, 하나님은 다시는 물로 인간을 심판하지 않겠다며 무지개로 약속하시는데, 중요한 구절은 "땅의 모든 생물에게 언약을 세운다는" 표현이다(창세기 9:9~10). 하나님은 인간만의 하나님이 아니다. 고양이나 토끼나 암소나 강아지도 하나님은 돌보신다. 세상의 모든 피조물은 하나님의 품 안에 있음을 시인은 절감하고 있었을 것이다.

여기서 시인은 한 단계 더 나아간다. "저희 자신이 동물의 진실한 친구가 되도록" 간구한다. 하나님이 인간에게 맡겨 주신 동물을 학대하거나 자연을 고갈시키는 것이 아니라, 관계를 맺으며 지켜야 할 것이다. 동물들을 위한 기도는 바로 인간 자신을 위한 기도이기도 하다.

재앙이 회복으로 바뀌다

◦ 미가

1 재앙이로다, 나여. 나는 여름 과일을 딴 후와 포도를 거둔 후 같아서
먹을 포도송이가 없으며 내 마음에 사모하는 처음 익은 무화과가 없
도다.

2 경건한 자가 세상에서 끊어졌고 정직한 자가 사람들 가운데 없도다.
무리가 다 피를 흘리려고 매복하며 각기 그물로 형제를 잡으려 하고

3 두 손으로 악을 부지런히 행하는도다. 그 지도자와 재판관은 뇌물을
구하며 권세자는 자기 마음의 욕심을 말하며 그들이 서로 결합하니

4 그들의 가장 선한 자라도 가시 같고 가장 정직한 자라도 찔레 울타
리보다 더하도다. 그들의 파수꾼들의 날 곧 그들 가운데에 형벌의
날이 임하였으니 이제는 그들이 요란하리로다.

5 너희는 이웃을 믿지 말며 친구를 의지하지 말며 네 품에 누운 여인
에게라도 네 입의 문을 지킬지어다.

6 아들이 아버지를 멸시하며 딸이 어머니를 대적하며 며느리가 시어
머니를 대적하리니 사람의 원수가 곧 자기의 집안 사람이리로다.

7 오직 나는 여호와를 우러러보며 나를 구원하시는 하나님을 바라보
나니 나의 하나님이 나에게 귀를 기울이시리로다.

8 나의 대적이여 나로 말미암아 기뻐하지 말지어다. 나는 엎드러질지
라도 일어날 것이요 어두운 데에 앉을지라도 여호와께서 나의 빛이

되실 것임이로다.

9 내가 여호와께 범죄하였으니 그의 진노를 당하려니와 마침내 주께서 나를 위하여 논쟁하시고 심판하시며 주께서 나를 인도하사 광명에 이르게 하시리니 내가 그의 공의를 보리로다.

10 나의 대적이 이것을 보고 부끄러워하리니 그는 전에 내게 말하기를 네 하나님 여호와가 어디 있느냐 하던 자라. 그가 거리의 진흙 같이 밟히리니 그것을 내가 보리로다.

11 네 성벽을 건축하는 날 곧 그날에는 지경이 넓혀질 것이라.

12 그날에는 앗수르에서 애굽 성읍들에까지, 애굽에서 강까지, 이 바다에서 저 바다까지, 이 산에서 저 산까지의 사람들이 네게로 돌아올 것이나

13 그 땅은 그 주민의 행위의 열매로 말미암아 황폐하리로다.

재앙이로다.

팬데믹 상황에는 어떤 일이 벌어질까. 2021년 새해 모임에서 사랑예인교회 김지선 목사님의 말씀을 들었다. 미가서 7장 1절 말씀이었다. 아주 와 닿는 말씀이었기에 김 목사님의 말씀에 내 묵상을 조금 붙여서 기록해 둔다.

'재앙'이란 갑자기 터지지 않는다. 쌓이고 쌓이고, 축적되고 축적되어 어느 순간 터져 버리는 것이 재앙이다. 전염병이든 정치적 재앙, 전쟁이든, 자연재해든, 미가서 7장은 인간이 '재앙'을 당하면 어떤 일을 만나게 되는지 너무도 자세히 언급하고 있다. 지옥이 따로 없다.

있어야 할 것이 없다. 가진 것 없는 사람들이 식량으로 사용할 수 있는 것이 무화과 열매인데, 그것마저 없는 상황이다. 있어야 할 사람이 없고, 없어야 할 사람이 넘친다. 기괴한 세상은 "경건한 자가 세상에서 끊어졌고 정직한 자가 사람들 가운데 없"는 지옥이다.

악은 부지런히 행하여 요즘 말로 정경유착, 검언유착의 적폐가 팽배했다. "그 지도자와 재판관은 뇌물을 구하며 권세자는 자기 마음의 욕심을 말하며 그들이 서로 결합"하며 부패와 부패가 서로 결합하는 상황이다.

선한 사람이 있을 법한데, 상황은 심각하다. "가장 선한 자라도 가시 같고 가장 정직한 자라도 찔레 울타리보다 더하도다." 선해 봤자 가시, 정직해 봤자 찔레 울타리처럼 차갑기만 하다. 재앙 시대에는 인간다운 인간이 거의 사라져 버린다. 가족은 완전히 파괴되어 아

가을

들이 아버지를 멸시하고, 딸이 어머니를 대적하며, 며느리가 시어머니를 헐뜯는다.

재앙 시대에 미가의 행동은 명확하다. 7절이 전환점이다.

> 오직 나는 여호와를 우러러보며 나를 구원하시는 하나님을 바라보나니 나의 하나님이 나에게 귀를 기울이시리로다. 미가 7:7

"오직"은 히브리어 반어접속사 '와우 *waw*'를 옮긴 것으로, '그러나'라는 뜻이다. 이스라엘의 부패사회에 물들지 않고 전혀 다른 자세로 살겠다는 미가의 의지다. "그러나 나는"이라고, 정반대로 살겠다고 선언하는 것이다. 여기서 동사가 두 개 나온다. 여호와를 "우러러보며", 하나님을 "바라보나니"라는 동사다. '우러러보며'의 히브리어는 '아차페'로, '차파아' 동사의 강의형 1인칭이다. '차파아'는 망대에서 파수꾼이 '지켜보다', '파수하다'라는 뜻이다. 파수꾼이 망대에서 졸지 않고 망보듯이, 한눈팔지 않고 주목하는 태도를 의미한다. '바라보나니'는 '야할 *yachal*'로, '희망하며 기다린다'는 뜻이다. 나라가 완전히 황폐하고 멸망한 후, 인간이 할 수 있는 방법에 대해 성경은 하박국의 말씀으로 답한다.

> 비록 무화과나무가 무성치 못하며 포도나무에 열매가 없으며 감람나무에 소출이 없으며 밭에 식물이 없으며 우리에 양이 없으며 외양간에 소가 없을찌라도 나는 여호와를 인하여 즐거워하며 나의 구원의 하나님을

인하여 기뻐하리로다. 하박국 3:17~18

하박국 선지자는 기뻐하는 태도를 포함시킨다. 성경은 재앙 시대에 해야 할 일을, 첫째 여호와를 우러러보고(아차페), 둘째 하나님을 바라보고(야할), 셋째 기뻐하는 자세를 말한다.

여호와 하나님을 우러러보며 바라보는 태도는 관념적으로 보일 수 있다. 이는 쉽게 말하면 죄 짓고 사는 태도를 거부한다는 뜻이다.

기뻐하는 태도도 상당히 의미 깊다. 코로나바이러스 시대인 요즘 '코로나 우울증'이 심각하다. 성경에서도 볼 수 있듯 서로 예민해져서 사람들끼리 싸우기도 하고, 가족들이 서로 무시하기도 한다. 이때 기뻐하는 태도로 재앙을 이기는 것은 기본이라 할 수 있겠다.

이런 태도를 가질 때 이제 재앙 시대는 회복의 날을 맞이한다. "앗수르에서 애굽 성읍들에까지, 애굽에서 강까지, 이 바다에서 저 바다까지, 이 산에서 저 산까지"(미가 7:12) 회복될 거라고 미가는 예언한다. "앗수르에서 애굽 성읍들"까지는 지도를 보면 북쪽으로 앗시리아 제국에서 남쪽으로 이집트까지를 말한다. "애굽에서 강까지"는 이집트에서 현재 이라크 지역인 유프라테스 강까지를 가리킨다. "이 바다에서 저 바다까지"는 서쪽의 지중해부터 동쪽 아라비아 바다까지를 말한다. 그야말로 세계 전체에 회복의 역사가 있을 거라는 예언으로 보인다. 세계만방에 회복의 평화와 기쁨이 전해지는 것이다.

21세기 팬데믹 재앙 시대에 미가서 7장을 읽으며, 전염병뿐만 아니라, 모든 인간관계가 뒤틀어진 상황을 맞닥뜨린다. 2천 5백여 년 전 미가가 재앙 시대를 극복했듯이, 21세기 팬데믹 재앙 시대에 마스크가 필요 없는 회복의 시대를 빨리 만나기를 고대해 본다. 재앙이 회복으로 바뀌기를 기도한다.

11월

밀알 한 알 ▶ 전태일

나는 부귀영화를 가볍게 여길래 ▶ 에밀리 브론테

나의 주 ▶ 김종삼

어부 ▶ 김종삼

12월

크리스마스 기도 ▶ 헨리 나우웬

진정한 크리스마스 ▶ 오스카 로메로

그리스도의 탄생 ▶ 모한다스 카람찬드 간디

눈감고 간다 ▶ 윤동주

백설자작나무 숲에서 여럿이 손 모아

밀알 한 알

∘ 전태일

이 결단을 두고 얼마나 오랜 시간을 망설이고 괴로워했던가? 지금 이
시각 완전에 가까운 결단을 내렸다. 나는 돌아가야 한다. 꼭 돌아가야
한다. 불쌍한 내 형제의 곁으로, 내 마음의 고향으로, 내 이상의 전부
인 평화시장의 어린 동심 곁으로. 생을 두고 맹세한 내가, 그 많은 시
간과 공상 속에서, 내가 돌보지 않으면 아니 될 나약한 생명체들. 나
를 버리고, 나를 죽이고 가마. 조금만 참고 견디어라. 너희들의 곁을
떠나지 않기 위하여 나약한 나를 다 바치마. 너희들은 내 마음의 고향
이로다.

오늘은 토요일. 8월 둘째 토요일. 내 마음에 결단을 내린 이 날. 무고
한 생명체들이 시들고 있는 이때에 한 방울의 이슬이 되기 위하여 발
버둥치오니, 하느님, 긍휼과 자비를 베풀어 주시옵소서.

《전태일 평전》, 돌베개, 2001, 229면

전태일이라는 이름 석 자를 마주하면 전혀 편하지 않다. 그가 50년 전에 근로기준법을 들고 외쳤던 인간의 권리가 아직도 온전하지 않기 때문이다. 화력발전소 김용균 사건이나 구의동 전철역 사건, 아직도 15시간 이상 일하는 택배 노동자들, 파쇄기에 끼어 죽는 비정규직 노동자들, 이 시기에 피하고 싶은 기표다. 피하고 싶으면서도 꼭 보겠다고 벼르던 다큐멘터리를 이제야 봤다.

사실 나는 인물을 형용하는 어떤 표현을 그리 좋아하지는 않는다. 자칫 그 인물의 넓은 영역을 그 표현이 좁혀 놓을 수 있기 때문이다. 가령 민족 시인, 농민 시인, 불교 시인, 기독교 시인, 이런 식의 표현이 그의 넓은 삶을 곽 안에 가둘 수 있기 때문이다.

"기독청년 전태일"

CBS TV에서 제작한 전태일 50주기 특집 다큐멘터리의 제목이다. 이 제목에도 비슷한 반감이 생긴다. '기독'이란 단어가 최근에 더 부정적인 이미지로 더럽혀졌기 때문이다. 왜 제목에 "기독청년"이라는 이름을 붙였을까.

CBS TV의 주요 시청자들은 비신자보다는 신자들이 훨씬 많다. '기독교'라는 호칭을 좋아하는 신자-시청자를 향한 이름일까. 기독교를 '개독교'로 만든 무리에게 무엇이 진짜 예수의 삶을 따르고 밀알로 살아가느냐는 문제 제기일까.

아니 개독교가 아니더라도, 그냥 기독교가 이 세상에 저지른 범죄들이 셀 수 없이 많은데, 왜 전태일 이름 앞에 하필 '기독청년'이라는 이름을 붙이냔 말이다.

겨울

지금까지 내가 쓴 투정이 맞는 물음일까.

짜증스러운 투정을 몰아내는 묘비 사진을 보자. '기독청년'이라는 표현은 CBS TV에서 만든 조어가 아니다. 전태일 묘비에 정확히 쓰여 있는 단어다. 그의 가족과 어머니가 묘비석에 원해서 올린 단어다. 전태일 묘비 맨 위에는 "기독청년"이라고 가로로 새겨 있고, "삼백만 근로자 대표"라고 세로로 새겨 있다. 이 다큐멘터리는 "기독청년"을 만든 사회를 드러내는 한 편의 고현학考現學이다.

1.

도봉동에서 7시 버스 타고 평화시장으로 가서 아침 8시부터 밤 11시까지, 매일 14~16시간 일하는 벌레 같은 미싱사와 시다들, 종일 쪽가위로 실밥을 뜯느라 손에 지문이 다 지워졌다. 천을 자르고 미싱을 돌리는 이들 콧구멍에는 실 먼지가 들어앉고, 도시락을 열면 밥 위에 먼지들이 내려앉는다. 깜빡 졸면 미싱 바늘이 손가락을 관통하므로 잠을 몰아내려고 '타이밍'이라는 각성제를 먹으면서 일하는 아이들, 닭장의 닭 떼들이었다. 이 다큐에는 전태일(1948~1970)의 친구 김영문부터 시작해서 많은 이들의 증언이 나온다.

정말 하루하루가 못 견디게 괴로움의 연속이다. 아침 8시부터 저녁 11시까지 하루 15시간을 칼질과 아이롱질을 하며 지내야 하는 괴로움, 허리가 결리고 손바닥이 부르터 피가 나고, 손목과 다리가 조금도 쉬지 않고 아프니, 정말 죽고 싶다. '전태일 일기'에서

"기독청년-삼백만 근로자 대표" 전태일

교회에서 양말이 없는 아이들을 보면 자기 양말을 벗어 주었다. 자기 월급을 털어 어린 여공들에게 풀빵을 사서 나눠 주고, 자신은 집까지 갈 버스비가 없어서 먼 길을 걸어갔다는 이야기는 잘 알려져 있다. 전태일을 떠올릴 때 그 마지막의 끔찍한 일만 떠올려선 안 된다. 그 과정에 이를 수밖에 없었던, 그리고 그가 어떻게 살았는지 그 과정을 봐야 한다.

기계가 고장나면 곧바로 수리라도 받을 텐데, 그들은 병들면 그것으로 버림받았다. 기계보다도 못한 노예들이었다. 전태일은 어린 여공이 피를 토하는 것을 보고 부조리한 세상에 눈을 뜬다.

겨울

하나님이 만드신 만물의 영장 즉 인간입니다. 다 같은 인간인데 어찌하여 빈한 자는 부한 자의 노예가 되어야 합니까. 왜? 빈한 자는 하나님께서 택하신 안식일을 지킬 권리가 없습니까? '전태일 일기'에서

그들은 최소한의 인간적 대우를 받지 못했다. 영광스러운 박정희의 제3공화국은 벌레가 된 인간에 의해 유지됐던 것이다. 쌍문동에 있는 창현교회에서 주일학교 교사를 하던 전태일은 1968년 말 근로조건 개선을 위한 재단사들의 모임을 만들자며, 모임 이름을 '바보회'로 정한다.

여태껏 기계 취급을 받으며 업주들에게 부당한 학대를 받으면서도 찍소리 한 번 못하고 살아 왔기에 "우리는 바보들이며, 이것을 우리가 철저히 깨달아야만 언젠가는 우리도 바보 신세를 면할 수 있다"고 설명했다. 젊은 재단사 10여 명이 서울 변두리에 있는 전태일의 판잣집에서 '바보회'를 만든다.

전태일은 "바보회 회장 전태일 서울특별시 성북구 쌍문동 208번지"라고 쓰여 있는 명함(13분 52초)을 만든다. 이어 설문지 작업을 시작한다. 그러다 1969년 여름 어느 날 그는 직장에서 해고당한다.

전태일은 평화시장에서 설문지를 돌려 근로기준법을 지키는지 노동자 스스로 쓰도록 했다. 부끄럽게도 나는 이 다큐에서 전태일이 만든 설문지를 처음 봤다. 유튜브에 있는 다큐 14분 11초를 정지해 자세히 봤으면 좋겠다. 가령 질문 8번을 보자.

8. 건강 상태는?

A 신경통. B 식사를 못한다. C 신경성 위장병. D 폐결핵. E 눈에 이상이 있다(날씨가 좋은 날은 눈을 똑바로 뜨지 못하고 눈을 바로 뜨려면 얼굴 상이 정상적이 아니다). F 심장병.

제시된 병명은 당시 시다들이 가장 많이 겪은 질병이었다. 전태일은 사회운동을 할 때 먼저 대중을 만나고 대중과 함께해야 한다는 것을 잘 알고 있었다. 어떤 교육을 받은 것도 아니요, 시다 생활을 하면서 몸소 체험한 방식이었다. 신자였기에 기독교적 표현도 나온다. 3번을 보자.

3. 왜 주일마다 쉬지를 못하십니까?

A 수당을 더 벌기 위하여, B 기업주가 강요하기 때문에, C 공장 규칙이니까.

일요일이 아니라 "주일"이라 쓴 것은 주일학교 교사였던 그에게는 자연스러운 표현이었으리라. 수당이나 기업주나 공장 규칙이라는 단어는 시다 생활을 했던 그 스스로 체험했던 밑바닥 경험에서 나온 단어다.

당연히 고용주들은 전태일을 경계했고 여러 번 마찰이 있었다. 이 일을 하면서 부조리한 시스템 뒤에는 업주 뒤에 근로감독관, 언론, 정치인이라는 거대한 클러스터가 있다는 것을 깨닫는다. 노사문제를 이제는 시스템의 관점에서 보기 시작한 것이다.

언론사와 노동청에 근로기준법을 지켜 달라는 호소문을 돌리고, 청와대에도 근로기준법을 지켜 달라고 투서한다. 애를 썼지만 상황은 바뀌지 않았다.

마침내 삼각산 임마누엘 기도원에서 공사를 하다가 마지막 기도를 일기에 남기고, 어린 동생들과 인간의 미래를 위해서 짧은 생을 던진다.

오늘은 토요일. 8월 둘째 토요일. 내 마음에 결단을 내린 이 날. 무고한 생명체들이 시들고 있는 이 때에 한 방울의 이슬이 되기 위하여 발버둥 치오니, 하느님, 긍휼과 자비를 베풀어 주시옵소서. 《전태일 평전》, 229면

1970년 8월, 짧은 기도문이지만 충격적이다. 이후 4개월 동안 전태일은 고민한다. 이때 그에게 다가온 성경구절은 모든 이를 살리는 "밀알 하나"(요한복음 12:24), "벗을 위하여 제 목숨을 바치"(요한복음 15:13)겠다고 다짐했을 것이다. 겟세마네에서 예수가 결단했다면, 삼각산 기도원에서 전태일은 결단한다.

그는 산에서 내려와 다시 평화시장으로 간다. 다시 설문지 작업을 하여 150여 장을 받는다. 여러 언론사에 어린 노동자들의 실체를 알린다. 드디어 1970년 10월 7일 〈경향신문〉에 "골방서 하루 16시간 노동 - 소녀 등 2만여 명 혹사… 거의 직업병… 노동청 뒤늦게 고발키로"라는 기사(18분 52초)가 실렸다.

신문에 나왔으니 전태일과 '바보회' 친구들은 이제는 해결될 줄 알고 얼싸안고 좋아했다. 그러나 근로감독관들은 "나라가 힘드니 서로 조금씩 희생하자"는 말도 안 되는 말로 얼버무렸다. 전태일은 이제는 다른 방도가 없다고 판단했다.

1970년 11월 13일 오후 1시 20분이었다.

시위하려는 친구들과 경찰과 기자와 시민 사이에서, 스물세 살한 젊은이가 불덩어리로 튀어나오며 외쳤다.

"근로기준법을 지켜라. 친구들아, 내 죽음을 헛되이 말아라."

2.

이 다큐는 고 강원룡 목사(1917~2006)의 1970년 11월 22일 방송 당시 실제 육성이 첫 내레이션으로 흐르고, 31분 31초에 그의 육성이 다시 나온다.

"스물세 살의 젊은 몸에다가 휘발유를 끼얹고 불타 죽어 가면서 내 죽음을 헛되지 않게 해 달라고 부탁을 하고 죽은 전태일 군의 죽음, 오늘의 기독교 교회가 단순하게 자살이니까 죄다 그런 카테고리 속에다가 집어 넣을 수 있냐 말입니다 (…) 스물세 살의 젊은 몸을 자기 주위에서 시달림을 당하고 천대를 받는 이웃을 위하여 자기가 할 수 있는 일을 다 하다가 다 하다가 최후에 최후에 아무것도 할 길이 없는 때 자기의 몸을 불살라가면서 호소를 하고 죽어간 그가 죄인입니까? 그렇지 않으면 이러한 사람들은 죄인이라고 딱지를 붙여 놓고 교회 문을 잠그고 들어가

겨울

있는 그들이 죄인입니까? 어느 쪽이 죄인입니까?

만일에 오늘 이 한국 땅에 정말 여기에서 우리들이 신앙의 눈을 가지고 예수 그리스도가 여기 이 모습을 본다면, 예수 그리스도는 오늘의 이와 같은 이 교회의 목사, 교회의 장로들에게 '아, 너희들이 참 잘했다. 내 몸 된 교회를 그렇게 신성하게 지켜야지'라고 할 것입니까. 아니면 이 죽어가는 이 청년과 함께 그 처참한 희생을 당하는 현실에 들어가 자기 몸을 희생시킬 분이 예수 그리스도라 생각하십니까. 여러분 도대체 어떻게 생각하십니까. 이 전태일 군이 죽어 가면서 '아, 배고프다' 하고 죽어간 그 목소리, 그리고 그가 '내 죽음을 헛되이 하지 말아 달라'고 한 그 슬픈 호소에 도대체 우리들은 뭐라고 대답을 할 생각을 가지고 여기서 예배를 드리는 것입니까.

이 비참한 상황은 어떤 사람이 픽션으로 쓴 소설을 이야기하는 것이 아닙니다. 바로 우리가 살고 있는 한국, 1970년 11월 바로 우리가 보고 있는 현실입니다. 이것이 우리의 가슴 속에 메아리치고, 우리가 여기에 대해서 어떤 분노를 느끼고, 우리가 여기에 대해서 어떤 죄책감을 느끼고, 우리가 여기에 대해서 사명감을 느끼지 못한다면, 우리는 밀알 하나가 아니라, 이미 돌멩이가 되어 버리고 만 것입니다. 우리는 이제 우리에게 있는 힘을 한데 모아서 진정으로 다시는 이러한 비극이 없도록 죽어 가면서도 우리에게 한 그 호소를 그리스도가 우리에게 하신 산 호소로 듣고, 그 죽음이 진정 헛되지 않게 하는 것 이것이 곧 그리스도의 복음을 현실적으로 이 땅에서 살려 나가는 밀알 하나로서 살아가는 길이라고 생각하는 것입니다."

부패한 한국 교회는 부끄러워해야 한다. 가난한 이를 외면한 지금 한국 대형교회가 죄인인가, 온 삶을 통해 풀빵을 나누고, 설문지를 돌리고, 어린 시다들을 위해 애쓴 그가 죄인인가.

하종강 교수는 "전태일 사망 후 청계피복노동조합이 만들어지고, '노동교실'이 개설된다. 노동교실이라는 단어가 이때 처음 쓰였다"고 증언한다(35분).

아들과 약속을 지키기 위해 평생 기도로 실천으로 살면서 구치소, 형무소, 중앙정보부에 끌려갔다가 살아 돌아온 이소선 여사는 교회에서 간증한다. (40분)

"이 모든 것을 겪으면서 보니까 예수보다 더 귀한 것은 없다는 찬송이 떠올라요. 사람이 불쌍한 사람 보고 불쌍한 줄 모르면 하나님이 내 맘에 없는 거예요."(41분 14초)

3.

전태일의 마지막 기도문을 만났을 때 나는 20대 중반이었다. 이 기도문을 읽고 그가 마지막 노가다를 했고, 마지막 결단을 했으리라고 생각한 삼각산 기도원을 찾아갔었다. 그 기도원이 아닐 수도 있는데 나는 며칠간 괜히 울적하게 지냈다. 거기서 눈이 쏟아지는 날 지은 노래가 〈곁으로〉라는 노래다. 그 생각을 확장해서 쓴 책이 졸저 《곁으로》(새물결플러스)다.

예전에 김동민 PD의 연출로 〈전태일의 크리스마스 선물〉을 제작한 적이 있다. 이 작품의 장점은 전태일의 어머니 이소선 여사의 삶과 신앙에 집중해서 만들었다는 점이다. 다만 두 가지 아쉬움이 있었다. 첫째 전태일의 친구들을 더 많이 영상에 담으면 좋겠다는 생각을 했었다. 전태일과 함께했던 1차 증언자들의 증언을 담는 것이 무엇보다도 필요했다. 둘째, 전태일의 동생 전태삼 선생 집에서 '전태일 일기'를 읽어 본 적이 있다. 작고 삐뚤삐뚤하고 잉크가 부분부분 날아가 판독하기 어려웠지만, 일기에 수많은 성서 묵상이 있었다.

"저의 메마른 심령 위에 향기로운 기름을 부어 주십시오."

"주 예수의 강림이 불원하니 일찍부터 우리 사랑함으로써 저녁까지 씨를 뿌려 봅시다."

"신의 은총만이 현 사회를 구할 수 있다."

아쉽게도 조영래 변호사가 《전태일 평전》을 쓸 때 기독교적 요소는 생략하고 썼다는 사실도 알았다.

두 가지 아쉬움이 이번에 〈기독청년 전태일〉(연출 이형준 PD)에서 명확히 해결되었다. 이번 다큐는 1차 증언자들의 증언을 주로 해서 제작했다. 전태일의 친구들(최종인, 김영문, 임현재, 이승철 등)과 가족(전태삼, 전순옥), 당시 여공들(이숙희, 최현미, 신순애, 곽미순)을 통해 평화시장의 열악한 실제 환경과 전태일의 행동들에 대한 구체적인 묘사들을 담아 냈다. 아울러 '전태일 일기'를 꼼꼼히 화면에 클로즈업해서 재현한다. 실제 '전태일 일기'를 대하면 낡은 종이에 쓰인 옛 문장을 읽는 어려움이 적지 않은데, 영상에서 이렇게 확실하게 보여 주니 얼마나 좋은지.

이번에도 빠진 부분이 있는데, 내가 '전태일 일기' 원본을 봤을 때, 전태일이 소설을 쓰려고 구상했던 메모가 있었다. 언젠가 '전태일 일기' 전편을 출판하면 그 부분을 누군가가 연구하면 좋겠다. 전태일 기념관에 근무하는 유현아 시인이 잘 해 주시리라 기대해 본다.

CBS TV는 매년 한 번씩 오랫동안 인생과 역사를 성찰하게 하는 다큐를 발표해 왔다. 연전에 독일 종교개혁가를 담은 다큐도 대단했다. 〈북간도의 십자가〉(연출 반태경 PD)에 이어 CBS TV에서 매년 명작을 제작하고 있다. CBS TV는 '다큐 콜렉션'을 따로 만들어야 한다.

러닝타임이 52분 55초인데 다 보는 데 거의 4시간 걸렸다. 어떤 책은 표지만 보고 지나치지만, 좋은 시집이나 산문집은 한 권 읽는 데 석 달 넉 달이 걸린다. 페이지마다, 아니 문장마다 깊은 주름이 있어, 빨리 읽을 수가 없다. 이 다큐들도 도대체 빨리감기를 할 수가 없다. 보다가 고개 숙이고, 보다가 기록해야 하니, 도저히 빨리 볼 수 없는 다큐다. 증언 하나하나가 화면을 정지시키게 한다. 좋은 책을 빨리 읽지 못하듯이, 나는 이 다큐를 단숨에 볼 수 없었다. 천천히 아주 천천히 멈춰 가며 봐야 할 다큐다.

유튜브 — 전태일의 크리스마스 선물

겨울

나는 부귀영화를 가볍게 여길래

◦ 에밀리 브론테

나는 부귀영화를 가볍게 여길래
사랑도 웃어넘길래
명예욕도 아침이면
사라질 한낱 꿈일 뿐

내가 기도한다면, 내 입술을 움직이는
단 한 가지 기도는
"제 마음을 지금 그대로 두시고
제게 자유를 주세요!"

그러네, 화살 같은 삶이 끝나갈 때
내가 갈망해온 오직 그것
삶에도 죽음에도 견디는 용기로
묶이지 않은 영혼으로 살기를

Riches I hold in light esteem

"Riches I hold in light esteem,
And love I laugh to scorn,
And lust of fame was but a dream
That vanished with the morn.

And if I pray, the only prayer
That moves my lips for me
Is, 'Leave the heart that now I bear,
And give me liberty!'

Yes, as my swift days near their goal,
'Tis all that I implore -
In life and death, a chainless soul,
With courage to endure."

2백여 년 전 패트릭 브론테 목사가 헌신했던 하워스 패리쉬 교회Haworth Parish Church, 지금은 '브론테 자매 기념관'으로 불리기도 하는 곳이다. 이 교회는 패트릭 브론테 목사가 키운 1남 5녀 중 소설가인 두 딸 브론테 자매가 태어나고 자란 곳이기도 하다. 언니 샬럿 브론테가 쓴 《제인 에어》(1847)는 자유롭고 강한 여성 주인공으로 인해 나오자마자 사랑받았지만, 동생 에밀리 브론테가 쓴 《폭풍의 언덕》(1848)은 나오자마자 비웃음을 샀다.

"나는 부귀영화를 가볍게 여길래"라는 문장으로 시작하는 이 기도문을 에밀리 브론테는 스물한 살이던 1841년에 썼다. 이 짧은 기도문은 그녀의 대표작 《폭풍의 언덕》과 서른 살이라는 그녀의 짧은 삶을 요약하는 듯하다.

서른 살의 나이로 요절한 에밀리 브론테는 남자 이름인 엘리스 벨Ellis Bell이라는 필명으로 소설을 발표했다. 여성이 책을 읽는 것조차 무시당하던 시대였다. 감히 여성 이름으로 책을 낸다는 것은 상상하기 어려웠던 시대였다.

"제게 자유를 주세요!"라는 호소가 이 기도문의 핵심이다. 여자 이름으로 책을 내는 것을 꺼렸던 시기였다. 몇 십 년 뒤 버지니아 울프가 등장한 뒤에야 여성들은 저자 이름에 자기 이름을 올릴 수 있었다. 여성에게 참정권도 없던 시대, 대학교에 다닐 수도 없었던 시대에 에밀리 브론테는 시집 《죄수The Prisoner》, 《내 영혼은 비겁하지 않노라No Coward Soul is Mine》를 낸다.

에밀리 브론테는 죽기 1년 전인 전 1847년, 29세 때 유일한 소설《폭풍의 언덕》을 출간한다. 폭풍의 언덕 즉 '워더링 하이츠'를 무대로 캐서린과 히스클리프의 비극적인 사랑, 에드거와 이사벨을 향한 히스클리프의 잔인한 복수가 펼쳐지는 이 소설을 영국 비평가들은 칙칙하고 흉측하기만 하다며 낮은 점수를 매긴다. "사랑도 웃어넘길래/ 명예욕도 아침이면/ 사라질 한낱 꿈일 뿐"이라는 고백은 텅빈 마음의 표현일까. 그전에 복수에 복수를 거듭하는《폭풍의 언덕》의 대주제, 부질없는 인간 욕망을 표현한 기도문 아닌가.

이 소설을 내고 에밀리의 건강 상태는 급속도로 나빠졌다. 그녀는 인간의 마지막을 "화살 같은 삶이 끝나갈 때"라고 표현하며, 인간의 욕망이 얼마나 보잘것없는 것인지 성찰했다. 30세의 에밀리 브론테는 1848년 12월 19일 폐결핵으로 짧은 생애를 마쳤다.

'비바람이 몰아치는 풍경'을 의미하는 '워더링wuthering'이라는 형용사가 에밀리의 삶을 암시하는 단어가 되었다. 여성에게 자유가 없던 시대에 그녀는 유일하게 "삶에도 죽음에도 견디는 용기로/ 묶이지 않은 영혼으로 살기를" 간구한다. 문학적으로 무시당해도 "견디는 용기로" 그악스럽게 살아가겠다고 한다. 칸트에 의하면, 자유란 자신이 선택한 목적을 실천할 수 있는 추동력이다. 여성이 제 마음대로 말하고 행동할 수 없었던 시대에, 칸트의 잣대로 재면, 그녀는 이미 자유로운 영혼이다.

아울러 그녀가 소설에서 많이 인용한 성경 말씀을 생각해 볼 수 있겠다.

"진리가 너희를 자유케 하리라"(요한복음 8:32). 예수는 진리를

겨울

알면 자유를 얻을 수 있다고 했다. "자유케"가 아니라, '자유롭게'라고 써야 맞다. "자유케"라고 잘못 표기한 것이 오히려 세게 강조하여 발음할 수밖에 없어 명번역이 되었다. 에밀리 브론테는 《폭풍의 언덕》을 통해 인간의 헛된 욕망에서 벗어나 진정한 자유를 찾는 인간이 되기를 역설적으로 희구한다. 이 짧은 기도문이야말로 그녀 자신의 삶과 대표작 《폭풍의 언덕》의 주제를 그대로 요약한 명문이다.

그녀가 죽고 나서 《폭풍의 언덕》은 인간 욕망을 내밀하고 처절하게 표현한 작품으로서 세계적인 평가를 받으며 무려 8번이나 영화로 제작되었다. 한 해를 마무리하는 11월, 자유롭게 실천하며 살아왔는지, 진리를 알고 살아가는지 성찰해 보고 싶은 가을날이다.

나의 주

◦ 김종삼

나에게도 살아가라 하시는
주님의 말씀은 무성하였던
잡초밭 흔적이고
어둠의 골짜기 모진 바람만
일고 있습니다
기구하게 살다가 죽어간
내 친구를
기억하소서.

아우슈비츠 소식, 한국전쟁, 독재정부, 4·19 학생의거, 광주민주화항쟁 등은 김종삼 시인(1921~1984)이 겪어야 했던 비극의 현장이다. 내가 선택한 인생이 아니라, 바로 "나에게도 살아가라 하시는" 현장이다.

우리는 주사위처럼 던져진 인생이다.

우리가 살아가는 현장은 꽃밭이 아니고, 잡초밭 흔적, 어둠의 골짜기 모진 바람이라고 김종삼 시인은 말한다. 아우슈비츠에 가 보면 정말 잡초밭 흔적이고, 어둠의 골짜기이다. 김수영이나 신동엽과 조금 달리, 김종삼은 고통의 현장을 내면에서 오래 삭이고 숙성시켜 아주 조금 몇 줄만 우려낸다.

코로나바이러스가 횡행하던 시절, 핸드폰 고치려고 서비스 센터에 들어가려는데 마스크를 안 썼다고 들여보내 주지 않았다. 이제 영화에서만 보던 세상을 경험한다. 그동안 "잡초밭 흔적", "어둠의 골짜기 모진 바람"을 우리는 잊고 지내 온 건 아닐까. 그 모진 바람은 우리 주변에 끊임없이 "일고 있"다.

기구하게 살다가 죽어간/ 내 친구를

김종삼 시인은 "기구하게 살다가 죽어간" 사람들을 기록에 남겼다. 모든 음식을 10전에 파는 밥집 문턱에 거지 소녀가 눈먼 어버이를 이끌고 와서 밥 달라고 하는 모습을 시로 남겼다.

조선총독부가 있을 때

청계천변 一〇錢 均一床 밥집 문턱엔

거지소녀가 거지장님 어버이를

이끌고 와 서 있었다

주인 영감이 소리를 질렀으나

태연하였다

어린 소녀는 어버이의 생일이라고

一〇錢짜리 두 개를 보였다.

<장편掌篇 2> 전문

아침엔 라면을 맛있게들 먹었지

엄만 장사를 잘할 줄 모르는 행상 行商이란다

너희들 오늘도 나와 있구나 저물어 가는 山허리에

내일은 꼭 하나님의 은혜로

엄마의 지혜로 먹을거랑 입을거랑 가지고 오마.

엄만 죽지 않는 계단.

<엄마> 전문

겨울

그에게 기구하게 살다가 죽어 간 이들은 "내 친구"다. 거지 소녀도 행상하는 엄마도 시인의 친구다. 김종삼 시인은 그 거지 소녀의 10전을 기억하게 한다. 김종삼 시인은 행상하며 "먹을거랑 입을거랑"을 준비하는 엄마를 기억하게 한다.

기구하게 살다가 죽어간/ 내 친구를/ 기억하소서.

이 코로나 시대에 우리가 할 수 있는 일은 기억하는 것뿐이다. 참고 참고 또 참다가 써 놓은 듯한 마지막 구절이다. 이런 직설적인 말을 잘 안 쓰는 분이 얼마나 힘들고 고통스러우면 이런 문장을 썼을지. 윤동주는 "죽어가는 모든 것을 사랑해야지"라고 썼었다.

안타까운 이 애원은 절대자를 향한 간구인 동시에 지금 살아 있는 우리에게 전하는 당부이다. 동시에 시인 자신의 다짐이리라.

이 구절을 지금 코로나바이러스나 여러 질병으로 고통받고, 사망하고, 장례식도 못 치르고 돌아가신 가족을 멀리서 바라보는 눈물 어린 가족의 눈망울 앞에 전한다. 이 말밖에 못해서 정말 죄송하다.

어부

∘ 김종삼

바닷가에 매어둔

작은 고깃배

날마다 출렁거린다

풍랑에 뒤집힐 때도 있다

화사한 날을 기다리고 있다

머얼리 노를 저어 나가서

헤밍웨이의 바다와 노인이 되어서

중얼거리려고

살아온 기적이 살아갈 기적이 된다고

사노라면

많은 기쁨이 있다고

간절한 말투가 아닌데, 읽고 나면 어찌할 줄 모르는 간절함에 빠지는 경우가 있다.

화려하지 않은 언변의 사람이 띄엄띄엄 느리게 하는 얘기를 들을 때 말할 수 없는 깊이에 빠지는 경우가 있다. 주름 많은 인생을 지극한 눌변으로, 언어를 아껴 쓴 시를 남긴 김종삼 시편이 그러하다.

"바닷가에 매어둔/ 작은 고깃배/ 날마다 출렁거린다/ 풍랑에 뒤집힐 때도 있다"

예수처럼 바다 위를 걷고 싶어 했던 제자 베드로가 생각난다.

이어서 "머얼리 노를 저어 나가서/ 헤밍웨이의 바다와 노인이 되어서" 그저 툭 한 마디 써 놓는다. 이 시의 알짬인 "살아온 기적이 살아갈 기적"이라는 구절이다.

12월, 지난 세월을 뒤돌아보면 사실 감사할 일보다 힘들고 고된 날이 많았다. 돌아보면 출렁거리지 않았던 날이 없다. 돌아보면 누구나 살아온 시간이 기적 같다. 기적이란 돌로 떡을 만드는 마술이 아니라, 그 고된 나날을 "사노라면/ 많은 기쁨이 있다고" 보는 것이다.

지난 세월이 고맙다고 말할 수 있는 것은 감사할 일이 많아서가 아니라, 이리도 출렁이고 뒤집어지며 살아왔건만 아직도 견디며 기뻐할 수 있다는 사실이 고마운 것이다.

목청 높여 소리 질러야만 기도일까. 눌변이라도 출렁이고 풍랑에 뒤집히는 나날 속에서도 미덥게 고난을 이겨 내며 많은 기쁨이 있다며 감사하는 삶 자체가 간절한 기도일 것이다.

살아온 기적이 살아갈 기적이 된다.

크리스마스 기도

∘ 헨리 나우웬

주님의 탄생을 진정으로 축하할 수 있는 곳은 어디입니까? 아늑한 내 집일까요? 낯선 타관일까요? 반겨 주는 친구들 틈에서일까요, 미지의 이방인들 틈에서일까요? 행복 속에서일까요, 외로움 속에서일까요?

주님께 가장 근접한 경험들에서 저는 굳이 달아날 필요가 없습니다. 주님이 이 세상에 속하는 분이 아닌 것처럼, 저도 이 세상에 속한 자가 아닙니다. 그런 심정이 들 때마다 실은 감사의 기회요 주님을 꼭 끌어안고 주님의 기쁨과 평안을 더 온전히 맛볼 수 있는 기회입니다.

주 예수님, 오셔서 제 심정이 가장 비참한 곳에 저와 함께 머무소서. 여기가 바로 주님의 구유가 있을 곳이요, 주님께서 빛을 비춰 주실 곳임을 믿습니다. 주 예수님, 오소서, 오소서, 아멘.

《기도의 삶》, 복있는사람, 2011

평생 편하게 살 수 있는 대학교수가 갑자기 직장을 버렸다면 뭔가 일이 잘못되지 않았을까 생각하게 된다. 30대에 예일대학교 교수, 40대에 하버드대학교 교수를 지냈던 헨리 나우웬(Henri Nouwen, 1932~1996) 교수는 1985년에 누군가가 보낸 편지를 받는다. '방주'라는 뜻을 지닌 공동체 라르쉬L'Arche의 지도자 장 바니에가 보낸 편지였다.

"정신지체아들의 수양회에 와 줄 수 있으신지요. 우리 수양회는 침묵 수양회silent retreat입니다. 사흘 동안 열리는데 기도만 하고 행동으로만 이웃을 돌보며 섬기는 수양회입니다."

모임에 가 본 나우웬은 흔들렸다. 그는 연구실과 캠퍼스 안에 갇혀 사는 삶을 되돌아보았다. 그리고 쉽지 않은 질문을 던진다. 기도문 1연은 나우웬이 스스로에게 묻는 질문이었을 것이다.

주님의 탄생을 진정으로 축하할 수 있는 곳은 어디입니까? 아늑한 내 집일까요? 낯선 타관일까요? 반겨 주는 친구들 틈에서일까요. 미지의 이방인들 틈에서일까요? 행복 속에서일까요, 외로움 속에서일까요?

이 구절을 보면 명확하게 이항대립으로 짜여 있다.

우리가 가고 싶은 것은 아늑한 집이며, 반겨 주는 친구들 틈이며, 행복 속이다. 외양간 말 먹이통에 누이신 주님, 평생 가난한 자와 함께 지낸 주님, 죽어 부활해서도 "갈릴리로 가자"고 말했던 주님에게 답은 명확하다. 주님을 축하하려면 낯선 타관, 미지의 이방인들

틈, 외로움 속을 찾아가야 한다.

질문에 대한 답을 찾은 그는 결단한다. 쉰세 살의 나이에 하버드대학 교수직을 버린 나우웬은 프랑스 장애인 공동체 라르쉬에 찾아간다. 이후 그는 '새벽녘'이라는 뜻의 데이브레이크daybreak 커뮤니티를 찾아 캐나다 토론토에 가서 머문다. 거기서 그는 놀라운 경험을 한다.

"장애인을 도우러 왔는데 오히려 제가 위선으로 가득 찬 정신장애자라는 것을 깨달았습니다. 오히려 여기서 내 영혼을 치료받았습니다."

기도문에 쓰여 있듯이 슬픔 곁으로 가는 것이 "감사의 기회요 주님을 꼭 끌어안고 주님의 기쁨과 평안을 더 온전히 맛볼 수 있는 기회"였던 것이다.

여기서 그는 깨닫는다. 상처받은 자들이 오히려 치료자가 될 수 있다는 것을.

우리는 우리가 가진 치유받은 상처가 최선을 다해서 상대방을 들어줄 수 있다는 사실을 믿어야 한다. 이것이 바로 치유의 과정이다.

그가 낸 책《상처 입은 치유자Wounded Healer》(두란노)는 제목 자체가 하나의 테제가 되었다. 예수를 따르는 자라면 먼저 아픈 상처를 경험해 보지 않고는 치유자가 될 수 없음을 역설한다. 나우웬은 예수님이 말씀하셨던 가포눈눌, 그러니까 '가'난한 자에게 복음을, '포'로

된 자에게 자유를, '눈' 먼 자에게 눈뜸을, '눌'린 자에게 자유를 주러 왔다는 예수의 선언을 그대로 따랐다.

헨리 나우웬 같은 신앙을 가지면 크리스마스는 약자 '곁으로' 가겠다는 다짐과 실천의 날이 된다. 또한 크리스마스는 12월의 특정한 날이 아니라, 매일 자신의 가슴에서 예수를 부활시키는 일상이 된다.

주 예수님, 오셔서 제 심정이 가장 비참한 곳에 저와 함께 머무소서. 여기가 바로 주님의 구유가 있을 곳이요, 주님께서 빛을 비춰 주실 곳임을 믿습니다.

기도문 3연은 예수의 길을 따르겠다는 다짐이며 고백이다.

나우웬은 자기가 쓴 기도대로 살았다. 뉴욕 할렘가, 캘리포니아 빈민촌, 병원에서 에이즈 환자들 '곁으로' 다가가 지냈던 그는 1996년 9월 21일, 64세로 영원한 나라로 향했다.

진정한 크리스마스

◦ 오스카 로메로

진정 가난해지지 않는다면

누구도 진정한 크리스마스를

축하할 수 없어요.

자기만족, 자긍심

모든 것을 가졌기 때문에

다른 사람들을 내려보는 사람들,

아무것도 필요로 하지 않는 사람들

심지어 하나님조차 필요하지 않은 사람들

– 그들에게는

크리스마스가 없을 거예요.

오직 가난한 사람들만이

오직 주린 사람들만이

누군가 필요한 사람들이

누군가를 만나겠지요.

그 누군가가 하나님이지요.

임마누엘,

하나님이 우리와 함께하시지요.

영혼의 가난이 없는

거기에는 하나님의 풍부함이

있을 리 없지요.

A Genuine Christmas

No one can celebrate
a genuine Christmas
without being truly poor.
The self-sufficient, the proud,
those who, because they have
everything, look down on others,
those who have no need
even of God - for them there
will be no Christmas.
Only the poor, the hungry,
those who need someone
to come on their behalf,
will have that someone.
That someone is God.
Emmanuel. God-with-us.
Without poverty of spirit
there can be no abundance of God.

몇 달째 칠레에서 데모가 일어나고 있다. 국민들이야 가난하든 말든 아랑곳하지 않고 자신과 가족들의 배를 불리기에 급급했던 대통령과 정치인들에게 분노하며, 칠레 시민들은 거의 매일 시위를 하고 있다. 적지 않은 사람들이 다치고 죽었다고 한다. 빈부 차이가 만연한 비극적인 사회에 예수님의 탄생은 과연 어떤 의미가 있을까.

예수님은 특실 병동에서 태어났을까. 태어나실 때 그 곁에 누가 있었는가. 동방박사가 찾아왔다 하여 어마어마한 환대가 있었던 것 같지만, 그들은 떠돌이 이방인일 수 있다. 예수님 곁에는 또한 목동이라는 소외된 사람들이 있었다. 갓 태어난 양, 염소, 나귀, 말, 낙타들 따위도 곁에 있었겠다. 아기 예수 곁에는 풍족하다는 사람들은 없었다. 이방인, 낮은 사람들, 동물들이 함께했을 뿐. 예수님은 특별 침대에 누우셨는가? 말 먹이통으로 쓰는 말구유에 누우셨다고 한다.

크리스마스 행사로 어마어마한 칸타타를 공연할 때 예수님이 느껴지시는지. 웅장함 속에 어떤 감동이 있는지. 온갖 행사와 이벤트를 하다가 오히려 예수님이 계셨던 장소를 잊는 것은 아닌지. 오히려 가난한 사람들, 병들고 소외된 사람들 곁에 갈 때, 그 수수하고 단출한 악수와 포옹 속에 예배가 있지 않은지. 그 따스한 손길 안에, 구유에 누우신 아기 예수를 느낄 수 있지 않은지.

오랜 독재정치에 빈부 차이로 늘 혼란이 많았던 남미 엘살바도르에서 끝까지 억압받는 농민을 보호했던 오스카 로메로(Oscar Romero, 1917~1980) 신부의 기원을 읽어 본다. "모든 것을 가졌기 때문에/ 다른 사람들을 내려보는 사람들,/ 아무것도 필요로 하지 않는 사람들/ 심지어 하나님조차 필요하지 않은 사람들" 입장에서 잠시 생각해 본다. 그들이 예수님의 마음으로 좀 더 낮고 천한 자리를 보고 찾아가지 않는다면 어떤 일이 있을까. "그들에게는/ 크리스마스가 없을 거예요"라고 로메로 신부는 단호하게 말한다.

크리스마스는 진정으로 예수님을 경배하는 날이다. 예수님이 계셨던 그 자리, 낮고 천한 자리를 기억하고, 그 자리 곁으로 찾아가서 세상과 하나님을 배우는 시간이 아닐까. 영혼의 가난함 없이는 하나님의 풍부함에 머물 수 없다.

로메로 신부는 마음이 가난하고 주린 사람들이 하나님을 만날 수 있다고 했다. "영혼의 가난이 없는/ 거기에는 하나님의 풍부함이/ 있을 리 없지요"라고 단언한다. 그의 말이 아니다. 마태복음 5장 3절에 "심령이 가난한 자는 복이 있나니 천국이 그들의 것임이요"라고 이미 쓰여 있다.

독재정치와 군부의 폭력에 눌려 고생하는 농부를 보호하다가 네 명의 무장 괴한에게 총격을 받고 살해당한 로메로 주교는 지금도 남미 사람들이 기억하고 있는 예수님의 흔적이다. 작은 씨앗이 움트는 바로 그곳에서 예수님의 탄생을 만날 수 있다. 메리 크리스마스, 다짐하며 인사드린다.

그리스도의 탄생

◦ 모한다스 카람찬드 간디

비록 우리가 "높은 곳에는 하나님께 영광 땅에는 평화"라고 노래해도, 오늘날 하나님의 영광도 평화도 이 땅에는 보이지 않는 것 같아요. 영광과 평화가 아직도 만족할 수 없는 갈망으로 남아 있는 한, 그리스도가 아직 태어나지 않는 한, 우리는 그를 기다려야 해요. 진정한 평화가 세워질 때, 우리는 데모할 필요가 없겠지만 그분의 영광과 평화는 우리의 삶 속에, 개인의 삶뿐만 아니라, 우리 공동의 삶 속에 메아리칠 거예요. 그래야 우리는 그리스도가 태어났다고 말할 수 있을 것입니다. 그러면 우리는 그리스도가 태어난 그해의 특별한 날이 아니라, 모든 삶 속에 재현되고 '언제나 발생하는 사건ever-recurring event'으로서 그리스도의 탄생을 생각할 겁니다.

Although we sing, "All glory to God on High and on the earth be peace," there seems to be today neither glory to God nor peace on earth. As long as it remains a hunger still unsatisfied, as long as Christ is not yet born, we have to look forward to him. When real peace is established, we will not need demonstrations, but it will be echoed in our life, not only in individual life, but in corporate life. Then we shall say Christ is born. Then we will not think of a particular day in the year as that of the birth of the Christ, but as an ever-recurring event which can be enacted in every life.

크리스마스이브 날을 노는 날로 생각하고 자랐다. 크리스마스 이브까지 칸타타나 연극을 내내 준비하면서 보내고, 전날 밤새워 놀다가 새벽송 하러 가는 것이 크리스마스의 전부인 줄 알았다. 그래서 아기 예수가 태어난 성탄절 당일이면 기진맥진하여 종일 텔레비전 영화를 보거나, 낮잠을 자는 것이 크리스마스인 줄 알았다.

모한다스 카람찬드 간디(Mahatma Gandhi, 1869~1948), 그의 이름에는 늘 '마하트마 Mahatma'라는 수식어가 따라 붙는다. 인도의 시인 라빈드라나트 타고르가 지어 준 이름으로, '위대한 영혼'이라는 뜻이다. 부모의 영향으로 힌두교도였으면서도 그는 예수를 좋아했다. 1890년 영국 런던대학교 법학과에서 공부하면서 그는 서구문화 속에 있는 기독교의 알짬, 예수를 보았다.

> 오늘 다윗의 동네에서 너희를 위해 구주가 나셨으니 곧 그리스도 주시니라. 너희가 가서 강보에 싸여 구유에 뉘어 있는 아기를 보리니 이것이 너희에게 표적이니라. 홀연히 수많은 천군이 그 천사와 함께 하나님을 찬송하여 이르되 지극히 높은 곳에서는 하나님께 영광이요 땅에서는 하나님이 기뻐하신 사람들 중에 평화로다 하니라. 누가복음 2:11~14

간디는 입으로만 "높은 곳에서는 하나님께 영광 땅에는 평화"라고 찬양하는 풍조를 아쉬워한다. 천사들의 찬양과는 정반대로, 영국 식민지 인도에서 높은 곳에서는 침묵, 땅에는 지옥이 펼쳐지고 있었다. 영국과 부패한 인도 정부에 의해 인도인은 더욱 크게 고통받았

예수를 존경했던 마하트마 간디

다. 영국은 한쪽으로 독립운동하는 인도인을 학살하면서, 동시에 성경을 전하며 예수를 믿으라 했다. 예수를 믿는 영국인이 지배한다는 인도 땅 어디에도 '하늘에는 영광, 땅에는 평화'를 볼 수 없었다. 영국의 식민정책에 맞서 간디는 독립운동과 무료 변호, 사티아그라하 Satyāgraha 등 무저항 비폭력 운동을 전개했다.

예수를 믿는 사람들에게 얼마나 실망했던지 간디는 마음 아픈 말을 남겼다.

난 예수는 존경하지만 예수를 믿는 사람들은 좋아하지 않는다. 그들은 예수와 전혀 닮지 않았기 때문이다.

간디가 보는 혁명은 단순히 정치지도자를 교체하는 일이 아니었다. 그가 보는 혁명은 근본적인 영혼의 혁명이었다. 그것을 예수 그리스도의 삶에서 볼 수 있다고 했다.

아쉽게도 간디의 제자였던 남부디리파드가 쓴 《마하트마 간디 불편한 진실》에는 간디에 대한 많은 비판이 있다. 간디는 밑바닥 계층의 인권을 향상해야 한다고 주장은 했지만, 카스트 제도의 폐지에 나서지 않았다고 저자는 비판한다. 간디의 과거 회귀적인 문명관도 인도의 근대화를 지체시켰다고 비판한다. 저자는 집에서 하인들이 따라 주는 차를 마시며 살던 간디가 힌두교 부르주아 정치지도자였다고 보았다. 그 시각에서 간디는 독립투쟁에 참여한 무슬림이나 공산주의자들을 높이 평가하면서도 이들 조직의 지도자들을 무시했다고 저자는 비판한다.

간디에 대한 많은 비판이 있지만, 그의 한계는 곧 우리가 극복해야 할 숙제이기도 하다.

크리스마스는 단순히 한 영웅의 탄생을 기리는 날이 아니라는 간디의 깨달음만은 절실했을 것이다. 우리 삶에 매일 매순간 "언제나 발생하는 사건ever-recurring event"으로 예수를 탄생시키지 않는다면 그것은 의미가 없다. 간디가 주장한 사티아그라하도 '언제나 발생하는 사건'으로의 깨달음과 의미가 통한다. '사티아그라하'라는 말에서 사티아Satyā는 '진리'이고, 아그라하āgraha는 '지킨다'는 의미의 파지把

持다. 아무리 무서운 제국의 폭력이 있어도, 한 사람 한 사람이 진리를 파지하고 있다면, 진리를 지키고 사는 내가 강자이고 나를 압제하는 자는 약자라고 간디는 생각했다. 따라서 진리를 파지하고 있는 사람들이 어떻게 약자에게 폭력을 쓸 수 있느냐며 무저항 비폭력 운동을 설명했다.

군이 간디의 말을 빌리지 않더라도, 크리스마스는 12월에만 있는 것이 아니다. 우리 삶에는 매일 매순간 크리스마스가 필요하다.

눈감고 간다

◦ 윤동주

태양을 사모하는 아이들아
별을 사랑하는 아이들아

밤이 어두웠는데
눈감고 가거라.

가진 바 씨앗을
뿌리면서 가거라.

발뿌리에 돌이 채이거든
감았던 눈을 와짝 떠라.

"~주시옵소서", "해 주시옵소서"라는 어미를 붙여야만 기도가 아니다. 기도는 호흡이며 내면의 다짐이다. 윤동주의 〈눈감고 간다〉는 기도로도 읽을 수 있다.

연희전문 졸업을 앞둔 4학년 학생이었던 윤동주에게는 어떻게 살아야 할지 분간하는 것이 쉽지 않았을 것이다. 그는 1941년 5월 31일, 누상동의 하숙집에서 살 때 이 시를 쓰는데, 같은 날 쓴 시가 〈십자가〉이다. 극한적인 삶을 살아야만 했던 시대에, 그는 "태양을 사모하는 아이들", "별을 사랑하는 아이들"을 호명한다.

태양과 별, 오로지 하늘, 궁극적 관심Ultimate Concern으로 향하는 아이들을 호명한다. 늘 하늘을 바라보는 향일성向日性, 인간이 가야 할 길道을 포기하지 않는 삶이다. 태양日으로 상징되는 하나의 목표를 향해向 살아가는 삶이란 얼마나 중요한가.

이는 하나님과 대면하는 단독자의 삶이다. 키르케고르는 저서 《공포와 전율》에서, 성경에 기록된 아브라함을 예로 든다. 아브라함의 고향 갈대아 우르는 마치 오늘날의 파리나 뉴욕처럼, 그 당시 가장 문명이 발달한 지역이었다. 그런데도 느닷없이 고향을 떠나라는 하나님의 명을 받고 친구도 없는 타향으로 떠난다. 하나님의 명에 순종하여 무작정 말씀 따라 길을 떠나지만, 처음부터 단단한 믿음을 지닌 건 아니었다. 한 가지 예로, 이집트에 가서 아브라함은 목숨을 잃을까 봐 아내 사라를 동생이라고 하며 거짓말을 한다. 사라는 파라오의 소실이 되고 가족은 목숨을 건지지만, 파라오 품에 안겨 있는 아내를 생각할 때 아브라함의 마음은 어땠을까.

겨울

아브라함은 다른 실수도 한다. 약속하신 아들이 좀처럼 태어나지 않자, 초조한 나머지 사라의 여종인 하갈을 취한 것이다. 결국 하갈에게서 아들을 얻지만, 가족 사이에 끔찍한 분열을 경험한다.

아들을 얻은 이후에 아브라함에게 끔찍한 시련이 다가온다. 백 살에 얻은 귀한 아들 이삭을 제물로 바치라는 하나님의 명령을 들은 것이다. 불가능한 상황에서 얻은 아들에 대한 늙은 아비의 사랑이 얼마나 지극했을지는 더 말할 필요도 없었을 것이다. 얼마나 끔찍한 명령이었을까. 사랑하는 이삭을 데리고 사흘 동안 고행하는 아브라함, 그의 생애에 가장 고통스러운 걸음걸이였을 것이다. 마침내 이삭을 바치기로(창세기 22:2~12) 결정하는 과정을 키르케고르는 《공포와 전율》에서 절대복종에서 더 나아간 신앙으로 상세하게 재현한다.

2연에서 화자는 "밤이 어두웠는데/ 눈 감고 가라"고 권한다. 타자에게는 권고일지 모르나, 화자 자신에게는 다짐일 것이다. 밤이라는 화사한 유혹에 흔들리지 말고 "눈감고 가라"며 저돌적인 향일성을 강조한다. 방해가 되는 것을 보지 말고 차라리 눈 감고 가라고 권한다. 저 '너머'에 무엇인가 있기 때문이다. 바로 '태양'으로 상징하는 어떤 큰 목적, 어떤 이념이든 신앙이든, 크낙한 뜻을 말한다. 가짜 대낮에 진정한 태양을 보고, 칠흑 어둠에서 별을 보며 갈 길을 정확히 가려는 자세가 보인다. 가짜 태양이나 가짜 별을 볼 바에야 차라리 눈 감고 가자는 표현이 당차다.

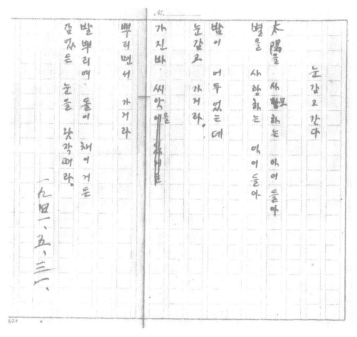

太陽을 사랑하는 아이들아
별을 사랑하는 아이들아

밤이 어두웠는데
눈감고 가거라.

가진바 씨앗을
뿌리면서 가거라

발뿌리에 돌이 채이거든
감았든 눈을 와짝떠라.

一九四一、五、三一、

눈감고 간다

<눈감고 간다> 윤동주 자필 원고

3연에서 "가진 바 씨앗을/ 뿌리면서 가거라"란 표현이 참 좋다. 많건 적건 자기가 "가진 바 씨앗"을 뿌리면서 살아가면 된다. 못 배웠다고, 가난하다고 열패감에 싸일 필요가 없다. 남과 비교할 필요도 없다. 그저 내가 "가진 바 씨앗을/ 뿌리면서" 살아가면 된다.

각각 그 재능대로each according to his ability 한 사람에게는 금 다섯 달란트를, 한 사람에게는 두 달란트를, 한 사람에게는 한 달란트를 주고 떠났더

309   겨울

니. 마태복음 25:15

중요한 구절은 각 개인에게 부여한 재능을, "각각 그 재능대로 each according to his ability"라고 한 부분이다. "가진 바 씨앗을"에서 "가진 바"라는 말이 곧 '재능이 있는'이란 의미이겠다.

3연에 "발뿌리에 돌이 채이거든/ 감았던 눈을 와짝 떠라"는 구절은 세 번째 권유이며 다짐이다.

그런즉 깨어 있으라. 너희는 그날과 그때를 알지 못하느니라. 마태복음 25:13

누군가 씨앗 뿌리는 걸 "발뿌리에 돌"처럼 막는다 해도, "감았던 눈을 와짝" 뜨고 가라고 한다. 돌부리가 비아냥거리며 방해하면 눈을 와짝 뜨고 한 걸음을 다시 내디디면 된다. '와짝'이라는 의태어는 조금 명랑하기도 하다.

윤동주는 〈자화상〉, 〈뒤돌아보는 방〉, 〈참회록〉, 〈또다른 고향〉, 〈쉽게 쓰여진 시〉에서 쉴 새 없이 자신을 반성하는 반구저기反求諸己의 정신을 보여 준다. 윤동주는 단독자로서 눈을 와짝 뜨고 살았던 실존이었다.

유튜브― MV 윤동주―눈 감고 간다―노래

310

고맙습니다

사람들은 왜 기도할까

기도라는 행동은 손을 모으는 것으로 표현된다. 손 모으는 행동은 어느 종교나 유사하다.

우리나라에 자리 잡은 종교 순서대로 생각해 본다. 토속종교는 "비나이다. 비나이다" 하며 정화수 떠놓고 손 모아 기도한다. 불교는 염주 잡고 손 모아 고개 숙여 평안을 비는 마음으로 인사한다. 가톨릭 신도는 손 모아 묵주默珠 돌리며 기도한다. 묵주의 '묵默'이란 고요히 묵상하는 마음을 뜻한다. 불교에서 쓰는 염주의 '염念'도 지금[今] 자신의 마음心을 성찰한다는 뜻이다. 개신교에서도 역시 손 모아 기도한다.

일본 NHK 특집에서 왜 모든 종교는 손 모아 기도하는지 방송

한 적이 있다. 믿거나 말거나, 손을 모으면 두 손가락 끝으로 기氣가 모이고, 그 기가 코를 통해 뇌를 자극하여 평안을 주고, 그것이 위장과 하체를 평안하게 한다고 한다. 쉽게 말해, 두 손에 모인 기가 온몸을 돌며 가장 평안한 기운을 준다는 해석이다.

'祈禱기도'라는 한자는 祈(빌기)에 禱(빌도), 두 자로 이루어졌다. 祈(빌기)자를 잘 보면 재미있다. 示(보일시)에 斤(도끼근)이 모여있다. 도끼를 본다? 도끼는 무엇인가를 무섭게 잘라 내는 도구다. 무얼 잘라 내야 할까. 내 마음에 있는 잡동사니를 잘라 내는 도끼가 필요하지 않을까. "이미 도끼가 나무뿌리에 놓였으니 좋은 열매를 맺지 아니하는 나무마다 찍혀 불에 던져지리라"(마태복음 3:10)라는 구절처럼, 내 일상의 비루한 습성을 당차게 잘라 내는 시간이 기도하는 시간이 아닐까.

禱(빌도)는 示(보일시)와 壽(목숨수)가 합쳐진 한자다. 示(보일시)는 신에게 제사를 지내는 탁자 모양이다. 탁자 위에 뭔가 하나 얹힌 모양이다. 내 일생[壽]을 밖으로ex 세워 보이는sistere 성찰을 한다는 의미가 아닐지. 목숨이란 살아 있는 상태의 실존實存, Existence이다. 목숨을 보이며, 삶을 걸고 간구하는 것이 기도가 아닐지. 내 자신의 더러움을 도끼로 잘라 내고, 내 삶을 어떻게 보일지 성찰하고 다짐하는 시간이기도 하다.

기도는 호흡呼吸이기도 하다. 날숨이 있고 들숨이 있듯이, 소리를 내어 기도하기도 하고, 소리를 들으려 영혼의 귀를 기울이기도 한다. 보이지 않는 숨은 신과 대화하는 시간이다. 대화란 무조건 내 말을 들어 달라고 절규하는 것이 아니다. 물론 절규해야 할만치 절실할 때도 있지만, "잠잠히 사랑하시며"(스바냐 3:17)라는 구절처럼 잠잠히 많이 들을 필요가 있다. 내 간구를 크게 부르짖는 것도 중요하지만, 잠잠히 눈 감고 내 영혼에 고이는 생각을, 내 영혼의 귀로 듣는 말씀으로 받아들이는 게 더 중요하다. 나는 기도하다가 마음의 퇴적층을 뚫고 올라오는 생각을 메모하기도 한다.

독재자들을 위한 국가조찬기도회는 민망하기 이를 데 없는 행사였다. 기도는 자기의 출세 욕망을 채우려는 당부일까. 기도회는 인간관계를 과시하는 이벤트일까. 바리새인의 후예들이 국가조찬기도회라는 이름으로 그런 이벤트를 하곤 했다. 예수님은 당시 헤롯왕을 모시고, 사치스러운 헤롯 궁전이나 신전에서 로마를 위해 국가조찬기도회를 한 적이 없다. 진정으로 정치가를 위한다면 골방에서도 충분히 기도할 수 있다. 목회자가 정치 권력의 노예가 되어 독재자를 위해 축복 기도할 때, 한 술 더 떠서 교회에서 과시하듯 사진을 보여줄 때 블랙코미디가 따로 없다.

기도는 첫째 '나'를 잘라 내는 영적인 도끼질이다. 내 정욕과 욕망과 고집을 쳐내는 대화의 시간이다. 둘째 더불어 사는 세상을 위해 깨닫게 해 달라고 말씀을 듣는 시간이다. 셋째 그 힘으로 노력하며 살겠다며 다짐하고 고백하는 시간이다. 일본에서 홀로 지낼 때 나는 많은 시험을 이겨 내려고 다니엘 흉내를 낸 적이 있다.

> 자기 집에 들어가서는 윗방에 올라가 예루살렘 성 쪽을 바라보고 창문
> 을 열고 전에 하던 대로 하루 세 번씩 무릎을 꿇고 기도하며 그의 하나
> 님께 감사하였더라. 다니엘 6:10

아침에 일어나자마자 기도하고, 연구실에 들어가면 무릎 꿇고 기도하고, 귀가하자마자 기도하는 생활을 했다. 세 번의 기도를 할 때 많은 기도서를 읽었다. 기도가 끝나면 다른 종교의 기도서를 읽어 보기도 했다.

국문학도로서 한동안 샤면의 노래 무가巫歌를 연구한 적이 있다. 불교의 〈반야심경〉을 여러 해설서로 공부한 적이 있다. 읽기만 하다가 한번 써 보자는 생각이 들었다. 이후 나는 기도하는 마음을 '손 모아'라고 표현해 왔다. 메일을 쓰고 혹은 저자 사인을 하고 끝에 '손 모아'라고 써 왔다.

2016년 겨울 KBS 국제부 라디오에서 북한에 보내는 라디오 방송을 나에게 부탁했다. 매주 시 몇 편을 성우가 낭독하면 해설하는 프로그램이었다. 그때 '손 모아'의 마음을 가진 시들을 스튜디오에서 녹음하여 북쪽에 보냈다. 이후 2017년 1월부터 월간 〈목회와 신학〉에 세계 기도시를 연재하면서 매달 한 편씩 시를 소개할 수 있었다. 이 책은 KBS라디오에서 소개한 내용과 〈목회와 신학〉에 2년 6개월간 연재한 글을 모은 것이다.

2020년 코로나바이러스가 전 세계에 퍼지면서, 그 글들을 오늘의 상황에 맞추어 깁고 새로 쓰면서 보충했다. 매주 한 편씩 읽을 수 있게 썼다. 내용에 따라 선정해서 위로하거나 필요할 때 인용할 수 있겠다.

출발 칼 바르트 〈새해를 위한 기도〉, 에밀리 디킨슨 〈3월에게〉, 로버트 프로스트 〈봄의 기도〉

자연 정지용 〈나무〉, 천상병 〈귀천〉, 키르케고르 〈우리가 배워야 할 것〉. 도스토옙스키 〈모든 것을 사랑하라〉, 권정생 〈하나님, 안녕히 주무셨습니까?〉, 알베르트 슈바이처 〈동물을 위한 기도〉

아이 고정희 〈우리들의 아기는 살아있는 기도라네〉, 윤동주 〈눈 감고 간다〉

일상 윤동주 〈이적〉, 〈돌아와 보는 밤〉, 정지용 〈나무〉, 김춘수 〈나의 하나님〉, 에드위나 게이틀리 〈온화하신 하나님〉, 레너드 코헨 〈할렐루야〉

역사, 평화 김수영 〈기도〉, 본회퍼 〈그 선한 힘들에 관하여〉, 김응교 〈밍글라바, 사람들은 대단해〉, 한돌 〈조율〉. 메르세데스 소사 〈오직 하느님께 부탁할 뿐입니다〉, 얀 후스 〈제 생명을〉, 박두진 〈묘지송〉

행복과 감사 윤동주 〈팔복〉, 천상병 〈귀천〉, 기형도 〈램프와 빵〉, 에밀리 브론테 〈나는 부귀영화를 가볍게 여길래〉

노동현장 전태일 〈밀알 한 알〉, 가가와 도요히코 〈하나님과 걷는 하루〉, 오스카 로메로 〈진정한 크리스마스〉

예수 박두진 〈성 고독〉, 김종삼 〈나의 주〉, 헨리 나우웬 〈크리스마스의

기도〉, 마하트마 간디 〈그리스도의 탄생〉

이웃과 공동체 기형도 〈우리 교회 목사님〉, 천상병 〈연동교회〉, 리처드 백스터 〈주일에 교회 모임을 멈출 수 있습니까〉, 차임 스턴 〈무관심을 극복하기 위한 기도〉

노년 헤밍웨이 《노인과 바다》의 기도, 구상 〈꽃자리〉, 김종삼 〈어부〉 질병과 치료 — 츠빙글리 〈페스트의 노래〉, 카뮈 〈페스트〉, 소포클레스 〈오이디푸스의 역병〉, 노아 〈우리는 모두 같은 배에 타 있다〉, 미가 〈재앙이 회복으로 바뀌다〉

죽음과 배웅 비스와바 쉼보르스카 〈엘라는 천국에〉, 손양원 〈열 가지 감사기도〉, 이동원 〈아들과 작별하며 드리는 열 가지 감사〉, 톨스토이 〈마지막 기도〉

이 책을 낼 수 있도록 연재 기회를 주신 두란노의 〈목회와신학〉 편집부에 감사드린다. 도서출판 비아토르의 김도완 대표는 무려 6년을 기다려 주셨다. 최유진 선생은 이번 책까지 내 책을 무려 다섯 권이나 편집해 주셨다.

평생을 철야기도로 보내고, 팬데믹으로 자식들 면회도 금지된 요양원에서 하루하루를 이겨 내고 계신 어머니께 이 책을 바친다. 살아 계신 어머니를 못 만나는 고통은 밥 먹다가도, 누군가가 옆구리를 칼로 쑤시는 듯 쓰라리다. "목사는 은행 같은 데 가는 게 아니지"라며 키르케고르를 좋아하시다가 하늘로 가신 의대생이며 철학과생이었던 장인, 평생 장인과 함께 좁은길을 걸으신 장모님께 이 책을 바친다. 늘 기도로 나를 반성하게 하는 안해 김은실 선생에게 이 책을 바친다.

무엇보다도 팬데믹 시대에 돌아올 수 없는 먼 여행을 떠난 누이에게 이 책을 드린다. 중학교 졸업할 때 돼지 저금통을 깨서 나에게 최초로 기타를 사준 누이였다. 강아지마냥 뒹굴며 곁에 누워 누나의 가야금 연주를 듣는 시간이 가장 행복했다. 누이가 떠났다는 그 새벽녘, 머리가 뽀개지도록 울었던 나보다 몇천 배나 더 울면서 홀로 방호복 입고 누이를 배웅한 매부님께 위로의 마음으로 이 책을 드린다. 내 사랑하는 누이처럼, 내 사랑보다 몇천 배나 더 깊이 누이를 사랑해 준 노은철 매부처럼, 홀로 가장 사랑하는 사람을 보내야 했던 이 세상 모든 슬픈 이들의 눈물 앞에 이 책을 손 모아 드린다.

이 책을 교정보는 2021년 2월 1일 아침에 미얀마 군부가 쿠데타를 일으켰다. 매일 비보悲報를 영상으로 보면서 슬픔과 분노를 견디기 어려울 정도다. 자유를 외치다가 가족과 친구들의 죽음을 그대로 목도해야 하는 미얀마 시민들의 심정은 어떨지. 국내에서 미얀마인들 집회에 나가 함께 평화를 간구하고, 모금하여 미얀마에 보내도, 편안하게 글을 새기는 이 시간은 너무도 고통스럽고 사치스럽다. 지금 지구에서 폭력에 의해 고통받는 이들에게 하늘의 나라가 그 땅에 이루어지기를 기도한다.

압도적인 사랑과 평화로, 질병과 폭력이 사라지기를 절실하게
손 모아 기도한다.

2021년 4월 9일, 디트리히 본회퍼가 사망한 날에

김응교 손 모아

질병과 슬픔 앞에서 **손 모아**

김응교 지음

초판 1쇄 발행 2021년 5월 25일

펴낸이 김도완
등록 제406-2017-000014호 (2017년 2월 1일)
전자우편 viator@homoviator.co.kr
전화 02-929-1732

펴낸곳 비아토르
주소 서울시 종로구 삼일대로 428, 500-26호
　　　(우편번호 03140)
팩스 02-928-4229

편집 최유진
제작 제이오
제본 (주)정문바인텍

디자인 즐거운생활
인쇄 (주)민언프린텍

ISBN 979-11-88255-94-8　04810　(세트) 979-11-88255-93-1　04810